Caryl Phillips

BLUT UND ASCHE

Roman

Aus dem Englischen
von Matthias Fienbork

Carl Hanser Verlag

Die Originalausgabe erschien erstmals 1997 unter dem Titel
The Nature of Blood bei Faber and Faber in London.

Für Tony

1 2 3 4 5 04 03 02 01 00

ISBN 3-446-19850-4

Satz: Satz für Satz. Barbara Reischmann, Leutkirch
Druck und Bindung: Franz Spiegel Buch GmbH, Ulm
Printed in Germany

Wir saßen an einem leise flackernden Feuer. Manchmal tanzten die Flammen im Wind. Zwei junge Burschen mit einem Weidenkorb gingen hoheitsvoll von Gruppe zu Gruppe und legten sorgfältig Zweige und Holzscheite nach. Es war ihnen sehr wichtig, daß alle sahen, wie gut sie ihre Sache machten. Sobald sie mein Feuer versorgt hatten, bedankte ich mich bei ihnen, doch sie reagierten nur mit einem stummen Kopfnicken. Ich beobachtete, wie sie zur nächsten Gruppe schritten. Das neue Holz knackte, die Flammen stiegen höher und ließen das Gesicht des Jungen leuchten. Seine Stimme war leise.

»Sag, wie wird das Land heißen?«

»Unser Land«, antwortete ich. »Das Land wird auch dir gehören.«

Der Junge blickte zu Boden und zeichnete dann mit dem großen Zeh eine kurze, unruhige Linie in den Sand.

»Sag, wie wird unser Land heißen?«

Ich wartete einen Moment, in der Hoffnung, er werde sich beruhigen. Und dann flüsterte ich, als wollte ich ihm ein Geheimnis anvertrauen: »Israel. Unser Land wird Israel heißen.«

Er sah zu mir hoch. In seinen dunklen Augen spiegelte sich der Schein des Feuers.

Unser Land lag hinter diesem Strand, jenseits des nächtlich schwarzseidenen Meers, in südlicher, dann östlicher Richtung. Fern und doch quälend nah. Unser unruhiges Land. Palästina. Israel. Der Junge flüsterte das neue Wort vor sich hin, wog es vorsichtig auf der Zunge, schob es in seinem Mund hin und her, bis er zufrieden war. Er sah mich an.

»Und in Israel hängen die Früchte an den Bäumen?«

»Die Früchte hängen an den Bäumen. Du kannst sie direkt von den Zweigen pflücken.«

Der offizielle Teil des Abends war vorbei. Ich saß mit dem Jungen auf einem breiten Strand an der Südküste Zyperns. Schoschanas Konzert war spät zu Ende gegangen, aber ihre eindringlichen jiddischen Lieder hallten noch lange nach, und alle waren gehobener Stimmung. Mr. Bellow, der Lagerleiter, hatte uns Helfern vorgeschlagen, ein Strandpicknick zu machen und die nächtliche Luft zu genießen. Wir könnten plaudern und singen, und unausgesprochen sagte er, daß diejenigen, die schon Erfahrungen mit dem neuen Land hatten, denen etwas beibringen könnten, für die das Land jenseits des Meeres noch immer ein Geheimnis war. Wir Helfer waren alle freiwillig aus Palästina gekommen, rund zwei Dutzend Ärzte, Zahnärzte, Lehrer und Krankenschwestern, Angehörige nützlicher Berufe. Manche gingen Arm in Arm durch das Stacheldrahttor des Lagers, während ich, etwas älter als die anderen und wohl auch weniger idealistisch, allein umherschlenderte. Mr. Bellow hatte ein paar junge Männer und Frauen, vertrauenswürdige Lagerinsassen, gebeten, uns zum Strand zu begleiten und für uns ein Feuer anzuzünden. Einen von ihnen erkannte ich wieder: Mosche, den hochgewachsenen, jungen Rumänen mit den eckigen Bewegungen, der erst vor kurzem im Lager eingetroffen war. Er war zur Arbeit in dem Behelfshospital eingeteilt worden, in dem ich Dienst tat. Obwohl wir bisher nur ein paar Worte miteinander gewechselt hatten, bat ich ihn, seine Aufgabe als Feuerversorger seinzulassen und sich zu mir zu setzen.

Der Junge war nervös und sichtlich besorgt, was seine Kollegen wohl denken würden, wenn er sich absonderte und mit einem der Ärzte sprach. Ich versuchte, ihm die Angst zu nehmen, aber die Unruhe in seinen Augen blieb. Mr. Bellow kümmerte sich besonders um diese jungen Leute – die Waisen und Heimatlosen, wie er sie nannte –, Jungen und

Mädchen, die zu alt waren, als daß man sie Familien hätte zuteilen, aber zu jung, als daß man sie wie Erwachsene hätte behandeln können. Immer wieder rief er uns in Erinnerung, wie schwer es besonders diese Menschen in der Welt hätten. *Wir müssen uns bemühen, sie so zu behandeln, als wären sie unsere eigenen verlorenen Kinder*. Diese Worte hätte er sich sparen können, denn die meisten Jugendlichen waren von bewaffneten Abgesandten aus Palästina, die regelmäßig das Lager aufsuchten, schon in aller Stille angeworben worden. Die meisten »Waisen und Heimatlosen« bereiteten sich insgeheim auf den Dienst in der Untergrundarmee vor, der sie beitreten würden, sobald sie in Palästina waren. Mr. Bellow, der Amerikaner, stellte sich seine »Waisen und Heimatlosen« freilich gern als unschuldige Geschöpfe vor, die ständiger Fürsorge und Erziehung bedurften. Abgesehen vielleicht von Mosche, dem Neuankömmling, ging diese Vorstellung jedoch völlig an der Realität vorbei.

Mr. Bellow war vom Joint Distribution Committee, einer in New York ansässigen jüdischen Hilfsorganisation, nach Zypern entsandt worden. Er war dort eingetroffen kurz nachdem die Engländer begonnen hatten, Flüchtlingsschiffe nicht mehr nach Palästina zu lassen und die Passagiere statt dessen auf Zypern zu internieren. Anfangs gab es zwei Lager, dann drei, dann vier und schließlich ein knappes Dutzend, in denen mehr als dreißigtausend Flüchtlinge jeden Alters und jeder Nationalität lebten, Menschen, die den einzigen Wunsch hatten, dem verwüsteten Europa zu entkommen und das Gelobte Land zu erreichen. Der gütige Mr. Bellow, ein großer, heiterer Mann, der für sämtliche Lager zuständig war, kümmerte sich um die Gesundheit, die Erziehung und das allgemeine Wohlergehen der Vertriebenen und Mittellosen. Allen Flüchtlingen versicherte er hoch und heilig, daß sie eines Tages nach Palästina gelangen würden, aber die britische Quote von siebenhundertfünfzig Personen pro Monat bedeutete, daß Tausende von Internierten Wochen, wenn nicht Jahre, in britischen Lagern auf Zypern würden verbringen müssen. Es war Mr. Bellow, der veranlaßt hatte, daß qualifiziertes Personal aus Palästina herüberkam, um die Kranken zu versorgen, sich um soziale Belange zu kümmern und Sprachunterricht zu erteilen. Kurzum, wir Freiwilligen sollten diese Internierten auf ihr künftiges Leben vorbereiten.

Mosche hatte einen Kopf, der zu groß war für seinen langen, dünnen Körper. Im Schneidersitz saß er da, ein einziges Knäuel von Knien und Ellbogen, und erwähnte leise den Namen des Lagers, aus dem ihn die Russen befreit hatten. Da er nicht wußte, wohin er sonst hätte gehen sollen, war er in sein Dorf zurückgekehrt, hatte aber festgestellt, daß inzwischen eine andere Familie in seinem Elternhaus wohnte. Die Leute waren überrascht über sein Erscheinen, begrüßten ihn aber herzlich und gaben ihm einen Teller Suppe und ein Bett. Dann, am nächsten Morgen, kam eine Abordnung von Männern, die Mosche Geld in die Hand drückten. Er solle sofort verschwinden, sagten sie, und wenn sie ihn noch einmal sähen, würden sie ihn umbringen. Mosche erzählte seine Geschichte, ohne mich ein einziges Mal anzuschauen. Dann lächelte er ein wenig und hob die Schultern.

»Und dann bin ich gegangen. Was hätte ich sonst tun sollen?«

Oben auf dem Hügel, geduckt hinter dem Stacheldrahtzaun, lag das Lager und blickte zu uns herunter, ein wildes Durcheinander aus Blechhütten und Zelten, die von starken Scheinwerfern angestrahlt wurden. Diese Lichtflut vermittelte aber überhaupt nichts Glanzvolles, sondern betonte nur die Schäbigkeit dieses armseligen Unternehmens. Die Engländer hatten es auf sich genommen, die Wehrlosen einzusperren. Rings um das Lager waren in regelmäßigen Abständen britische Panzer aufgefahren, und selbst hier unten am Strand standen Panzer und nervöse Soldaten, die unbewaffnete Männer, Frauen und Kinder zu bewachen hatten. Ein törichter Auftrag. Ich sah deutlich die Silhouetten der Menschen, die oben im Lager umherliefen, Latrinen aufsuchten, die nächtliche Luft einatmeten, Zigaretten rauchten, träumten. Von dort oben konnten sie herunterschauen und Menschen sehen, die am Strand saßen und sprachen und lachten, sie konnten hinausblicken über das Meer und sich vorstellen, was unsichtbar hinter dem Horizont lag. Tagsüber stand das Leben dieser Menschen still, und die Untätigkeit fraß sich in ihre Seelen. Nachts jedoch bewegten sie sich an einem Abgrund, denn dann erkannten sie, daß sich in der unausweichlichen Intimität des Lagers die menschliche Würde allmählich auflöste. Das Nichtstun zerstörte sie, und alte Werte wie Diskretion und Anstand schienen nur noch wenig zu gelten. Mosche wartete, bis die beiden jungen Männer gegangen waren. Das neue Brennholz knackte, die Flammen stiegen höher und beleuchteten sein Gesicht. Er sprach mit leiser Stimme.

»Sag, wie wird das Land heißen?«

Israel. Palästina. Er kannte dieses Land nicht. Niemand von ihnen kannte es. Es existierte nur in ihrer Vorstellung. Aber wenigstens stellte er Fragen. Und ich antwortete. »Die Früchte hängen an den Bäumen. Du kannst sie pflücken.« Mosche sah zu mir auf, als ob ich etwas zurückhielte. Als ob dieses imaginäre Land ein furchtbares Geheimnis umgäbe, von dem ich ihm nicht erzählen wollte. Aber es gab nichts. Ich war müde, denn es war ein langer Tag gewesen. Genauer gesagt, es waren lange zwei Monate gewesen. Morgen früh würde ich nach Palästina zurückkehren. Aber ich verschwieg Mosche nichts.

»Habt ihr eine Armee?«

Diese Frage hatte ich schon öfters gehört. Von anderen Neuankömmlingen, die noch nicht von den Emissären angesprochen worden waren. So viele von diesen jungen Leuten waren bereit zu kämpfen. Wenn man ihnen eine Waffe in die Hand drückte und sie in eine Uniform steckte, wollten sie beweisen, daß es Dinge gab, die auch sie tun konnten.

»Ja, es gibt eine Armee, sie ist straff organisiert und diszipliniert. Sie wird sehr wichtig sein, sobald wir einen eigenen Staat haben.«

Mosche blickte hoch und setzte sich anders hin. Jetzt war er interessiert, sein Gesicht strahlte und war lebendig. Ich dachte mit Sorge daran, was diese jungen Männer, und auch einige der Frauen, mit einem Gewehr anstellen mochten. Gottlob schienen sie verstanden zu haben, daß hier, auf Zypern, die Engländer nicht ihre Feinde waren. Diese lustlosen Soldaten waren Aufseher. Sie verhängten keine Strafen, und es gab weder Folter noch Tod. Den Engländern war alles egal. Ihr Mr. Bevin war ihnen egal, Zypern war ihnen egal, die Juden waren ihnen egal. Sie hatten keine Lust, die Macht der jüdischen Widerstandsbewegung zu brechen. Der Krieg war vorbei, und sie wollten nach Hause. Aber Mr. Bellows Waisen und Heimatlose taten, als stünde ihnen der Krieg erst noch bevor.

Mosche streckte die Beine aus, und jetzt sah ich, daß seine Hosenbeine ein gutes Stück über den Knöcheln endeten. Ich lächelte verstohlen, hoffte, Mosche würde es nicht bemerken, doch umsonst, rasch zog er die Beine wieder an und blickte ins Feuer. Plötzlich entstand ein verlegenes Schweigen zwischen uns, und ich merkte, daß ich mich schuldig fühlte. Ich ärgerte mich über meine Ungeschicklichkeit und suchte verzweifelt nach einer versöhnlichen Bemerkung. Da kam Mosche mir zu Hilfe.

»Glaubst du, ich werde eine Frau finden?«

Jetzt lachte ich.

»Mosche, dir werden Hunderte von hübschen Mädchen zur Auswahl stehen.«

»Hast du eine Frau?«

»Nein«, antwortete ich. »Nicht mehr. Sie ist mit meiner Tochter in Amerika.«

»Warum sind sie nicht in Palästina?«

»Ach, das ist eine lange Geschichte, Mosche. Im Moment liegt meine Zukunft dort drüben.«

Mit einer raschen Kopfbewegung nickte ich in Richtung Meer. Mosche sah über das Wasser, als gäbe es dort in der Ferne etwas zu erkennen.

»Verstehst du, das ist jetzt meine Heimat. Das Land dort hinter dem Horizont.«

Ich hielt einen Moment inne und versuchte, mir meine Heimat vorzustellen. Und dann merkte ich, daß Mosche mich anstarrte. Meine Heimat?

»Ich war auch in der Armee, bevor ich Arzt wurde. Aber die Armee ist nicht alles, Mosche. Die Hagana ist nicht alles. Eine Frau und ein Kind, das ist etwas.«

Ich lächelte Mosche an, denn im Mondschein sah sein Gesicht jetzt furchtbar jung aus.

»Ich habe auch meine Heimat verlassen, genau wie du, Mosche.«

Ich drehte mich um und sah hinauf zu dem angestrahlten Lager. Der Junge drehte sich ebenfalls um.

»Viele von diesen Leuten kommen aus meiner alten Heimat. Jetzt haben sie nichts mehr. Ich habe noch so viele Erinnerungen an meine alte Heimat. Menschen, Orte. Plötzlich durfte man dies nicht mehr tun, man mußte das tun. Dann durfte man das nicht mehr tun, man mußte etwas anderes tun. Ich bin früh weggegangen, aber schon vorher gab es Leute, die auf der Straße bettelten. Bessere Leute. Ich erinnere mich an die Angst. Aber davon muß ich dir nichts erzählen. Du hast es gesehen, nicht wahr? Du erinnerst dich? In deiner Heimat war es bestimmt genauso.«

Mosche starrte noch immer zum Lager, das wie eine Lichterscheinung oben auf dem Hügel lag. Er nickte fast unmerklich, denn er hatte sich offensichtlich in Träumereien verloren.

»Du wirst ein schönes Mädchen heiraten und prächtige Kinder haben. Und natürlich wirst du zur Armee gehen, wenn du willst.«

Mosche wandte sich wieder um und sah mich an. Ich versuchte, es ihm zu erklären.

»Die alte Welt ist tot. Die Überlebenden sind hier. Dort oben, auf einer Anhöhe in Zypern. Die neue Welt fängt gerade an, Mosche, und du bist ein Teil von ihr.«

Ich nahm die Hand des Jungen und hielt sie zwischen meinen Händen. Mir schien, wir seien Freunde geworden, das Feuer zwischen uns, das Lager auf dem Hügel, die anderen Freiwilligen auf dem weiten Strand, die Engländer in ihren Uniformen, die jungen Männer und Frauen, die Holz austeilten, das Meer, das uns zumurmelte, unsere neue Heimat, die hinter dem dunklen Horizont verborgen lag.

Es roch nach Essen, und jetzt wollte ich essen. Nicht dieses Zeug. Ich wollte das essen, was meine Frau mir kochte, wenn ich am Ende des Tages von der Universität nach Hause kam, zu ihr und meiner kleinen Tochter. In der alten Heimat. Vor Palästina. Vor Amerika. In der alten Heimat, mit befreundeten Studenten in einer nahe gelegenen Gastwirtschaft. Bei starkem Bier und deftigen Würsten. Essen. Trinken. Nicht an einem Strand auf Zypern. Wir hatten ein Land, in dessen Leben wir hineinschlüpften, wie eine Hand in einen Handschuh schlüpft. Ich erinnere mich. Tische wurden umgestellt. Wir mußten jetzt ganz hinten sitzen, in der Nähe der Tür. Bald darauf erschienen junge Männer in ungewohnter neuer Uniform. Sie grüßten einander. Bunte neue Fahnen. Und jetzt. Früchte an den Bäumen. Eine Armee. Schöne Frauen. Eine neue Heimat wird aufgebaut. Nach zwei Monaten auf Zypern würde ich am nächsten Morgen abreisen. Ich würde nach Hause fahren. Wohin? In südlicher, in östlicher Richtung. Wieviel sollte ich diesem Jungen erzählen? Ich schämte mich wirklich, denn ich hatte ihm nicht mein Land beschrieben. Ich hatte das Land beschrieben, das vielleicht ihm gehören würde. Das seinen Kindern gehören könnte. Das seinen Enkeln gehören könnte. Meine Heimat? Morgen früh geht es zurück zu den schönen Bäumen, die mit Früchten beladen sind. Aber was ist mit dem Glücksgefühl, das wirbelnde Schneeflocken an einem kalten Wintermorgen auslösen? Und die Erregung, von einem eisigen Wind attackiert zu werden, der eine schmale, verschneite Straße entlangpfeift? Und dann, im Frühling, die schüchterne Farbenpracht ungeduldig aufplatzender Blütenknospen. Schau, wie ich erblühe. Nein, sieh mich an. In den Parkanlagen Teiche und Enten und Blaskapellen. Trotzdem noch manch kühle Nacht, so daß man den Kragen hochschlagen und sich einen dicken Wollschal um den Hals wickeln muß. Und dann, im Sommer, die sonnenüberfluteten Innenhöfe. Und später dann, im Herbst, beginnt eine Rose, ihre Blütenblätter abzuwerfen, und ein Apfel läßt sich vom Ast fallen. In der alten Heimat. Ich habe meinen Bruder zurückgelassen und seine Träume von unserer gemeinsamen Arbeit. *(Warum ein neues Zuhause schaffen? Wir könnten eine gemeinsame Praxis aufbauen. Die Gebrüder Stern. Wir könnten die reichsten Ärzte im Land werden.)* Aber unser Leben wird doch immer schwieriger, Ernst. Geschäfte und Betriebe schließen. Du mußt fort. *(Nach Palästina, in diese unzivilisierte britische Kolonie? Ich habe pflichtbewußt meine Beiträge für den Fonds geleistet, mit dem das Land von den Arabern gekauft wird. Ich habe meine Pflicht getan. Schluß mit dieser Dummheit.)* Aber Amerika ist kein gelobtes Land, Ernst. Sie schuften dort wie die Ackergäule. Geld zu verdienen ist schwer. Und hast du an deine beiden Töchter gedacht, Ernst? Und wenn nicht das gelobte Land, wohin dann? Ernst, wohin bringst du sie? Und jetzt Zypern. Wo sind sie? Dort auf dem Hügel, mit dem restlichen Abfall aus dem alten Europa? Ein nutzloses und zerstörerisches Schuldgefühl. Ich überlege, ob ich etwas anderes hätte tun können. Erinnerung. Das unaufgeräumte Zimmer, die unregelmäßigen Sprechzeiten. Immer wieder werde ich durch die Tür gestoßen, hinein in das unaufgeräumte Zimmer. Ja, mein Freund, die Armee wird dir ein Hafen sein, wo du irgendwann anlegen kannst. Jawohl, die Armee. Und die Armee wird zusehen, daß du ein Dach über dem Kopf hast. Ich hatte Hunger. Ich wollte jetzt essen, aber nicht auf Zypern. Und nicht in dem neuen Land. Wie sollte ich es erklären? Stell dir vor, irgendein Tag in meinem früheren Leben. Ich gehe auf Steinen. Fest und sicher. Jetzt gehe ich auf Brettern. Werden sie unter meinen Füßen nachgeben? Eine neue Welt aus Brettern. Keine Steine. Fast elf Jahre in Palästina. Zwei volle Monate auf Zypern. Eine Bretterwelt. Stell dir vor. Stell dir vor. In mir trage ich noch immer die alte Welt, von der ich mich getrennt habe. (Meine Frau ist mit meiner Tochter in Amerika.) Und meine beiden Nichten. Liebe Margot. Liebe Eva. Eine Welt, die ich nicht vergessen kann. Eine Welt, die ich anscheinend nicht einmal in diesem Moment loslassen kann. Mosche, stell dir vor. Der Schnee. Das starke Bier. Die ungeduldigen Knospen. Die Steine unter den Füßen. Der eisige Wind im Winter.

Mosche entzieht mir seine Hand. Früchte, die üppig an den Bäumen wachsen. Ja. Pflück sie dir. Ja. Er versteht es nicht. Meine Jahre in der Untergrundarmee. Genug des Tötens. Jetzt wird es ein Heimatland geben. Ja. Für uns alle. Ich kann mein Medizinstudium zu Ende bringen. Und dann eine ganze Weile einfach Arzt sein. Ich habe nie versucht, meine Frau und mein Kind zu finden. Sie schrieb mir, daß sie meine Entscheidung respektiere und daß ich die ihre ebenfalls respektieren solle. Sie wolle mich nicht wiedersehen. Und jetzt ist es zu spät. Ich habe sie gehen lassen. Gehen lassen. Und auf Zypern habe ich zwei Monate lang versucht, den Leuten aus der alten Welt beim Eintritt in die neue behilflich zu sein. Die Jungen mit Rache im Herzen. Genug des Tötens. Jetzt wird es ein Heimatland geben. Für uns alle. Den Leuten oben auf dem Hügel wünschte ich einen glatteren Übergang. Einen allmählichen Wechsel, keinen Bruch. Auf Zypern habe ich mit angesehen, wie Europa die abgenagten Knochen in unsere Richtung spuckt. (Das Fleisch ist schon verschlungen.) Ich habe meinen jungen Mosche ermuntert, nur an die Zukunft zu denken. Hier ist Geld. Verschwinde. Und denk dran, wir werden dich umbringen, wenn wir dich je wiedersehen. Sag, wie wird das Land heißen? Eine gute Frage. Eine kluge Frage. Schwer zu beantworten für mich. In meinem Kopf ist ein Durcheinander. Du wirst ein schönes Mädchen heiraten und prächtige Kinder haben. Israel. Mosche, denk nur an die Zukunft. Mein junger Freund, Mosche.

Ich sehe Lastwagen, die dröhnend ins Lager gefahren kommen, daß der Morast spritzt. Männer springen herunter, pfeifen und rufen wild durcheinander. Dann senkt sich Stille über sie. Sie legen die Hände über die Augen und sehen sich ungläubig um. Stille. Ich zähle fünfzehn Fahrzeuge. Die Soldaten stehen da und starren uns an. Männer, die vor Gesundheit strotzen. Einige halten sich die Hand vor Mund und Nase, andere holen Taschentücher heraus, die sie sich ans Gesicht pressen. Schwer zu sagen, was sie denken, jedenfalls arbeitet es in ihnen. Diese stummen Gestalten, denen sie gegenübertreten. Skelette, die Menschen vor sich sehen. Ehemalige Häftlinge, die ihre Befreier vor sich sehen. Wir werden diese Gefangenschaft nicht länger ertragen müssen. Wir sind frei. Diese englischen Soldaten sind an einem warmen Frühlingstag eingetroffen, und jetzt sind wir frei. Einige von uns wanken und kriechen auf die Männer zu. Weinend. Ausgemergelte Gestalten in verrenkter Demutshaltung. Ich staune, daß manche Soldaten tatsächlich von ihren Fahrzeugen gesprungen sind. In hohem Bogen. Ich sitze angelehnt an eine Baracke, strecke die spindeldürren und schorfigen Beine von mir und schaue zu. Dann wende ich das Gesicht zur Seite, um das bißchen Sonne aufzufangen. Ich habe keine Kraft, glücklich zu sein. Meine dünnen Knochen würden zittern und zusammenfallen, wenn sie einem solchen Gefühl ausgesetzt wären.

Es dauert eine Weile, bis der Mann zu mir kommt. Ich habe ihn beobachtet. Er trägt eine schwere khakifarbene Uniform. Er sieht jung aus. Nicht viel älter als ich. Er hält mir Wasser und ein Stück Schokolade hin, ich nehme beides. Und dann tritt er zurück und sieht zu mir herab, als wüßte er nicht, was er als nächstes tun soll. Ich möchte ihm sagen, daß alles in Ordnung ist. Er kann gehen und sich um die anderen kümmern. Ich komme schon zurecht. Er braucht sich keine Sorgen zu machen. Ich habe überlebt, bis heute. Und dann spricht er mich an. Hast du Angehörige? Ich schlucke laut und spüre, wie das eckige Stück Schokolade meine Kehle hinunterrutscht. Er sieht mich unverwandt an und wartet auf eine Antwort. Wenn ich sage, ich weiß es nicht, wird er mich dann unverschämt finden? Ich beschließe, es nicht zu sagen. Statt dessen schüttele ich den Kopf. Seine Kameraden hinter ihm arbeiten wie wild. Die Ärzte tragen Gasmasken, aber wir sind an den Gestank gewöhnt. Noch immer sterben die Leute in ihren eigenen Exkrementen. Alle hier sind verlaust. Ich bin verlaust. Mein Körper ist ausgedörrt. Der leise Wind streicht über meinen geschorenen Schädel. Die wenigen Zähne, die ich noch habe, sind entweder abgebrochen oder schief. Ich fühle es mit der Zunge. Und noch immer steht dieser Mann vor mir und sieht zu mir herunter. Begreift er nicht, daß er mich allein lassen kann? Weil sie heute gekommen sind und nicht irgendwann später, habe ich überlebt. Das reicht. Ich bin dankbar. Aber er bewegt sich nicht.

Mama hat mich allein gelassen. Dem Mann, der vor mir steht und zu mir herabsieht, erzähle ich nichts davon. Eines Morgens ist sie nicht aufgewacht. Sie lag da und schlief, und ich habe den ganzen Tag zu ihr gesprochen, in der Hoffnung, sie würde antworten. Ich glaubte schon, daß Mama und ich im Frühling, sobald Blätter an den Bäumen wären, mit dem Vergessen beginnen könnten. Aber eines Nachts verließen sie ihre Kräfte. Ich sprach den ganzen Tag zu ihr, ohne eine Antwort zu bekommen. Ich fragte mich, wie sie inmitten dieses ganzen Elends so heiter aussehen konnte. Und dann, am Ende dieses Tages, führten mich die anderen Frauen weg von ihr, hinaus aus der Baracke. Als ich zurückkam, lag eine andere Frau da. Mama war verschwunden. Die neue Frau verstand, warum ich keine Worte fand, mit ihr zu sprechen.

Ich beobachte, wie er zu seinen Kameraden zurückkehrt. Er bleibt stehen und dreht sich wieder nach mir um. Ein nervöses Lächeln spielt um seine Mundwinkel. Einer der Soldaten ruft ihm etwas zu, es klingt ungehalten. Da dreht er sich um und läuft ein kurzes Stück. Dann sehe ich, wie der andere auf eine Gruppe von Männern zeigt, die Leichen tragen. Jetzt verstehe ich. Das ist sein Auftrag. Er soll beim Wegschaffen von Toten helfen. Vielleicht wird das seine nutzlose Neugier dämpfen.

Mama hatte nicht standesgemäß geheiratet. Davon war sie überzeugt. Ihr Mann war ein angesehener junger Arzt, der ihr zu einem schönen viergeschossigen Haus verhalf und von dem sie zwei Töchter bekam. Aber Papa war ein Aufsteiger. Seine Eltern waren bloß kleine Kaufleute, und Papa hatte seine gesellschaftliche Position durch harte Arbeit erreicht. Mama dagegen kam aus einer Bankiersfamilie, die mütterlicherseits wie väterlicherseits auf Reichtum und Privilegien zurückblicken konnte, so weit die Erinnerung reichte. Papa litt unter Mamas Selbstbewußtsein, doch das begriffen Margot und ich erst, als es schon zu spät war. Mama und Papa haben viel von uns ferngehalten. Vielleicht waren wir allzu behütet. Für Papa wurde es immer schwieriger, mit Mama zu sprechen, so daß er immer mehr Zeit in seiner Praxis verbrachte. Und Mama begann, ihren Töchtern zu mißtrauen, denn zu ihnen hatte ihr Mann offensichtlich ein besseres Verhältnis. Sie war isoliert. Sie hatte nicht standesgemäß geheiratet, und plötzlich stand sie zwischen ihrem distanzierten Mann und ihren schwierigen Töchtern. Mama wußte eigentlich nie, wie sie mit uns reden sollte.

An diesem ersten Abend bekamen wir heiße Suppe. Nicht heißes Wasser, dem eine einsame Kartoffel zugefügt wird, damit es etwas Substanz bekommt. Diese Suppe schmeckt tatsächlich nach etwas, aber wonach, ist mir nicht ganz klar. Ich sitze allein da und staune über den Geruch, die Beschaffenheit und schließlich den Geschmack richtigen Essens. Dann blicke ich hoch und staune über die anderen Häftlinge, die diszipliniert vor der Essensausgabe anstehen. Kaum jemand drängelt oder schreit. Alle sind hungrig und erwartungsvoll, aber keiner verdrängt einen anderen von seinem Platz. Ist es schiere Erschöpfung, oder gelten plötzlich die guten Manieren der alten Welt wieder? Es beginnt zu dämmern, und ein Schatten fällt über das Lagergelände. Der Himmel ist aber noch rot gestreift. Morgen wird schönes Wetter sein. Ich beschließe, mich zum Ende der Schlange zu schleppen und mir noch einen Teller Suppe zu holen. Morgen gibt es vielleicht schon nichts mehr. Ich kann nicht aufhören. Diese Männer scheinen im Moment unerschöpfliche Vorräte zu haben. In der Ferne sind die Soldaten noch immer dabei, Leichen an Armen und Beinen zu einem Massengrab zu schleifen.

Papa war es immer unangenehm, mit uns in das Dorf an der Grenze zu fahren, in dem seine Eltern lebten. Schon als Kinder begriffen wir, daß er sich seiner ärmlichen Vergangenheit schämte. Wozu arbeitete man schließlich hart, wenn nicht, um solchen Orten und dem Bauerndasein zu entfliehen? Nachmittags trat Papa voller Ungeduld aus dem kleinen Haus seiner Eltern und ging auf die große Eiche zu. Er verkündete, daß wir in die Stadt zurückkehrten, doch Margot und ich wußten das natürlich schon. Noch ehe er bei der Eiche angekommen war, waren wir aufgestanden und hatten uns den Staub von den Kleidern geklopft. In der Ferne standen seine Eltern in der Tür, mit einem unsicheren Lächeln auf dem Gesicht. Margot und ich wußten, daß Papa unseren Aufbruch mit einem Geldgeschenk an die Eltern vorbereitet hatte; wie ich jetzt weiß, hätten sie liebend gern darauf verzichtet, wenn sie dafür mehr von ihrem Sohn und den beiden Enkeltöchtern hätten haben können.

Papas Eltern waren unter den ersten, die die Züge in Richtung Osten bestiegen. Wir erfuhren es, nachdem wir aus dem viergeschossigen Haus in die kleine Wohnung umgezogen waren. Ich schämte mich, denn ich mußte sofort an das Haus meiner Großeltern denken und daran, daß niemand in einem Haus leben wollte, das kein fließendes Wasser hatte und wo es draußen auf dem Hof ein Plumpsklo gab. Ich stellte mir Papas Eltern vor, wie sie nervös das Allernötigste zusammenpackten, und dann sah ich zu Papa hinüber. Die Nachricht von der Deportation seiner Eltern traf ihn wie ein Schlag. Obwohl sein ganzes Leben von dem unbändigen Wunsch erfüllt schien, den Makel seiner »niederen« Herkunft loszuwerden, weiß ich jetzt, daß er seine Eltern liebte. Er wußte nur zu gut, daß ihm seine Herkunft stets vorgehalten würde, besonders von seiner Frau. Doch nun, da ein großer Teil davon weggefallen, verschwunden war, wirkte er wie verloren, und für einen Moment fürchtete ich, er würde weinen. Mama verrührte Mehl und Wasser zu einem Teig, den sie entweder in einer dünnen Brühe garen oder zu Pfannkuchen verarbeiten würde. Sie hatte sich noch nicht entschieden. Dann sah sie ihren Mann an, spürte, wie elend ihm zumute war, setzte sich neben ihn an den kleinen Küchentisch und strich ihm mit dem Handrücken über die Stirn. Ein paar Jahre zuvor waren Mamas Eltern gestorben, friedlich in ihren Betten, unberührt von dem, was uns heute soviel Kummer machte, in der Überzeugung, daß ihre Tochter so geheiratet hatte, wie sie immer schon gelebt hatte: ohne sich genügend Zeit zu lassen. Der Tod ihrer Eltern hatte vorübergehend einen Schatten auf Mamas Leben geworfen; aber Papa war durch die Nachricht von der Deportation seiner Eltern in eine Finsternis gestürzt, aus der er wohl nie mehr richtig herauskommen würde. Ich stand vom Tisch auf und ging in mein Zimmer, um allein zu sein. Ich drückte eine Puppe so heftig an mich, als wollte ich alles Leben aus ihr herauspressen.

Ich liege auf meiner Pritsche, umgeben von Stöhnen und anderen Krankheitsgeräuschen. Durch das Fenster sehe ich, daß das Abendrot am Himmel verschwunden ist, die Nacht ist jetzt schwarz. Es muß die Mitte des Monats sein, denn der zierliche Mond hat eine eher plumpe Form angenommen. Es ist unsere erste Nacht in Freiheit, aber das Sterben geht weiter. Wir sind viel zu schwach, um Büchsenfleisch oder Schokolade verdauen zu können. Was ich mir in den Mund gestopft habe, liegt jetzt schwer im Magen. Die Frau, die Mamas Platz eingenommen hat, ist längst tot, und heute nacht wird die Neue sterben. Sie glüht vor Fieber. Ich erkenne den Geruch des Todes. Ich erkenne den Ausdruck der Hilflosigkeit auf dem Gesicht eines Menschen, der sich anschickt, auf die andere Seite hinüberzugehen. Und jetzt rinnt mir das Essen an den Beinen hinunter bis zu den Knöcheln. Ich drehe mich auf die Seite und richte meine Gedanken auf Margot. Sie ist das einzige, was mir geblieben ist. Wenn ich Margot finde, könnten wir vielleicht gemeinsam ein neues Leben aufbauen.

Vier Monate bin ich jetzt hier. In dem letzten Lager habe ich gearbeitet. Ich habe gekämpft, um den Tod in Schach zu halten. Auf die eine oder andere Weise konnte man versuchen, am Leben zu bleiben. Schlauheit war eine Fähigkeit, die zu erwerben sich lohnte. Desgleichen Ausdauer. Unser Leben spielte sich in der Gemeinschaft ab, doch dann kam der lange Marsch, wieder ein Zug, und dann dieses Lager, in dem es keine Gemeinschaft gab, keine Planung, keine Hoffnung auf Überleben. Keine Arbeit. Nur den Tod. Und das Warten. Die letzten vier Monate habe ich meist nur auf meiner Pritsche gelegen und versucht zu schlafen. Keine Arbeit. Und hier, ohne Gemeinschaft, ohne festen Tagesablauf, überleben nur die Stärksten. Jeden Tag habe ich dem Tod ins Gesicht gesehen. Schwach werden heißt verschwinden. Und schließlich merkte ich, daß mich nichts mehr interessierte. Es war mir alles egal. Wir, die wir bis zum Eintreffen der Engländer überlebt haben, wissen nicht mehr, wie man an das Morgen denkt. In dieser ersten Nacht versuche ich, mir einen Weg vorzustellen, der vielleicht in die Zukunft führt. Doch das ist nicht so leicht. Ich klammere mich einfach an das Bild meiner Schwester.

Die Sonne geht auf, großzügig sieht sie darüber hinweg, daß ein neuer Tag nicht unbedingt ein guter Tag ist. Aber vielleicht wird es heute warm. Ich werde jetzt überlegen, wie ich mein Leben verlängern kann. In Zukunft darf ich nichts in mich hineinschlingen. Ich darf nur sauberes Wasser trinken. Ich muß mich zum Waschen anstellen. Ich tue so, als hätte ich bereits meine festen Gewohnheiten. Als wollte ich überleben. Ich rufe mir in Erinnerung, daß die Sonne heute nicht nur bei uns scheint. Und wenn sie bei uns untergeht, wird sie für jemand anders aufgehen. Ich sehe zum Himmel, wo Wolken in voller Takelung bereits in eine andere Richtung steuern.

Er nähert sich mir von der Seite. Ich kann ihn nicht sehen, denn ich sitze draußen vor der Baracke, mit dem Rücken an der Wand. Aber ich höre ihn. Mein Kopf ist so geneigt, daß die Sonne mein Gesicht bescheint, meine Augen sind zum Schutz vor dem grellen Licht geschlossen. Ich will nichts und niemanden sehen. Ich höre Bulldozer. Zu viele Leichen für bloße Hände. Die Engländer lernen, woran man den Todeszeitpunkt erkennt. Wenn die Läuse aus dem Haar kriechen und kühn auf der Stirn herumlaufen. Das ist der Tod.

»Geht es besser heute?«

Ich erkenne die Stimme, mache die Augen aber nicht auf.

»Danke«, sage ich.

Ein langes Schweigen entsteht, das wohl nur beendet werden kann, wenn ich diesen Mann ansehe. Aber ich beschließe, noch eine Weile so sitzen zu bleiben und mich nicht umzudrehen. Da ich ihn nicht weggehen höre, nehme ich an, daß er noch immer da ist. Und jetzt spricht er wieder.

»Noch etwas Schokolade? Ich kann dir etwas besorgen. Oder etwas anderes?«

Ich mache die Augen auf und wende mich ihm zu. Ich kann nicht sprechen, ohne meine häßlichen Zähne zu zeigen.

»Keine Schokolade.«

»Ja, ich weiß«, sagt er. »Ein paar von uns haben ein schlechtes Gewissen, aber es war doch nur, weil ihr darum gebeten habt. Es war keine böse Absicht.«

Ich frage mich, warum er noch nichts zu meinem Englisch gesagt hat. Es ist ganz anständig. Nicht jeder spricht Englisch.

»Darf ich mich kurz setzen? Ich habe Pause.«

Er geht etwas ungeschickt neben mir in die Hocke, dann setzt er sich richtig auf die Erde.

»Wo kommst du her?«

Ich senke den Kopf, denn jetzt habe ich Angst. Ich will, daß dieses Gespräch aufhört.

»Hast du keine Lust, mit mir zu reden? Ich kann dich auch allein lassen.«

»Nein«, sage ich. Meine Antwort kam zu schnell, also versuche ich es mit einer versöhnlicheren Bemerkung. »Mein Englisch ist nicht sehr gut.«

Jetzt lacht er.

»Dein Englisch ist ausgezeichnet. Ich bin Gerry. Aus London.«

»Hallo, Gerry.«

Ich bin schon jetzt viel zu weit gegangen.

»Hallo.« Er lacht. »Wie heißt du?«

Das reicht. Gerry versteht nichts. Dieser Gerry ist mir viel zu schnell.

Ich stehe nackt vor all diesen Männern im Freien unter einer Dusche. Aber ich fühle mich nicht als Frau, und ich bin sicher, daß auch sie keine Frau in mir sehen. Das Wasser ist eiskalt, aber es ist mir egal. Ich denke, daß es noch Jahre dauern wird, bis ich wieder weiß, was es bedeutet, sich sauber zu fühlen. Diese erste Dusche könnte eine ganze Woche dauern, und noch immer würde es mir nicht reichen. Ich trete vor, und eine Krankenschwester bedeckt meinen Körper von oben bis unten mit Puder. Ich bekomme eine frische Decke, die ich mir um die Schultern lege. Ein Arzt untersucht meine Haarbüschel. Eine Schwester schneidet sie ab. Wieder anstehen und warten. Wieder behandelt man uns. Diesmal aber, damit wir leben. (Anscheinend wiege ich sechzig Pfund.) Sie geben mir Frauenkleider. Ich sehe mich um, kann Gerry aber nicht entdecken. Aus irgendeinem Grund bin ich sicher, daß er mich sehen kann. Ich bin sicher, daß irgendwo in diesem riesengroßen Lager Gerry zusieht und ihm dabei Gedanken durch den Kopf gehen. Er sollte sich zeigen. Ich bin doch nicht häßlicher anzuschauen als die anderen.

Wenn Mama mehr Geduld gehabt hätte, wären wir vielleicht nach Amerika gegangen. Sie hätte ganz ruhig mit Papa reden können, statt immer gleich laut zu werden und Papa damit vor den Kopf zu stoßen. Papa war der beste Student ihres Vaters, und nach seinem Examen trat er als Juniorpartner in dessen Praxis ein. In dieser Zeit wurde Papa auf Mama aufmerksam, denn er war häufig bei ihren Eltern zu Gast, und ihr Vater fand die Gesellschaft dieses klugen und humorvollen jungen Mannes gewiß angenehm. Nachdem Papa insgeheim um die Tochter geworben hatte, wurde ihm erklärt, daß eine Heirat auf schärfsten Widerstand stoßen würde und daß seine Dienste als Juniorpartner nicht länger benötigt würden. Papa war am Boden zerstört, aber Mama hielt zu ihm, und die Hochzeit war eine kleine private Feier, zu der weder ihre noch seine Eltern eingeladen wurden. Kurz bevor Mamas Eltern starben, zogen Mama und Papa zusammen mit ihren beiden Töchtern und den paar Möbelstücken, die sie inzwischen angeschafft hatten, aus dem kleinen gemieteten Haus in das viergeschossige Haus, das ihnen selbst gehörte.

Mama lehnte es ab, ein Kindermädchen einzustellen, denn sie betrachtete es als ihre Lebensaufgabe, ihre beiden Töchter großzuziehen. Und als sich die Verhältnisse immer weiter verschlechterten, bestand sie darauf, nach Amerika auszuwandern. Sie wies Papa darauf hin, daß sie, wenn sie jetzt führen, dem Gastgeberland nicht zur Last fallen würden. Doch Papa war starrsinnig, woraufhin Mama, statt geduldig zu sein, ihm vorwarf, als typischer Vertreter seiner Klasse verbissen an seinem Besitz zu hängen. Sie wurde laut und beschuldigte ihn, feige zu sein, nicht den Mut zu haben, anderswo ein neues Leben zu beginnen, und statt dessen lieber die Zukunft seiner Töchter aufs Spiel zu setzen. Das machte Papa nur noch wütender, denn er wußte sehr wohl, wie kritisch die Lage war, aber von seiner verwöhnten Ehefrau wollte er sich nichts vorschreiben lassen. Und so vergrub er sich in der Medizin und ignorierte seine Frau und tat so, als gäbe es keine Probleme. Mama jedoch sprach unentwegt von Amerika und davon, daß sie unbedingt unsere Namen auf die Botschaftsliste setzen müsse, und wenn Papa ihr nicht zuhörte, wurde sie laut, und manchmal schrie sie, doch dann schloß sich Papa einfach in seinem Arbeitszimmer ein. Und irgendwann war es natürlich zu spät.

Ich beobachte Gerry. Ich befinde mich am hinteren Ende der Baracke und spähe heimlich durch ein geöffnetes Fenster. Er steht dort, wo ich gewöhnlich sitze. Zuerst lief er eine Weile auf und ab und rauchte dabei eine selbstgedrehte Zigarette. Jetzt sitzt er da und schaut in die Gegend, gelegentlich zündet er die Zigarette von neuem an, und dann hustet er laut. Heute ist die Sonne viel zu heiß. Ich suche den Schatten, obwohl der Geruch im Innern der Baracke widerwärtig ist. Ich weiß nicht genau, was Gerry sucht. Seine Aufmerksamkeit schmeichelt mir, aber sie beunruhigt mich auch. Ich beschließe, diesem Mann in Zukunft so oft wie möglich aus dem Weg zu gehen.

Heute abend gibt es wieder dieselbe Suppe. Der Geschmack ist mir vertraut. Später werde ich mich waschen.

Die Nacht bricht herein, und ich kehre zu meiner Pritsche zurück. Ich bin etwas sauberer, und mein Bauch ist zufrieden. Meine Bettwäsche haben sie mir weggenommen und verbrannt, also muß ich auf den blanken Brettern schlafen. Unsere Zahl hat sich inzwischen verringert. Es ist ruhig. Die Schwerkranken sind in ein Feldlazarett verlegt worden, und die übrigen werden beim Sterben kein unnötiges Geschrei machen. Der Mondschein ist eine traurige Pfütze auf dem Boden. Wenn ich mein Gesicht darin baden könnte, würde ich bestimmt geheilt. Ich sehe mich nach den anderen Frauen um. Alle liegen mit geöffneten Augen und gebrochenen Körpern da. Aber langsam und lautlos gewinnen sie wieder Kraft. Aus der Dunkelheit hinter der Baracke dringt eine laute Soldatenstimme herüber. Und dann nervöses Gelächter. Doch abgesehen von diesen Geräuschen ist die Nacht ruhig. Ich bin noch immer verzaubert vom Mondlicht auf dem Fußboden.

Ein lautes Geräusch weckt mich. Draußen ist es hell. Mir wird klar, daß außer mir niemand mehr in der Baracke ist und daß ich friedlich geschlafen habe. Der Lärm draußen wird immer lauter und erregter. Ich erhebe mich von meiner Pritsche und gehe die paar Schritte zum Fenster. Ich blicke hinaus. Ich sehe eine lange Reihe von Leuten aus dieser Gegend. Sie werden an einem riesigen Leichenberg vorbeigetrieben. Die englischen Soldaten schreien sie an. Und einige Häftlinge schreien sie ebenfalls an. Aber das ist alles. Diese armseligen Leute trotten vorüber. Wie lange diese Prozession wohl schon dauert? Stunden? Ich merke, daß heute ein schöner Tag sein wird.

Ich trete an den Stacheldrahtzaun und sehe vor mir die Welt jenseits des Lagers. Ich berühre den Zaun. Ich weiß, wo ich bin. Plötzlich stelle ich mit großer Verwunderung fest, daß mir das Gefangensein nicht unangenehm ist. Den Zaun niederzureißen erscheint mir undenkbar. Ich weiß, daß es mir freisteht, auf die andere Seite zu gehen, durch das Tor zu schlendern und mich in jede beliebige Richtung zu entfernen. Aber der Blick durch den Zaun auf die Welt gefällt mir besser. Und dann wird mir klar, daß ich nicht zurückkehren kann. Margot hat es bestimmt nach Amerika geschafft. Warum zurückkehren? Ich bin jetzt einundzwanzig. Ich muß anfangen, meine Zukunft zu planen. Hinter dem Zaun erhebt sich ein Vogel in die Luft. Aber wohin er auch fliegt, er bleibt jenseits des Zauns. Nie nähert er sich ihm.

Ich biege um eine Ecke und bleibe stehen. Vor mir auf dem Boden, so daß ich darüber hinwegsteigen muß, liegt die mißhandelte Leiche eines Aufsehers. Das Gesicht ist eine unförmige Masse, Arme und Beine sind gespreizt. In der Nähe liegen zwei blutbeschmierte Holzstöcke. Er war kein schlechter Mensch. Verglichen mit anderen war er sogar ganz anständig. Ich gehe weiter, um die Leiche herum. Warum sollte der Tod dieses einen Mannes mir etwas bedeuten?

Margot war eine leidenschaftliche Kinogängerin. Ihr Zimmer war mit Fotos von Filmschauspielern tapeziert, was Mama allerdings nicht gefiel, denn ihre größte Sorge galt dem schulischen Erfolg ihrer beiden Töchter. Papa fand jedoch, man solle Margot lassen, da sie niemandem schade, und zum Lernen bleibe noch Zeit genug. Margot wollte mich immer überreden, den neuesten Film mit ihr anzusehen, und ich beneidete sie um ihre Kinobegeisterung. Schließlich trat diese Liebe auch an die Stelle des Klavierspielens, das ihr ohnehin nie viel Spaß gemacht hatte. Neben meiner Schwester war ich langweilig. Ich ging gern zur Schule und lernte gern, und Mama sagte oft: »Margot ist eine Träumerin, aber Eva ist wie ihr Vater.« Ich wußte nie, ob das positiv oder eher als Tadel gemeint war. Schließlich begriff ich, daß

Mamas Bemerkung gleichermaßen von Stolz und Enttäuschung getragen war.

Ich sehe, wie Gerry, beide Hände tief in den Hosentaschen, auf mich zukommt. Er tut, als hätte er nicht nach mir Ausschau gehalten, aber ich beobachte ihn seit einer Woche. Er versucht zu pfeifen, läßt es aber rasch wieder sein.

»Na, wie geht's?«

»Danke.«

Er sieht gar nicht schlecht aus. Eigentlich sieht er recht gut aus, obschon ihn sein dünner Schnurrbart älter macht.

»Wenn du etwas brauchst, mußt du es nur sagen.« Er holt einen Apfel aus der Tasche. »Hab ich für dich aufgehoben.«

Gerry reicht mir den Apfel, ich nehme ihn.

»Vielen Dank.«

»Ich weiß nicht einmal, wie du heißt. Meinen Namen hab ich dir ja gesagt. Ich bin Gerry.«

»Ich heiße Eva.«

»Sehr schön.«

Er wirkt etwas unruhig. Er neigt sich erst nach links, dann nach rechts, dann verlagert er sein Gewicht auf die Außenkante seiner Stiefel.

»Es muß ja furchtbar hier gewesen sein. Bist du schon lange hier?«

»Vier Monate ungefähr.«

Ich habe keine Lust, diese Unterhaltung mit Gerry fortzuführen, aber ich empfinde den Apfel in meiner Hand wie eine Art Bezahlung.

»Allein?«

Ich lüge. »Ja. Allein.«

»Verstehe.«

Jenseits des Zaunes geht die Sonne langsam unter. Ein dramatischer Feuerball am Horizont.

»Wir werden wohl noch eine Weile mit Aufräumen zu tun haben. Aber es ist praktisch vorbei. Bald heißt es zurück ins Zivilleben.«

Warum redet der Mann mit mir, als wären wir Freunde?

»Du könntest ruhig mal lächeln.«

Er lacht, während er das sagt. Er weiß nicht, daß mein Gesicht bei dem leisesten Versuch eines Lächelns auseinanderbrechen würde.

Ich sitze draußen vor der Baracke und schaue in den Himmel. Heute nacht werde ich nicht schlafen. Mein Kopf ist voller Sorgen. Ich mache mir Sorgen um Papa. Ich mache mir Sorgen um Mama. Ich mache mir Sorgen um Margot. Ich überlege, ob ich mich anders hätte verhalten können. Zwischen einzelnen Wolkenfetzen sehe ich einen sternenübersäten Himmel. Die Luft ist warm und schwül. Ich mache mir Sorgen, weil es niemanden gibt, der mir hilft, den richtigen Weg zu finden. Nie war ich allein. Immer war jemand da. Und jetzt gibt es nur mich, die Nacht und den Himmel.

Gerry steht über mir. Die ganze Nacht habe ich mich nicht von der Stelle bewegt. Er schaut mit besorgter Miene zu mir herunter. Ich spüre sofort, daß er etwas sagen will, aber er weiß nicht, wie er anfangen soll. Ich möchte ihm sagen, daß mir sein Schweigen angenehm ist. Doch bevor ich die Chance habe, meine Worte zu formulieren, rührt er sich ein wenig, als wollte er im nächsten Moment sprechen. Die Sonne steht hinter seinem Kopf, so daß es mir schwerfällt, hochzuschauen und ihm ins Gesicht zu sehen. Vielleicht hat er sich absichtlich so hingestellt, um es mir schwerzumachen. Ich schaue an seinen Beinen vorbei, zu seinen Kameraden, die auf der Erde hocken und eine Zigarettenpause machen. Sie entspannen sich, sie öffnen den Kragen und krempeln die Ärmel hoch, um ein wenig Sonne abzubekommen. Was sie wohl von ihrem Freund Gerry halten? Machen sie sich lustig über ihn? Ob sie hinter seinem Rücken über ihn reden?

»Hast du Familienangehörige? Ich meine, Brüder oder Schwestern?«

Wieder blinzele ich in Gerrys Richtung. Was für eine seltsame Frage. Ich verstehe nicht, wie er mir eine solche Frage stellen kann. Dennoch beschließe ich, ihm zu antworten.

»Ich habe eine Schwester, Margot. Aber ich weiß nicht, wo sie ist.«

Ich halte inne, verwundert über meine Worte. Ich prüfe ihr Gewicht. Ich weiß nicht, wo sie ist. Und dann fahre ich fort:

»Margot ist weggegangen, als hier alles anfing.« Eine Pause. »Aber es geht ihr bestimmt gut.«

Gerry verlagert das Gewicht auf den anderen Fuß.

»Wirklich? Ich meine, du weißt doch nicht, wo sie ist, oder?«

Ich senke den Blick. Ich habe mich kompromittiert, denn ich hatte nicht die Absicht, diesem Mann mit dem dünnen Schnurrbart einen Blick in mein Leben zu gestatten. Komm nicht näher. Mein Atem stinkt nach Krankheit und Zahnfäule. Ich werde nichts mehr sagen.

»Verstehe.« Er macht eine Pause. »Tut mir leid.«

Ich liege im Dunkeln und lausche den nächtlichen Geräuschen. Wir sind etwa zu zehnt in dieser Baracke, und die meisten scheinen zu schlafen. Ich höre eine rasche Folge von Gewehrschüssen, dann Stille. Wieder höre ich eine Gewehrsalve. Ich gleite von der Pritsche und trete ans Fenster. Eine klare Nacht. Hinter der Nachbarbaracke sind eilige Schritte zu hören, dann kommt ein ehemaliger Aufseher zum Vorschein, der die Arme und Beine heftig bewegt. Dann höre ich wieder Schüsse, Magazine werden geleert. Der Aufseher fällt plump zu Boden, ganz so, wie in meiner Vorstellung ein Tier hinfallen würde, das sich ein Bein gebrochen hat. Ein Trupp von Männern – ehemalige Häftlinge – kommt mit Gewehren in der Hand herbeigelaufen. Beim Anblick der Leiche bleiben sie stehen. Zwei englische Soldaten sind auch dabei. Jetzt wird mir klar, was es mit diesem geduldeten Blutbad auf sich hat. Die Männer gehen langsam, aber entschlossen zu der Leiche. Sie sehen zu ihr hinab, vergewissern sich, daß der Mann wirklich tot ist. Über Rachegefühle sind wir offensichtlich nicht erhaben. Die Heilige Schrift verlangt mehr Würde. Daran kann ich mich jedenfalls noch erinnern.

An dieser Stelle wird der Fluß langsamer, dann hält er inne, staut sich. Ein großer Baum ist hineingefallen, und alles Treibgut, alle Fische, selbst das Wasser muß sich einen Weg um dieses Hindernis bahnen. Der Baum hat den Fluß verbogen. Ich gehe weiter am Ufer entlang, an diesem Baum vorbei, und krieche dann die Grasböschung hinauf. Oben angekommen, blicke ich über das Feld bis zur geduckten Silhouette der Stadt. Alles ist ruhig. Ich weiß nicht, welcher Wochentag ist. Dienstag? Freitag? Sonntag? Ich habe schon lange kein Zeitgefühl mehr. Möglicherweise ist heute ihr Ruhetag. Ich weiß es einfach nicht. Ich blicke zurück auf den Fluß, auf der anderen Seite des Ufers sehe ich Kinder, die unter einer hohen gebogenen Weide spielen. Es sind Jungen, ein einziges Mädchen ist dabei. Einer der Jungen schaut zu mir herüber, und plötzlich wird mir klar, wie ich auf diese gesunden Kinder wirken muß. Ich habe einen merkwürdigen Körper, der sich an den unwahrscheinlichsten Stellen wölbt und ansonsten extrem mager ist. Eine komische, vielleicht angsteinflößende Gestalt. Und dann fliegt ein Kieselstein herüber. Der erste von vielen, vermutlich. Ich stehe da und starre zu den Kindern hinüber, die lachend mit dem Finger auf mich zeigen. Ich weiß, sie verspotten mich nicht. Eva. Sie kennen mich nicht. Sie lachen über mein Aussehen, nicht über meine Person. Und wieder ein Steinchen. Und noch eins. Ich drehe mich um und gehe wieder die Grasböschung entlang und bemühe mich dabei, nicht zu rennen, keine Panik zu verraten. Ich gehe langsam, doch festen Schritts und würdevoll. Und ich spüre, wie die Steine an mir vorbeifliegen und mich gelegentlich treffen. Aber ich beeile mich nicht. Ich werde nicht weglaufen.

Meine Schwester steigt vor mir den steilen Berghang hinauf, kurz vor dem Gipfel. Es ist anstrengend, aber ich bitte sie nicht, langsamer zu gehen oder stehenzubleiben. Sie wird mich nicht allein zurücklassen. Das werde ich nicht erlauben. Ich senke den Kopf und nehme alle meine Kräfte zusammen, konzentriere mich auf jeden Schritt, setze einen Fuß vor den anderen, langsam, erst den einen, dann den anderen, die Schräge arbeitet gegen mich, die Luft ist dünn, meine Beine schreien vor Schmerz, doch plötzlich ist das Ende des Hangs erreicht, und der Boden wird eben. Margot strahlt mich an, und ich lasse mich ins Gras fallen. Ich drehe mich auf den Rücken, schließe die Augen, aber wir sind der Sonne so nahe, daß ich das Gefühl habe, ich würde gebraten. Es ist heiß. Margot, Wasser. Ich drehe mich auf die Seite und sehe, daß sie die Flasche an den Mund gesetzt hat, den Kopf zurücklegt und gierig trinkt. Margot, Wasser. Sie wendet mir den Blick zu, aber die Flasche ist noch immer an ihrem Mund. Margot! Ich sitze auf ihrem Bett und sehe zu, wie sie ihren Koffer nimmt. Es schneit unaufhörlich. *(Schwester, werden wir beide verschwinden wie Steine in einem Brunnen?)* Für einen Moment treffen sich unsere Augen. Und dann stößt Margot mich auf das Bett zurück und lacht. Ich träume noch immer, die Erinnerungen verschmelzen miteinander. Jede Nacht unternehme ich eine beschwerliche Reise an einen Ort verzerrter und unnötiger Erinnerungen. Und am Morgen bin ich dankbar, der Nacht entronnen zu sein.

Ich finde Gerry, er steht mit einigen seiner Kameraden bei den Lastwagen. Alle rauchen Zigaretten und wirken nervös. Ich gehe auf Gerry zu, merke aber, daß mich meine Nerven im Stich lassen. Ich weiß nicht, was ich sagen soll. In diesem Moment bemerkt er mich und wendet sich mir zu.

»Eva.«

Er wirft seine Zigarette auf die Erde. Er macht einen Schritt auf mich zu und legt die Hand auf meinen Arm. Ich verstehe. Er dirigiert mich weg von seinen Freunden, will mich nicht vorstellen. Er lächelt, und ich bin sicher, daß er sich aufrichtig freut, mich zu sehen. Aber er ist in Eile.

»Wir können uns hier hinsetzen.«

Wir setzen uns auf einen Stapel Holzkisten, die so aussehen, als enthielten sie irgendwelchen Nachschub. Ich fange an.

»Ich muß Margot finden.«

Einen Moment herrscht Schweigen. Dann wendet Gerry sich mir zu, so daß er mir direkt ins Gesicht sehen kann.

»Alles in Ordnung? Du schaust aus, als hätte dir irgend etwas einen Schreck eingejagt.«

»Keine Sorge«, sage ich. »Ich muß nur meine Schwester finden.«

Gerry steht auf und streckt die Beine. Er zündet sich eine Zigarette an, wirft das Streichholz weg, macht einen tiefen Lungenzug und bläst den Rauch schnell aus. Er sitzt jetzt wieder, hält die Zigarette sorgfältig zwischen Daumen und Zeigefinger.

»Du hast doch gesagt, daß du nicht weißt, wo sie ist.«

»Stimmt.«

»Ich kann mich umsehen, wenn ich wieder in England bin. Es gibt bestimmt eine Art Suchdienst. Und ich kann mich hier umschauen. Die DP-Lager. Die haben auch so etwas.«

»Vielen Dank.«

Ich sehe ihn an. Ich bin mir nicht sicher, was er tun wird, aber ich weiß, daß er helfen will. Mehr will ich gar nicht. Ich brauche bloß ein wenig Hilfe.

Am Barackenfenster höre ich ein leises Klopfen. Ich liege noch immer da, in meinem Kopf wirbeln Traumbilder undeutlich durcheinander. Wieder höre ich Klopfen und dann eine Stimme. Es ist Gerry. Am Fenster. Die anderen Frauen, die mit mir in der Baracke wohnten, sind vor ein paar Tagen ausgezogen. Sie wurden feindselig und wollten nicht mehr mit mir reden. Sie behaupteten, ich würde ihr Essen stehlen. Sie behaupteten, ich würde mich ihnen gegenüber rücksichtslos und gedankenlos verhalten. Sie behaupteten, ich wäre verrückt. Ich bin eine junge Frau von einundzwanzig Jahren. Was hätte ich diesen Frauen schon antun können? Warum diese Reaktion? Ich habe sie nicht bedroht. Ich trete ans Fenster und sehe Gerry. Er zeigt auf die Tür. Er will hereinkommen. Ich schüttele lächelnd den Kopf. Er sieht verunsichert aus. Er scheint nicht zu verstehen, daß eine Dame einen Mann nicht so einfach in ihr Schlafzimmer lassen kann. Das wäre undenkbar. Er hebt die Stimme.

»Du mußt im DP-Lager warten. Ich werde dich benachrichtigen, sobald ich etwas über deine Schwester herausgefunden habe.«

Ich nicke.

»Hier und in England gibt es Flüchtlingskomitees. Ich werde etwas über Margot herausfinden.«

»Danke.«

Er lächelt mich an, aber ich weiß, daß er unglücklich ist. Ich weiß, daß er am liebsten hereinkommen und all das auf intimere Weise sagen würde. Er will mein Traumprinz sein. Er will mich retten. Und vielleicht ermutige ich ihn sogar ein wenig. Ich wüßte nicht, was daran schlecht sein soll.

Den Nachmittag verbringe ich allein. Ich habe einen neuen Platz bezogen, draußen im Freien, mitten in der Sonne, dicht am Zaun. Ich hocke auf einem Haufen altem Bauholz, eingezwängt in einen Spalt, der mich wie ein bequemer Stuhl hält. Aus dieser Position kann ich sehen, wie sich das Sonnenlicht wie eine Katze am Zaun entlangbewegt. Seit Mama fortgegangen ist, habe ich mich an das Alleinsein gewöhnt. Aber selbst wenn ich Gesellschaft haben wollte, würde ich inzwischen wahrscheinlich allein bleiben. Tränen steigen mir in die Augen. Die letzten Jahre haben mir seelisch und körperlich weh getan. Ich sitze auf diesem Holzstapel. Dicht am Zaun. Es ist ein warmer Frühlingsnachmittag.

Gerry steht da und sieht zu, wie ich meine Suppe esse. Ich weiß, daß er mich erst ansprechen wird, wenn ich fertig bin. Ich stelle den noch vollen Napf beiseite und gehe zu ihm. Er fängt an.

»Ich wollte mit dir reden.«

Ich lasse keinerlei Überraschung oder Unruhe erkennen. Ich weiß, daß er mit mir reden will. Deshalb bin ich ja gekommen. Doch davon erzähle ich ihm nichts. Ich warte einfach ab, was er mir zu sagen hat. Er greift in seine Hosentasche und zieht ein paar Geldscheine heraus.

»Das ist für dich.«

Ich sehe das Geld und muß lachen. Geld. Ich erinnere mich an Geld. Eine absurde Vorstellung, daß Geld für die Menschen draußen in der Welt noch immer wichtig ist. Ich kann mein Lachen nicht unterdrücken. Gerry versteht nicht, warum ich lache. Aber er beschließt, nicht zu fragen.

»In der Stadt gibt es ein Kino. Du solltest hingehen.«

Ich weiche zurück. Wieso weiß er etwas von Filmen?

»Bitte, nimm. Du mußt dir angewöhnen, wieder normale Dinge zu tun.«

Für einen kurzen Augenblick hasse ich ihn. Wie kann er es wagen, mir gegenüber von Normalität zu sprechen? Davon, was ich zu tun habe. Ich muß nichts tun, wozu ich keine Lust habe. Er hat keine Ahnung, was normal ist und was nicht. Für wen hält er mich eigentlich? Ein Kind? Ich wende mich ab, fühle aber seine Hand auf meinem Arm.

»Nein, Eva. Nimm das Geld. Mach damit, was du willst. Tu dir etwas Gutes, mir ist egal, was.«

Ich sehe Gerry wieder an. Dann das Geld in seiner Hand. Er will meine Zuneigung kaufen. Aber wenn ich meine Schwester finden will, brauche ich die Hilfe dieses Mannes. Ich nehme das Geld. Ich sage, so laut ich kann, aber ich weiß, daß es nicht viel mehr ist als ein Flüstern:

»Danke.«

Gerry lächelt.

Ich habe so lange wie irgend möglich auf meiner Pritsche gelegen. Durch das Fenster sehe ich, daß die Sonne fast ihren höchsten Stand erreicht hat. Es ist Mittag. Die Baracke ist leer. Man ignoriert mich weiterhin. Ich mache ihnen zu viele Schwierigkeiten. Ich bin nackt. Ich beschließe, mich sorgfältig anzuziehen. Dieselben Kleider natürlich. Aber ich werde so tun, als wären es die elegantesten Kleider auf der Welt. Ich werde ein neuer Mensch sein und anmutig aussehen. Ich beuge mich über den Pritschenrand. Ich schiebe die Finger in meinen Schuh. Ich finde das Geld, säuberlich gebündelt, in seinem Versteck. Genaugenommen ist es natürlich kein Versteck, sondern nur ein Verwahrungsort. Hier wird mir niemand das Geld stehlen. Es ist niemand da. Es gibt keinen Grund, es zu verstecken. Manchmal bin ich durcheinander.

In dem Lichtkegel steigt eine sich kräuselnde Rauchfahne auf. Die Schärfe und Intensität des Lichtkegels erregen meine Aufmerksamkeit. Der Film spielt in Amerika. Ein Gangsterfilm mit vielen Schießereien und Autoverfolgungsjagden und brüllenden Männern. Im Halbdunkel sehe ich, daß nur fünf, sechs Leute im Kino sind. Aber ich beobachte den Rauch. Ich beobachte die sich kräuselnde Rauchfahne, die langsam im Lichtkegel hochsteigt.

Der kleine Park ist von Ulmen umstanden. Ich sitze auf einer Bank im Schatten der Bäume und starre auf den Springbrunnen. Wasser gibt es nicht. Der Park liegt verlassen da. Wolkenschatten gleiten wie in einer Parade vorbei. Es herrscht jene Art Stille, die mir sagt, daß überall Menschen sind. Die zusehen und abwarten, was ich mache. Und dann erscheint ein älteres Paar. Arm in Arm kommen sie näher. Sie sehen mich direkt an, dann wendet die Frau den Blick von mir und schaut ihren Mann an. Ich weiß, was er denkt, aber es ist mir egal. Er kann denken, was er will. Ich habe das Recht, in diesem Park zu sitzen und die nachmittägliche Brise zu genießen. Ich tue niemandem etwas zuleide, nicht einmal mir selbst. Im Vorbeigehen dreht sie sich noch einmal um und lächelt mir zu. An der strengen Miene des Mannes ändert sich allerdings nichts.

Ich liege auf meiner Pritsche, aber so sehr ich mich auch konzentriere, ich kann kein Geräusch hören. Dies ist die erste Nacht, in der ich weder Rufe noch entferntes Gelächter höre. Und es ist dunkel. Ich fühle mich wie in einem Vakuum, ich höre nichts, sehe nichts, werde durch nichts abgelenkt. Ich konzentriere mich auf mich und meine Ängste. Alles beunruhigt mich. Einfach alles. Das Büchsenfleisch. Obenauf eine Schicht Schmalz, darunter das Fleisch. Soll ich es essen? Kann ich es essen? Nimmt die Erde um das Gewicht der Toten zu? Und wenn ja, wird sich die Erde dann nicht mehr bewegen? Wird sie sich nicht mehr bewegen? Mama. Papa. Es gibt nicht einmal einen Ort, wo ich in das wuchernde Gras um eure Gräber einen ungleichmäßigen Kreis ziehen kann. Trotzdem versuche ich, die neuen Gesten des Lebens zu erlernen. Wie man eine Zahnbürste benutzt. Wie man Toilettenpapier faltet. Wie man guten Tag und auf Wiedersehen sagt. Wie man langsam ißt. Wie man Freude ausdrückt. Gerüche wiedererkennen. Den Geruch von Bäumen. Den Geruch von Feuchtigkeit. Den Geruch von Regen. Ich befürchte, daß mich der Duft einer Blume umhauen wird. Alles macht mir Sorgen. Der Kinobesuch hat mich nicht von meinen Ängsten befreit. Als ich heute abend zurückkam, habe ich Gerry gesucht. Ich wollte ihm sagen, daß ich getan habe, was ihm so wichtig gewesen war. Ich wollte mich nicht bedanken. Er sollte nur wissen, daß ich auf seinen Vorschlag eingegangen bin. Doch von Gerry war nichts zu sehen.

Ich schaue aus dem Fenster. Der Himmel ist bedeckt. Der Tag ist so trostlos, daß meine Ängste wieder hochsteigen. Ich habe Angst, daß es wieder so kommen könnte, wie es vor der Ankunft dieser Soldaten war. Das Lager. Der grauenhafte Schrei, der die Ohren betäubt, das Grauen ohrenbetäubender Stille. Die starren Bewegungen, schwere Steine, die jedem auf der Seele liegen. Täglich überschreitet man die Grenzen des Lebens, begleitet nur von einem obszönen Egoismus. Andauernd hungrig, staunt man nicht mehr darüber, wie rasch der Körper zerfällt, man ist fasziniert, wenn es zeitweilig Frieden gibt im fortschreitenden Abmagern. Unerträglicher Schmerz des Hungers. Man verspricht dem schrumpfenden Körper, daß er etwas Warmes zu essen bekommt, die ganze Nacht denkt man an nichts anderes als ans Essen. Man tötet nur die Läuse, nicht die Eier. Man wird hinter den Ohren und zwischen den Schenkeln gebissen, an feuchten Stellen, kleine Blutbeulen, die aufplatzen, wenn man sich kratzt. Und immer die Gewalt der Erinnerungen. Das Lagerleben. Zurück zu dieser Einsamkeit? Die Verzweiflung ist kein guter Begleiter. Aber wir sind befreit, und ich entscheide mich dafür, allein zu bleiben. (Ich sehne mich nach Margot. Ich sehne mich nach der lieben Bella.) Ich betrachte die leeren Pritschen und erkenne, daß ich ein Gefängnis geschaffen habe. Ich habe mich in dieser Baracke mit den Geistern von Fremden eingeschlossen. Bin ich eine Opfergabe? Was geht in mir vor, daß ich lieber in dieser Baracke bin? Es stinkt hier drinnen, denn seit vielen Tagen und Nächten ist die Baracke nicht gelüftet worden. Doch es gibt Leute, die mit mir reden werden. Es gibt Leute, die glücklich wären, wenn sie mit mir reden könnten.

Ich laufe zu einem der Männer. Er klettert gerade auf einen Lastwagen, dessen Motor schon dröhnt.

»Bitte, wo ist Gerry?«

Der Mann schnipst seinen Zigarettenstummel zur Erde und kaut dann weiter auf seinem Kaugummi.

»Weg. Frag mich nicht, wohin. Die meisten von uns bleiben nicht hier.«

»Kommt ihr wieder?«

Jetzt donnert der Motor, und das veränderte Geräusch sagt mir, daß der Lastwagen bald losfahren wird. Ich rufe noch einmal, lauter.

»Kommt ihr wieder?«

»Weiß ich nicht. Aber keine Sorge. Du hast es geschafft.«

Und während der Lastwagen anfährt, ruft der Mann mir zu: »Wenn ich ihn sehe, sage ich ihm, daß du ihn gesucht hast.«

Er winkt, die Leinwandplane neben ihm flattert, und der Lastwagen gewinnt an Fahrt. Die Soldaten hinter mir sind dabei, uns in Gruppen einzuteilen. Alles ist in Bewegung. Sie. Wir. Menschen gehen fort. Und jetzt verstehe ich. Gerry hat mir das Geld zum Abschied geschenkt. Richtig. Er wollte mir ein Abschiedsgeschenk machen. Ich sehe eine Frau, die ich vom langen Marsch hierher wiedererkenne. Sie mustert mich, die dunklen Augen werden schmal. Ich sage nichts. Ich drehe mich einfach um und gehe in die entgegengesetzte Richtung, zu meiner Baracke.

Ich sitze auf dem Holzhaufen und halte das Gesicht in die Sonne. Meine Freundin, die Sonne, ist wieder da. Und dann sehe ich die Leute von weitem. Mit dem Handrücken reibe ich mir die Augen. Ein Mann mit Kamera. Und andere Leute, unter ihnen eine junge Frau. Sie ist nicht viel älter als ich. Sie filmen. Sie ist dick. Zielstrebig kommen sie auf mich zu, wie ein langsamer Zug. Vermutlich wollen sie erfahren, wie das Leben war, bevor die englischen Soldaten hier eintrafen. Ich fange an, mich langsam auszuziehen. Wir waren zufrieden. Jeden Tag war Frühling.

Ich stehe am Fenster. Ich schaue hinaus in die Welt, dann drehe ich mich um und sehe mich in der leeren Baracke um. In Gedanken rekapituliere ich, wie ich hierhergekommen bin. Meine leere Baracke. Dann verscheuche ich diese unangenehmen Gedanken aus meinem Kopf und versuche, mich auf das Heute zu konzentrieren. Aber es gibt nichts, worauf ich mich konzentrieren könnte. Die Filmleute sind noch immer da. Ich sehe sie durch das Fenster, wie sie langsam herumlaufen. Sie haben mich nicht gefilmt. Feiglinge. Ich sehe drei Soldaten (zwei Männer und eine Frau), die hinter einem klobigen Holztisch sitzen. Vor ihnen steht je eine Schlange von Lagerinsassen. Sie entscheiden, wer von uns in ein DP-Camp kommt. Langsam leert sich dieses Lager. Gerry ist schon fort. Heute werde ich in meiner Baracke bleiben. Ich möchte nicht zu ihrer Welt gehören.

Ich habe geträumt, daß mir niemand glaubte. Ich war in Amerika und erzählte irgendwelchen Leuten meine Geschichte, mutlose Wörter, die mir unbeholfen aus dem Mund fielen. Einfach *meine* Geschichte. *(... Kinder, die wie betäubt durch die Straßen liefen und ihre Eltern suchten ...)* Respektvoll sahen sie mich an und nickten höflich und interessiert. Niemand wollte mir weh tun. Und dann sah ein Mann auf seine Uhr. In Amerika.

Mir gefällt, wie Vögel fliegen. Erst sieht man die Anstrengung, wie sie heftig mit den Flügeln schlagen, um die nötige Geschwindigkeit zu erreichen. Dann gleiten sie ruhig dahin. Und dann kommt, was ich am liebsten sehe, wenn sie plötzlich anfangen, wieder mit den Flügeln zu schlagen, um abermals Tempo zuzulegen. Genau das tue ich in der letzten Zeit. Ich sitze einfach auf meinem Holzstoß und sehe den Vögeln hinter dem Zaun zu. Ich beobachte ihren gemeinschaftlichen Flug. Jeden Tag ziehen sie wie ein dünnes schwarzes Band über den Himmel. Es sind zu viele, als daß ich ihnen Namen geben oder sie einzeln erkennen würde. Ich sitze einfach auf meinem Holzstoß und sehe ihnen zu. Jeden Tag. Mein Name ist Eva Stern. Ich bin einundzwanzig Jahre alt. Jedesmal, wenn ich zu fallen glaube, schlage ich mit den Flügeln.

Wieder hatte ich diesen Traum. *(... zieht ihr Kind hinter sich her wie ein heimliches Verbrechen ...)* Diesmal erkannte ich einen von denen, die mich anstarrten. Gerry. Er war in Amerika, zusammen mit all den anderen Gesichtern. Diesmal bemühten sie sich, nicht zu lachen, denn sie wollten mehr von meiner Geschichte hören. *(... die andere Frau hielt ein winziges Baby im Arm, das so runzlig war wie ein Fuß ...)*

Heute kam Mama ins Lager zurück. Zuerst war ich wütend, weil ich dachte, daß die Frau, die auf der Nachbarpritsche lag, in der Nacht eingebrochen wäre, um etwas zu stehlen. Aber warum hatte sie sich dann neben mich gelegt? Warum nicht auf eine der anderen Pritschen? Bevor ich etwas sagen konnte, drehte mir die Frau ihr Gesicht zu, und ich sah, daß es Mama war. Ich war nicht erschrocken. Ich hatte mit ihrer Rückkehr gerechnet, denn im Grunde hatte ich nie geglaubt, daß sie fortgegangen war. Und jetzt ist sie wieder da. Ich drücke sie ganz fest und ermuntere sie, ihre Geschichte noch einmal zu erzählen. Wie man sie aus dieser Baracke holte und sie liegenließ, weil man sie für tot hielt. Wie sie in einer anderen Baracke Zuflucht suchte, unter Menschen, deren Sprache sie nicht verstand. Aber sie hatten ihr zu essen gegeben und sich um sie gekümmert, und dann hatten sie sie allein gelassen, denn sie gehörten zu einer Gruppe, die bei der Ankunft der englischen Soldaten sofort die Flucht ergriffen hatte. Mama erzählt, wie sie in dem anderen Teil des Lagers kämpfte, um am Leben zu bleiben. Sie berührt mein Gesicht, als könnte sie ihr Glück noch immer nicht fassen.

»Aber Mama«, frage ich, »warum bist du nicht gekommen und hast nach mir gesucht?«

Mama sieht mich traurig an.

»Sie haben mir gesagt, du seist tot, und ich habe ihnen geglaubt.«

»Tot?«

»Ja. Man sagte mir, du seist tot.«

Ich berühre Mamas Gesicht, ihre Lippen, ihre Augen, ihre Nase. Ich streiche ihr über die Haare. Mama ist wieder bei mir. Jetzt kann ich anfangen, eine Zukunft für uns beide zu planen.

Es ist Nacht. Mama und ich sind heute nicht hinausgegangen. Wir sind hungrig und durstig, aber wir haben den ganzen Tag miteinander geredet. Mama ist überzeugt, daß es Margot gutgeht und daß sie in Amerika ist. Margot ist bestimmt nicht geblieben. Wir stellen uns Margot beim Film vor und lachen. Die liebe Margot in Hollywood. Papa ist tot. Mama und ich wissen das. Dazu gibt es nicht viel zu sagen. Wir sind beide der Ansicht, daß wir nicht zu überlegen brauchen, wie er in unsere Zukunftspläne passen könnte. Es geht einfach nicht. Ich denke mir, daß die nächtliche Luft noch schwer ist von der Hitze des Tages. Ich erzähle Mama von meinen Vögeln. Ich erzähle ihr, wo ich sitze und ihnen zusehe. Ich verspreche ihr, daß ich sie mitnehmen werde. Morgen vielleicht. Oder übermorgen. Im Moment denke ich nur an Mama und ihre Worte. Sie lächelt mich an, und ich weiß, sie hat verstanden.

Die Frau scheint im Begriff, die Geduld mit mir zu verlieren. Ich erkenne das an der Art und Weise, wie sie auf das Papier blickt und mit ihrem Stift auf die Tischplatte klopft. Sie ist recht hübsch, hat kurzes schwarzes Haar und haselnußbraune Augen. Selbst die triste Farbe ihrer Uniform kann ihre Schönheit nicht völlig verbergen.

»Warten Sie auf irgendwelche Angehörigen?«

Was für eine dumme Frage. Wo soll ich warten? Wer weiß denn, wo ich bin? Ich bin mir selber nicht sicher. Ich weigere mich zu antworten.

»Beabsichtigen Sie, nach Hause zurückzukehren?«

Wie kann sie das Wort »nach Hause« verwenden! Eine Rücksichtslosigkeit, in Anbetracht der Verhältnisse. Dieser Ort ist nicht mein Zuhause. Zu Hause ist man dort, wo man freundlich aufgenommen wird. Für einen Moment treffen sich unsere Blicke, doch dann senkt sie die Augen und fängt wieder an, mit dem Stift zu klopfen.

»Ich werde Sie für ein DP-Lager vormerken. Sie können später entscheiden, was Sie tun oder wohin Sie gehen möchten.«

Sie schickt sich an zu schreiben, hält dann inne. Sie sieht zu mir hoch. Wenn sie die Zähne entblößt, schimmern sie unter einer dünnen Schicht Speichel.

»Ich habe hier Ihren Wohnort und die Namen Ihrer Angehörigen. Gibt es sonst noch etwas, was ich wissen müßte?«

Ich schüttele den Kopf. Ich werde ihr nichts von Mama erzählen. Das ist meine Sache.

»In Ordnung, Sie können gehen.«

Und jetzt verstehe ich, daß ich abgefertigt bin und jemand anderes meinen Platz einnehmen wird. Gut. Ich habe die Spielregeln verstanden. Ich bin hier, dann gehe ich fort. Ich bin nur so lange von Belang, wie ich Fragen beantworte. Ich beschließe, nicht zu weichen. Sie sieht zu mir hoch, diesmal jedoch mit irritierter Miene.

»Sie können gehen.«

Ich werde ihre haselnußbraunen Augen nicht länger quälen.

Es ist früh am Abend, aber die Sonne ist noch nicht hinter dem Horizont verschwunden. Wieder stehe ich in einer Schlange. Ich warte auf einen zweiten Teller Suppe. Ich weiß, niemand wird mich komisch angucken. Sie haben gelernt, wann sie mich wahrnehmen sollen und wann nicht. Wann sie mich ignorieren sollen. Ich bin ein seltsamer Mensch. Ich weiß, daß sie das denken. Sie ist ein seltsamer Mensch. Aber ich kann nicht verhindern, daß sie denken, was sie denken müssen. Der Mann weiß, daß es mein zweiter Teller Suppe ist, aber diese Soldaten freuen sich anscheinend, wenn wir einen zweiten Teller wollen. Er lächelt und taucht die Schöpfkelle tiefer in den Kessel. Er vergewissert sich, daß auch Gemüse dabei ist. Ich erwidere sein Lächeln und trotte dann mit dem Teller, den ich mit beiden Händen festhalte, wieder in die Baracke. Ich blicke mich nicht um, ob mir jemand zuschaut. Meine Augen sind fest auf den Boden vor mir gerichtet. Mama sitzt auf dem Rand der Pritsche. Ich eile zu ihr und gebe ihr den Teller. Sie nimmt ihn und berührt dabei die Hand ihrer Tochter. Dann beginnt sie, die warme Suppe zu löffeln, während ich zur Tür gehe und abschließe. Zur Sicherheit. Nur Mutter und Tochter. So wünsche ich es mir immer.

Wieder vernehme ich das Klopfen an der Tür, aber ich rühre mich nicht von der Stelle. Ich werde nicht aufmachen. Zwei Tage und zwei Nächte habe ich auf dieser Pritsche gelegen, ohne den Fuß vor die Tür zu setzen. Mama glaubt, daß sie annehmen werden, mit mir sei irgend etwas nicht in Ordnung, wenn sie mich nicht sehen, aber ich will sie nicht allein lassen. Ich kann es mir nicht leisten, Mama ein zweitesmal zu verlieren. Trotz ihrer Bitten bin ich zwei Tage und zwei Nächte bei ihr geblieben. Das Klopfen fängt wieder an, und diesmal wird es laut. Die Stimme des Mannes befiehlt mir, aufzumachen. Er versichert mir, daß er nichts Böses will. Mama sieht mich an. Ihr Gesichtsausdruck sagt eindeutig, daß ich tun soll, wie mir geheißen. Ich gehe also zur Tür und mache auf. Vor mir stehen zwei uniformierte Männer, ein Älterer, der offensichtlich geklopft hat, und ein Jüngerer, der nervös neben ihm steht. Der Ältere ergreift das Wort:

»Niemand will Ihnen zu nahe treten, aber wir machen uns Sorgen. Ich bin Arzt.«

Mein Blick fordert ihn auf, weiterzusprechen.

»Sie müssen begreifen, daß Sie unter Menschen gehen müssen. Sie dürfen sich nicht einfach so hängenlassen. Sie haben viel durchgemacht.«

Ich halte die Tür so, daß er nicht hineinschauen kann. Ich will nicht, daß er Mama sieht.

»Es ist alles in Ordnung.«

Ich sage das ganz schnell, denn jetzt möchte ich, daß er geht.

»Sind Sie bereit, ins DP-Lager umzuziehen? Dieses Lager muß geräumt werden. Die Luft ist nicht gut, und Sie werden es dort besser haben.«

»Ich bin bereit. Nicht heute. Aber ich werde gehen.«

Das scheint ihm zu genügen. Ein Lächeln huscht über sein Gesicht. Solange ich noch die Oberhand habe, füge ich hinzu:

»Ich werde unter Menschen gehen.«

»Gut. Wir wollen Ihnen ja nur helfen.«

Ich nicke dem Arzt und seinem schweigsamen Begleiter kurz zu und schließe die Tür. Ich wende mich Mama zu, die voller Angst auf ihrer Pritsche liegt. Sie kann so nicht weiterleben.

Ich warte ein paar Minuten, bevor ich wieder hinausgehe, um für Mama einen zweiten Teller Suppe zu holen. Jetzt bin ich wieder da, aber sie spricht noch immer nicht mit mir. Ich frage: »Ist es Margot?« Keine Antwort. Ich frage: »Mama, was ist los?« Keine Antwort. Ich frage: »Mama, geht es dir nicht gut?« Keine Antwort. Ich frage: »Mama, habe ich dich verletzt, oder bist du böse auf mich?« Keine Antwort. Ich frage: »Mama, ist es Papa?« Sie wendet sich mir zu, stellt ihren Suppenteller hin. Es ist Papa.

»Gestern nacht, Eva, hatte ich einen Traum. Papa sagte zu mir, daß wir jetzt allein sind. Nur du und ich, mein Kind.«

»Und Margot?«

Mama schüttelt den Kopf und beginnt zu schluchzen.

»Nur du und ich.«

Ich umarme sie, bin aber nicht sicher, ob sie es merkt.

Mama und ich haben nicht geschlafen. Wir sind die ganze Nacht wach geblieben und haben Pläne gemacht. Und nun, da die Sonne durch das Fenster fällt, sehe ich Mama erschöpft in den Schlaf sinken. Heute nacht wird sie fortgehen. In die große Stadt am Fluß. In zwei Tagen werden wir uns auf dem Marktplatz treffen. Es muß dort einen Marktplatz geben. Davon sind wir beide überzeugt. Mama wird zuerst gehen und sich von einem Militärfahrzeug mitnehmen lassen, ganz egal, ob von einem englischen oder amerikanischen. Ich werde nachkommen. Zusammen würden wir nur Aufmerksamkeit erregen. Und dann werden wir beide nach Amerika reisen. Trotz Mamas Traum wissen wir, daß Margot in Amerika lebt, am Leben ist. (Liebe Margot in Hollywood.) Wir werden nach Amerika fliehen, zu Margot.

Wir sehen den jungen Soldaten am Tor. Wir ducken uns hinter dem niedrigen Mäuerchen und warten, bis er sich umdreht und seinen Kontrollgang fortsetzt. Ein paar Sterne stehen am Himmel, aber die Nacht ist ungewöhnlich dunkel. Eine günstige Situation für Mama. Sobald der Soldat aus dem Blickfeld verschwindet, beginnen Mama und ich, loszugehen, durch das Tor zu laufen. Ich frage mich, warum diese Heimlichtuerei, wo wir doch frei sind? Nach etwa hundert Metern bleiben Mama und ich unter einer Eiche stehen. Ich komme nicht weiter mit, Mama versteht mich. Ich drücke ihre Hand. Mama sieht schön aus unter dem Nachthimmel. Sie bringt sogar ein Lächeln zustande. Ich reiche ihr das kleine Bündel mit dem Stück Brot und ein paar anderen Kleinigkeiten für unterwegs. Und dann umarmen wir uns.

»In zwei Tagen«, sage ich. »In zwei Tagen sehen wir uns wieder.«

Ich beobachte, wie Mama ihr Abenteuer beginnt. Und als ich sie nicht mehr sehe, drehe ich mich um. Ich gehe wieder in Richtung Lager. Aber der junge Soldat ist uns gefolgt. Er tritt aus dem Dunkel. Er sagt kein Wort, starrt mich bloß an. Dann tritt er einen Schritt vor und berührt meine linke Brust. Er legt die Hand auf sie, als wollte er ihr Gewicht fühlen. Und dann drückt er. Hoffentlich hat Mama keinen Grund, umzukehren und mich so zu sehen.

Ich sitze auf meinem Holzstapel. Gerry steht über mir. Er sieht älter aus, als hätte er eine schlimme Krise durchgemacht. Er sagt, sie hätten einen anderen Ort »befreien« müssen. Er spricht das Wort langsam aus, wiegt es sorgfältig in seinem Mund, als würde er ihm nicht trauen. Was sie an diesem anderen Ort auch getan oder gesehen haben, es hat sie alle gezeichnet. Irgendwie wirken sie ein wenig verwahrlost. Aber dann denke ich, es sind wohl dieselben Männer, nur daß ich sie jetzt anders sehe, da sich meine Verfassung verbessert hat. Gerry sagt, er habe zuallererst nach mir gesucht. Er habe Sorge gehabt, ich könne fortgegangen sein. Ich denke, warum macht er sich Sorgen? Ich erkläre ihm, daß ich meine Schwester finden werde, auch wenn ich noch immer nicht weiß, wo sie ist. Von Mama erzähle ich ihm nichts. Gerry scheint es verletzend zu finden, daß ich etwas ohne ihn unternehmen will.

»Aber ich kann dir helfen, deine Schwester zu finden. Ich werde in den nächsten Tagen nach England zurückkehren, und ich habe dir gesagt, ich kann Kontakt zu all den Gruppen aufnehmen. Dort drüben kennt man sich mit solchen Dingen aus. Hier ist ja ein einziges Chaos.«

Ich sehe ihn an. Er ist kein schlechter Mensch.

»Vielen Dank, Gerry.«

Er scheint erleichtert. Aber er rührt sich nicht. Er steht über mir.

Es ist Abend. Ich soll für die Reise morgen früh einen Koffer packen. Aber das ist nicht mein Koffer. Wem gehört er? Egal, ich habe nichts einzupacken. Ich werde meine paar Habseligkeiten in der Hand tragen, genau wie Mama. Ein Koffer, das bedeutet Leben. Es erscheint mir passend, daß ich mit einem Bündel in die Welt hinausgehe. Ich versetze dem Koffer einen Fußtritt. Ich bin nicht verbittert. Ich will mich einfach nicht verstellen. Jetzt nicht. Überhaupt nie. Mama wird mich in der großen Stadt am Fluß erwarten. Aber sie wird mich ohne Koffer sehen.

Gerry steht an der Barackentür. Hinter ihm sehe ich Leute auf Lastwagen klettern. Motoren röhren. Befehle werden gebrüllt. Heute wollen sie das Lager offenbar endgültig räumen. Dieser Morgen ist der Anfang vom Ende.

»Ich habe dir etwas zu essen mitgebracht, für unterwegs.«

Gerry gibt mir eine Papiertüte. Ich schaue nicht hinein. Gerry soll wissen, daß ich ihm traue.

»Danke.«

»Ich habe die Adresse von deinem DP-Lager. Und hier, das ist für dich.«

Er hält mir einen Zettel hin, der zweimal gefaltet ist, als enthielte er ein Geheimnis.

»Meine Adresse in London«, sagt er. Er strahlt vor Stolz. »Du mußt mir schreiben, wenn du etwas brauchst. Andernfalls schreibe ich dir.«

Er hält inne und sieht sich um.

»Du solltest nach London kommen. Ich glaube, es würde dir gefallen.«

Ich lächle und frage mich, was nach Gerrys Ansicht so besonders an diesem London ist.

»Hier, nimm!«

Er drückt mir den Zettel in die Hand.

»Danke, Gerry.«

»Du mußt dich nicht bedanken«, sagt er. »Erst wenn du Gebrauch davon gemacht hast.«

Es ist fast Abend. Ich sitze auf meinem Holzstapel. Meine Vögel trauen sich noch immer nicht über den Zaun. Und dann spüre ich Gerrys Anwesenheit. Auch ohne aufzublicken weiß ich, daß es Gerry ist.

»Was ist passiert?«

Ich wende mich nicht zu ihm um. Ich bin zufrieden. Für heute hat die Sonne ihr letztes bißchen Wärme ausgeschickt.

»Es waren zu viele Leute.«

»Du wirst morgen gehen müssen.«

Ich sehe zu ihm hoch. Armer Junge, mit seinem albernen Schnurrbart. Ich weiß, daß ich morgen gehen muß. Mama wird auf mich warten.

»Wenn du nach London kommst, willst du dann meine Frau werden?«

Er stutzt, als hätten ihm seine eigenen Worte einen Schreck

eingejagt. Das Schweigen wird immer tiefer, und ich merke, daß er mich dringend braucht. Ich soll ihn retten.

»Gerry«, fange ich an.

»Eva.« Er macht eine Pause. »Natürlich erst, wenn es dir bessergeht. Willst du meine Frau werden?«

»Tut mir leid, nein.«

Gerry zieht theatralisch die Schultern hoch. Und dann lacht er.

»Wer verliebt sich schon in einen Verlierer? Ich werde wohl einfach übrigbleiben wie ein Restposten.«

Ich weiß nicht, was er damit sagen will, sehe aber, daß er versucht, sich über sein eigenes Lachen zu freuen. Irgend etwas an diesem Mann ist mir sympathisch. Aber einen Menschen wie mich wird er niemals verstehen können. Das kann keiner von ihnen.

Es ist Morgen, ich bin bereit. Wenn ich abgereist bin, werden nur noch die Kranken dasein. Ich nehme mein kleines Bündel und klettere auf den Lastwagen. Ich setze mich an die Rückwand und schaue mich um. Gerry ist natürlich da. Und hinter Gerry das Lager. Die Soldaten laufen noch immer herum, wollen Ordnung schaffen. Nun, da kaum jemand mehr da ist, gelingt ihnen das auch fast. Kleine Feuer brennen, und hier und da haben die energischeren der Soldaten damit angefangen, die Baracken einzureißen. Andere wirken erschöpft und fegen einfach die Überreste sauber zusammen. Nein! möchte ich ihnen am liebsten zurufen. Das Lager muß aufgegeben werden. Geht einfach weg, sobald wir fort sind, und kümmert euch nicht weiter darum. Wartet ab, wer kommt und die Überreste für sich beansprucht. Der Motor heult auf. Ich halte mich an der Seite fest. Noch bevor wir losfahren, fängt Gerry zu winken an. Ich lächle in seine Richtung. Mein Befreier. Auf Wiedersehen, Gerry. Auf Wiedersehen.

Wir fahren über Land, die Leute sehen uns nach. Ich und noch zehn, zwölf andere, die meisten beachten mich nicht weiter, sicher hat man ihnen gesagt, daß ich allein gelassen werden will. Inzwischen wünschte ich, ich hätte mich nicht an die Rückwand gesetzt, denn die Auspuffgase steigen genau dort hoch, wo ich sitze. Besonders unangenehm ist es, wenn wir an einer Kreuzung anhalten oder vor einer schmalen Straße abbremsen. Überall sehe ich die Spuren des Kriegs. Lange Kolonnen geschlagener Soldaten und verlassener Fahrzeuge am Wegrand. Trotzdem gibt es sonderbare Szenen von Normalität. Schulkinder. Schoßhunde. Zeitungen.

Nach vielen Stunden fahren wir endlich langsamer, überqueren eine hölzerne Flußbrücke und kommen in die Außenbezirke einer größeren Stadt. Schweigen. Und wieder ein merkwürdiger Anblick. Ich sehe eine Frau einen Kinderwagen schieben, in dem ein Baby liegt. Wir starren alle hin. Das Kind hat gesunde rote Bäckchen. Meine Reisegefährten umklammern ihre Koffer und gaffen. Die Frau zu meiner Rechten bietet mir eine englische Zigarette an, die ich nehme. Sie gibt mir Feuer. Ich bin mir nicht sicher, wie man raucht, aber allzu schwer kann es nicht sein. Jetzt spüre ich die Auswirkungen. Mein Kopf wird leicht. Ein unheimliches Gefühl von Gleichgültigkeit. Ich möchte lächeln. Ich lächle sie an, das ist meine Form, ihr zu danken. Es gibt andere merkwürdige Dinge zu sehen. Vor uns ein Militärfahrzeug. Kein englisches. Vielleicht ein amerikanisches. Ein Auto mit khakifarbenen Vorhängen, so daß wir nicht hineinsehen können. Inzwischen dreht sich alles in meinem Kopf. Hoch über mir drängen sich die armen Wolken aneinander. Und dann fangen sie an zu weinen. Leichter Regen. Wir haben unseren Bestimmungsort erreicht.

Ich sitze auf dem Rand eines Bettes. Das Bett ist frisch bezogen. Besonders irritierend finde ich das Kissen. Ich hatte ganz vergessen, daß es so etwas gibt. Die anderen Frauen aus meinem Lager sind mit mir in einem behelfsmäßigen Schlafsaal untergebracht, sie sitzen ebenfalls auf ihren Betten und sprechen aufgeregt miteinander. Eine springt auf und läuft zur Tür. Eine andere läuft zum Fenster und schaut hinaus. Dann setzen sie sich wieder. Sie sind nervös. Sie schmieden Pläne. Für Palästina. Sie sind plötzlich erfüllt von einer wunderbaren Energie, und ich höre ihnen fasziniert und stumm zu. Anscheinend sind wir lange genug herumgeirrt. Zu lange haben wir in den Ländern anderer Völker gearbeitet und gekämpft. Die Geschichte unserer Reise durch die Trümmer Europas wird in späteren Jahren von vielen Propheten erzählt werden. Nachdem wir jahrhundertelang versucht haben, mit anderen zu leben, anders zu sein, strömen wir jetzt nach Hause. Ich komme in ihren Plänen nicht vor, denn sie wissen, daß sie keine Zeit vergeuden dürfen. Weder Margot noch Mama sind in Palästina. Es gibt keinen Grund, weshalb ich nach Palästina gehen sollte. Aber ich habe auch Gefühle, genau wie sie. Ich verstehe die Leidenschaft, die sie erfaßt. Auch ich habe den Sturm überlebt. Auch ich werde bald meine Papiere bekommen. Auch ich habe von Palästina geträumt. Und wenn wir dann vereint sind und Mama oder Margot den Wunsch hat, nach Palästina zu gehen, dann werden wir nach Palästina gehen. Und vielleicht werde ich diese Frauen im Gelobten Land wiedersehen.

Ich schwinge meine Beine auf das Bett und sehe zum Fenster hinaus. Jetzt ist es Abend, und das Licht wird schwächer. Wir sind im richtigen DP-Lager angekommen. Wir sind am Rand der richtigen Stadt. Und morgen werde ich mich auf dem Marktplatz mit Mama treffen. Aber es gibt keinen Grund, mit meinem Glück anzugeben. Das gehört sich nicht. Ich versuche, den anderen Frauen nur zu vermitteln, daß es mir auch gutgeht, wie ihnen. Ich will ihnen die Stimmung nicht vermiesen. Ich versuche, ihnen zuzulächeln, aber sie halten mich für unzuverlässig. Das verstehe ich. Ich bin nicht wütend. Ich höre ihnen zu, wie sie Pläne schmieden und aufgeregt sind, und denke, wie schön es wäre, jemanden zu haben, mit dem ich meine Freude teilen kann. Aber wir alle werden nun überleben, jeder auf seine Weise.

Und jetzt, da der Tag zu Ende geht, muß ich mir wieder sagen, daß es keine Mama geben wird. Fast eine Woche sitze ich schon auf dieser Bank, von Sonnenaufgang bis Sonnenuntergang. Dann gehe ich wieder in das DP-Lager und nehme mit den anderen Männern, Frauen und Kindern die Mahlzeiten ein. Ich habe meine Gewohnheiten. Ich sitze auf dem Marktplatz und sehe auf das Plakat gegenüber. Ein schönes, buntes Plakat mit einer strahlenden Sonne, einem tiefblauen Himmel und weißen Stränden. Willkommen in Griechenland! Ich möchte verreisen. Welche Verlockung. Welcher Luxus. Die Passanten mustern mich. Auch ihr Leben ist trostlos. Ihre Augen sind voller Verzweiflung, ihre Mienen bedrückt, ihre Köpfe gebeugt. Ihre Herzen sind kalt. Ich beobachte sie und flüstere verstohlen. Ihr habt dieses Unglück verdient. Ihr habt es verdient. In dieser Stadt haben die Leute im Sommer im Park gespielt. In dieser Stadt sind die Leute im Winter auf dem Fluß Schlittschuh gelaufen. Und am Ende des Tages, wenn die Sonne untergeht, stehe ich auf. Bis zum Lager ist es ungefähr ein Kilometer. Man braucht nicht sehr lange. Und wenn ich dort angekommen bin, gibt es Essen.

Es ist bloß ein weiterer Tag. Warum noch länger hier herumsitzen? Es gibt keine Mama. Es hat nie eine Mama gegeben, weder in diesem Lager noch im letzten. Ich muß den Ort finden, wo Margot jetzt ist. Den Ort, wo ich hinfahren könnte. Ich habe Glück. (Wirklich?) Leider erkenne ich diese Welt nicht mehr wieder. Warum soll ich länger unter diesen Leuten sitzen, die über den Marktplatz eilen und ihr ärmliches Leben hinter sich herziehen? Sie können nicht wissen, was ich weiß. Sie werden niemals wissen, was ich weiß. Diese Leute, erfüllt von ihrer dumpfen Wichtigkeit. Nein, ich werde meine Zeit nicht damit vergeuden, sie aufzuklären. Nein. Mama hat mich verlassen, ich bin allein. Seit mehr als einer Woche fürchte ich mich vor dieser Erkenntnis. Ich wollte es nicht begreifen. Doch jetzt sehe ich es so klar, wie ich mein Griechenland an der Ecke des Platzes sehe. Diese dummen, bedrückten Leute, die an mir vorbeigehen. Anständige Leute, aber besiegt. Meine Phantasie ist ruiniert. Ich habe keine Mama. Also zurück, zum Abendessen. Ich muß vor Sonnenuntergang losgehen, zurück ins Lager. Ständig muß ich ans Essen denken. Obwohl es genug zu essen gibt, trage ich heimlich immer ein Stück Brot bei mir. Ich schäme mich.

Einen ganzen Monat habe ich damit verbracht, aufdringlichen Fragen auszuweichen. Ich esse mit ihnen, was wollen sie noch von mir? Ich habe Angst, nachts einzuschlafen, denn ich könnte im Traum sprechen und etwas von mir preisgeben. Tag und Nacht starre ich die anderen Frauen an. Bestimmt gehe ich ihnen auf die Nerven. Aber ich bemühe mich, freundlich zu bleiben. Und sooft die Frauen anfangen, auf jiddisch *Pioniere, seid bereit für Palästina* zu singen, falle ich mit schwacher Stimme ein; oft murmele ich die Worte nur, aber ich versuche es. Immer wieder. Und dann kam der Brief von Gerry. Und dann redete ich. Ich werde heiraten. Das war es, was ich mitteilte. In England. Die Lagerverwaltung erklärte sich bereit, meine Reise zu organisieren, allerdings erst, als ich den Brief vorgezeigt hatte. Den Frauen im Schlafsaal erzählte ich: Er will, daß ich nach England komme, damit wir heiraten. Also werde ich zu ihm fahren. Sie wunderten sich, aber die Lagerleitung begriff. Wir werden dir Geld und eine Fahrkarte geben. Du hast großes Glück. Herzlichen Glückwunsch! Mein Leben hier ist tot. Nachts liege ich leblos da. Morgens erhebe ich mich leblos. Mama, warum haben wir uns nicht alle versteckt? Mama, warum hat Papa sich nicht umgedreht und mich angesehen, als er nach rechts hinüberging?

Morgen fahre ich nach England, zu Gerry. Die letzte Nacht werde ich in einem neuen Schlafsaal verbringen. Mit noch einer Frau. Diese Frau spricht mich an. Sie sagt, sie sei zurückgegangen und habe niemanden gefunden. Die Möbel zu Hause seien von Leuten aus dem Viertel verheizt worden. Ihr Elternhaus habe leergestanden. Sie erzählt, daß sie ein gerahmtes Foto gefunden habe. Das Glas war zerbrochen, das Bild zerrissen, aber es ist alles, was ihr geblieben ist. *(Ich blieb eine Nacht, und dann bin ich um mein Leben gerannt.)* Sie lächelt mir zu. Sie sagt, sie hat es gehört. Daß sie mir Geld und eine Fahrkarte gegeben haben. Sie sagt, sie wollte einfach nur bis zum Ende des Krieges leben und dann noch eine Stunde. Doch jetzt ist sie glücklich. Es gibt ein neues Leben. (*Ein neues Leben für uns alle, wenn wir Gott vertrauen und wieder glauben*. Das sind ihre Worte.) Sie hat ein Geschenk für mich. Sie drückt es mir in die Hand und geht dann aus dem Zimmer. Ich weiß, was ich zu tun habe. Ich warte einen Moment und stelle mich dann vor den Spiegel. Ein fremdes Gesicht, mit großen, geschwollenen Augen. Ich will diesen leidenden Ausdruck nicht haben. Wie kann dieses fremde Gesicht mir gehören? Ich sehe aus wie die anderen, häßlich und ungepflegt. Ich lache über diese Maske. Ich male mir Lippenstift um den Mund. Ein ungleichmäßiger Strich, blutrot. Morgen werden sie mich in eine leere Welt entlassen, in der ich nur Gerry haben werde. Gerry hat nie mein wahres Gesicht gesehen. O Gerry, mein Herz ist gebrochen. Vielleicht kannst du es ein wenig flicken, aber es wird nie wieder ganz sein. Verstehst du das? Wie kann sie mir diesen nutzlosen Lippenstift geben? Wie kann sie mir ein solches Geschenk machen? Ich bin nicht so wie die anderen. Ich bin anders.

Im März 1480 richteten die Einwohner von Portobuffole, einer kleinen Ortschaft bei Venedig, ihre Häuser für den Empfang ihrer sehnsüchtig erwarteten Angehörigen. Der Winter war zu Ende gegangen, und allmählich wurde es wärmer, aber vor allem schien die Hungersnot, unter der diese Menschen drei Jahre lang gelitten hatten, nun endgültig vorbei zu sein. Für jeden war genug zu essen da, und wenn sich die Ärmeren auch keinen Luxus leisten konnten, so gab es doch in jedem Haushalt Schweinefleisch oder Eier oder beides, und die Leute warteten nun freudig erregt auf den Priester, der Haus und Nahrung segnen sollte, ehe sie darangingen, die Tische mit schönen Blumen und wohlriechenden Kräutern zu schmücken.

Besonders die Frauen beobachteten die Straßen voller Unruhe, denn die meisten von ihnen erwarteten ihre Männer zurück. Unlängst hatte die Republik Venedig mit dem gottlosen Türken Frieden geschlossen, und so sollte die venezianische Armee aufs neue demobilisiert werden. Die Frauen rechneten täglich mit der Heimkehr ihrer Lieben und beobachteten die Straßen in Erwartung eines glücklichen Wiedersehens. Es gab aber noch einen anderen Grund für diese konzentrierte Aufmerksamkeit. Die Pest, die fast ein ganzes Jahr gewütet hatte, war gottlob überwunden, doch das alte Mißtrauen gegenüber Fremden war geblieben. Während die Frauen also nach ihren Männern Ausschau hielten, verfolgten sie zugleich mit scharfem Auge all jene, die sie nicht wiedererkannten. Eines Abends dann, kurz vor Sonnenuntergang, betrat ein junger Bettelknabe die Stadt. Ausgerechnet ihm schenkten die Frauen keine weitere Beachtung. Er hatte blondes und ungepflegtes Haar, sein zerrissenes Leinenhemd reichte ihm bis auf die nackten Füße, und über der Schulter trug er einen alten Sack. Eine Frau, die er nach dem Namen der Stadt gefragt hatte, hatte sich daran erinnert, daß der fremde Akzent des Knaben dem ihres Mannes glich, bevor dieser von der venezianischen Armee in diese Gegend geholt worden war. Eine andere Frau hatte den Jungen ebenfalls gesehen, aber bedauerlicherweise nicht mit ihm gesprochen.

Der Schmied erklärte, er sei gerade beim Beschlagen eines Pferdes gewesen, als er den jungen Vagabunden erblickt habe. Der Junge sei zögernd auf ihn zugekommen und habe sich nach dem Weg zum Haus des Juden Servadio erkundigt. Es sei schon fast dunkel gewesen, erinnerte sich der Schmied, und er habe dem armseligen Geschöpf bloß die Richtung gewiesen und anschließend das Pferd weiter beschlagen, da er es unbedingt vor Einbruch der Nacht seinem ungeduldigen Besitzer habe zurückgeben wollen. Daß der Knabe auch von einem Mann gesehen worden war, selbst wenn es sich bei diesem Zeugen um den launischen und ziemlich unberechenbaren Schmied handelte, war schon deswegen wichtig, weil die Aussage einer Frau zu jener Zeit nur dann etwas galt, wenn sie von einem Mann bestätigt wurde. Die männliche Zeugenschaft wird noch bedeutsamer, wenn man weiß, daß das unschuldige Bettlerkind, das an jenem Tag nach Portobuffole gekommen war, nie wieder gesehen wurde.

Portobuffole war eine kleine Ortschaft mit weniger als tausend Einwohnern, die teils innerhalb, teils außerhalb der Stadtmauer lebten. Trotz seiner geringen Größe war Portobuffole als wichtiges Handels- und Verwaltungszentrum bekannt, dessen Jurisdiktion mehr als fünfzehn benachbarte Dörfer unterstanden. Betrat man die Stadt, gelangte man bald auf einen großen Platz, auf dem sich, zwischen Stadtmauer und Rathaus, der Mittelpunkt von Portobuffole befand: das Magazin. Das Gebäude hatte eine häßliche Veranda, doch unterhalb der Veranda lag ein großer Geschäftsraum, wo mit Kredit und Sicherheiten gehandelt wurde. An der steinernen Wand des Kontors hing eine Liste, auf der deutlich sichtbar die aktuellen Zinssätze verzeichnet waren. Linker Hand sah man die Synagoge und die großen, komfortablen Häuser der führenden jüdischen Geldverleiher, Servadio und Moses. Diese Häuser waren leicht zu erkennen an den zylindrischen Behältern, in denen ein Papierstreifen mit einem hebräischen Bibelspruch steckte. Traditionsgemäß hatten diese Behälter rechts neben der Eingangstür eines jüdischen Haushalts angebracht zu sein.

Oberhaupt von Portobuffole war Andrea Dolfin, ein von der Signoria von Venedig ernannter venezianischer Adeliger, der sein Amt für die Dauer von sechzehn Monaten ausüben sollte. Von seinem bescheidenem Gehalt mußte er einen Stellvertreter, einen Notar, drei Pagen, drei Pferde sowie einen Diener bezahlen. Andrea Dolfin arbeitete mit einem Gemeinderat zusammen, dem Vertreter der wichtigsten Familien angehörten, die aber, im Gegensatz zu anderen Städten, nicht unbedingt adeliger Abkunft sein mußten. Die demokratischen Ideale von Portobuffole ermöglichten die Mitwirkung aller Männer über einer bestimmten Altersgrenze bei der Verwaltung der Stadt, und die Bewohner von Portobuffole waren nicht ohne Grund stolz auf die Art und Weise, wie ihr Gemeinwesen regiert wurde.

Im Jahre 1424 kamen die ersten Juden, überwiegend aus Köln stammend, nach Portobuffole. 1349 war es im Rheinland aus Furcht vor der Pest zu hysterischen und irrationalen antisemitischen Gewalttaten gekommen. Die verzweifelten Juden verbarrikadierten sich in ihrer großen Synagoge, setzten das Gebäude in Brand und warteten betend auf das Ende. Die wenigen Juden, die diese Katastrophe überlebten, blieben in der Region, wurden bald darauf jedoch vertrieben. Einige Jahre später durften sie wieder zurückkehren, als ob nie etwas geschehen wäre. So gehen die Deutschen mit ihren Juden um. Als die Kölner Juden im Jahre 1424 endgültig aus der Stadt gejagt wurden, beschlossen die meisten von ihnen, sich nach Venedig zu begeben, wo sie glaubten, in größerer Sicherheit leben zu können.

Die Einwohner der Republik begegneten den Kölner Juden mit all dem Mißtrauen, das unter Menschen üblich ist, die nichts voneinander wissen. Leider ließ dieses Mißtrauen im Laufe der Zeit nicht nach. Es zeigte sich, daß die Juden für sich blieben. Sie zogen es vor, nicht mit Christen zu essen und zu trinken, und sie behielten ihren starken deutschen Akzent. Sie sahen anders aus, waren im Durchschnitt zwischen fünfunddreißig und fünfzig Jahre alt, bleich, mit Ringen unter den Augen, und trugen lange, ungepflegte Bärte. Selbst im Hochsommer trugen die Männer stets ihre groben, dunkelgrauen Wollkaftane und ihre sonderbaren schwarzen Hüte. Und obwohl ihre Frauen sich geziemender kleideten und bisweilen Tücher auf dem Kopf trugen, wie das christliche Frauen in der Kirche taten, hielten sich selbst diese sanfteren Wesen von den harmlosen Frauengesprächen über Haushalt oder Kinder fern. Die Juden aßen weder Schweinefleisch noch das rote Fleisch, das es beim Metzger zu kaufen gab, sondern nur Fleisch von geschächteten Tieren. Sie wuschen ihre Sachen am Sonntag und ruhten am Samstag, und acht Tage nach der Geburt eines Sohnes feierten sie die Beschneidung. Wer irgendwann einmal betende Juden gesehen hatte, behauptete, daß sie sich dabei in lange, den ganzen Körper bedeckende Tücher hüllten, was ihnen etwas Animalisches und Dumpfes gab. Diese Juden waren als Fremdlinge gekommen, und Fremdlinge sollten sie bleiben.

In Deutschland wurden die Juden oft getötet, weil die Christen behaupteten (und entsprechende Beweise vorlegten), sie trügen zur Ausbreitung der Pest bei, indem sie die Brunnen mit allem vergifteten, was gerade zur Hand sei: Spinnen, Eidechsen, Schildkröten. Die Juden hatten nicht nur Jesus Christus ermordet, sondern pflegten auch zur Erinnerung an dieses Verbrechen in der Osterwoche ein christliches Kind zu töten, dessen frisches Blut aufzufangen und einen Teil davon in das ungesäuerte Brot zu geben, das sie an ihrem Osterfest, dem sogenannten Passah, verzehrten. Ihr Fest sollte an den historischen Augenblick erinnern, da sich das Rote Meer angeblich in Blut verwandelt hatte und die ägyptische Armee untergegangen war; damit erklärte sich ihr Wunsch nach frischem Blut. Diese mörderische Handlung bewies aber auch, wie sehr sie die Christen haßten. Wenn sie das unschuldige christliche Kind töteten, sprachen sie die folgenden Worte: »So wie wir Christus zu einem schmachvollen Tod verurteilt haben, wollen wir auch dieses unschuldige Christenkind verurteilen, Herr und Diener sollen vereint sein in derselben Strafe, so geben wir ihnen die Schande zurück, die sie uns zur Last legen.« Das Blut wurde jedoch nicht nur dem Brot beigemengt. Es war allgemein bekannt, daß die Juden frisches Christenblut auf vielerlei Weise verwendeten: zum Salben von Rabbinern, bei der Beschneidung, zur Linderung von Menstruationsbeschwerden und anderen Blutungen, zur Beseitigung von Körpergerüchen, zur Herstellung von Liebestränken und Zauberpulvern und zum Bemalen ihrer Leichen.

Obgleich der Große Rat von Venedig bemüht war, die Propagierung falscher Vorstellungen über die Juden zu unterbinden (immerhin waren sie ein wichtiger Faktor der venezianischen Wirtschaft), verabschiedete der Rat der Zehn dennoch ein Gesetz, wonach Juden durch ein gelbes Abzeichen auf ihrer Kleidung erkennbar sein sollten. Juden waren aus vielerlei Gründen verachtet, vor allem aber, weil sie gegen Zinsen Geld verliehen und von den Schuldnern nicht selten extrem hohe Sicherheiten verlangten. Um genau zu verstehen, wie wenig angesehen dieser Geschäftszweig war, muß man wissen, daß es Christen streng verboten war, Geldgeschäfte zu betreiben. Tatsächlich durften Juden, wie das göttliche Verbot in der Bibel besagt, nicht einmal ihren Brüdern Geld leihen. Doch durch großzügige Auslegung dieses Bibelworts fanden sie heraus, daß Christen, die eigentlich nicht ihre Brüder waren, nicht unter das Verbot fielen. Die Republik Venedig sicherte den Juden das Aufenthaltsrecht zu, wenn diese sich verpflichteten, Geld zu verleihen; man konnte so tun, als handelte es sich um Toleranz, während die Politik Venedigs natürlich nur dem eigenem Interesse diente. Und man sah darüber hinweg, daß man die Juden in erhöhtem Maße christlicher Feindseligkeit aussetzte.

Die Großeltern von Servadio und Moses, den führenden Geldverleihern in Portobuffole, hatten ihr Wuchergeschäft in Deutschland begonnen. Juden, wie talentiert, wie kunstfertig sie auch sein mochten, durften sich weder im Handel noch in irgendeinem Gewerbe betätigen, da die verschiedenen Zünfte ausgesprochen christlich orientiert waren. So blieb ihnen nur das für Christen verbotene Kreditgeschäft. Die Arbeit war riskant und folglich lukrativ, aber nicht anstrengend, ließ also Zeit für das Studium der heiligen Schriften. Die Juden mußten ihre Gewinne sehr hoch versteuern, doch es blieb ihnen genug zum Leben. Allerdings hatten sie kaum Gelegenheit, ihr Geld zu investieren, und so verfügten sie über flüssige Mittel, wodurch die Vorstellung vom üppigen Lebensstil der Juden weitere Nahrung erhielt.

Der Gemeinschaft leistete der jüdische Geldverleiher unverzichtbare Dienste. In Portobuffole gab es kaum eine Familie, die nicht hin und wieder Geld borgen mußte, um Zeiten des Mangels zu überstehen. Abhängig von Juden war aber nicht nur ein bestimmter Sektor der Gesellschaft. Nach dem Krieg gegen die Türken geriet die Serenissima in wirtschaftliche Schwierigkeiten, da der Zugang zu den Märkten im Orient blockiert war. Daraufhin studierten junge venezianische Adelige die Marktchancen im Binnenland, wobei sie davon ausgingen, daß die Juden erhebliche Investitionskapitalien bereitstellen würden. Aber wenngleich die Juden eine zentrale Rolle in der venezianischen Gesellschaft spielten, vergaßen sie nie, daß jeder Schuldner ein potentieller Feind war und daß der gute Wille des Geldgebers oft die Gier des Schuldners anfachte. Für den einzelnen Bürger bestand weiterhin die vorteilhafte Möglichkeit, sie umstandslos als Kriminelle hinzustellen und ihre Gewinne zu konfiszieren, doch dem Dogen und seinem Rat der Zehn war klar, daß man es sich nicht leisten konnte, die Juden gänzlich an den Rand zu drängen.

Der »Mosaische Vertrag« gab ihnen die »Freiheit«, Wuchergeschäfte zu betreiben, allerdings unter strengen Auflagen. Wenn eine Stadt, wie etwa Portobuffole, einem Juden die Lizenz zum Wuchergeschäft erteilen wollte, mußte der Vertrag, der grundsätzlich fünf Jahre gültig und verlängerbar war, vom venezianischen Großen Rat genehmigt werden. In diesem Vertrag wurden die *Rechte* der jüdischen Geschäftsleute und ihrer Angestellten klar fixiert:

- Die Juden dürfen innerhalb des vertraglich bestimmten Zeitraums (bisweilen exklusiv) Wuchergeschäfte betreiben.
- Die Juden dürfen ihren eigenen Lebensstil pflegen und eine Synagoge errichten.
- Die Juden sind nicht verpflichtet, samstags oder an anderen jüdischen Feiertagen ihre Geschäftskontore zu öffnen.
- Die Juden sind nicht verpflichtet, an Ausländer zu verleihen.
- Pfänder, die nach über einem Jahr nicht eingelöst werden, dürfen verkauft werden.
- Die Juden übernehmen keine Haftung für Pfänder, die durch Feuersbrunst, Krieg, Plünderung oder Diebstahl abhanden gekommen sind oder von Motten oder Ratten angefressen wurden (unter der Bedingung, daß es Katzen in ihrem Haushalt gibt).
- Die Juden dürfen vom Metzger lebende Tiere beziehen, und zwar zu demselben Preis, der von Christen entrichtet wird.

Ebenso detailliert und sorgfältig werden die *Pflichten* der jüdischen Geschäftsleute und ihrer Angestellten aufgezählt:

- An Sonntagen, an Weihnachten, Ostern und Fronleichnam und an den vier marianischen Feiertagen dürfen Juden keine Geldgeschäfte betreiben.
- Die Juden müssen Geld auch dann verleihen, wenn der Wert der Sicherheitsleistung unter zehn Dukaten liegt.
- Kommen die Juden dieser Vorschrift an mehr als zehn auf-

einanderfolgenden Werktagen nicht nach, müssen sie eine Strafe von zehn Dukaten entrichten.
- Der Zins für jüdische Darlehen darf zweieinhalb venezianische Lire pro Monat nicht übersteigen.
- Bei Darlehen, die ohne Pfand, das heißt, gegen Schuldschein gegeben werden, darf der monatliche Zins bis zu vier Lire betragen.
- Die Juden sind verpflichtet, der Stadtverwaltung zinslose Darlehen in Höhe von bis zu hundert Dukaten zu gewähren.
- Sakrale Gegenstände dürfen nicht als Pfand entgegengenommen werden; Darlehen für den Kauf von Waffen stehen im freien Ermessen des Juden.
- Von jeder Strafe geht die Hälfte des Betrages an den Stadtrat.

Für jedes entgegengenommene Pfand hatte der Geldverleiher eine auf italienisch geschriebene Quittung auszustellen, aus der der Ort und das Datum des Darlehens hervorgingen, die Art der Sicherheitsleistung, das Gewicht und ob sie Gold oder Silber enthielt. Außerdem führte jeder Geldverleiher im allgemeinen ein Tagebuch, in dem er vertrauliche Angaben notierte, meist auf hebräisch.

Während der Staat widerwillig anerkannte, daß er auf die Juden angewiesen war, brauchte die Kirche keinerlei Rücksicht zu nehmen. Besonders die Franziskaner hetzten gegen die Juden und forderten, das Kredit- und Wuchermonopol einer frommen christlichen Gruppe zu übertragen, die sich nicht von schandbarer Gewinnsucht würde lenken lassen. Einer dieser Franziskaner, der siebzehnjährige Martin Tomitano aus Feltre, trat als eifernder Rhetoriker besonders hervor. Er war von kleiner Statur, nicht einmal anderthalb Meter groß, so daß er bei seinen Predigten gerade über den Kanzelrand reichte. Aber wie so viele klein geratene Männer, wurde er von dem Wunsch getrieben, Großes zu vollbringen. Als Knabe hatte Martin Tomitano zweimal miterlebt, daß sein Vater nach Venedig gefahren war, um dort, freilich erfolglos, beim Großen Rat gegen die Eröffnung einer jüdischen Bank in Feltre zu protestieren. Für Martin Tomitano stand außer Zweifel, wer verantwortlich war für alles Übel in der Welt, in der er lebte.

Als Mönch nahm er schließlich, nach einem bekannten Franziskaner in Siena, den Namen Bernardino an, zog von Stadt zu Stadt und predigte mit klarer, kräftiger Stimme. Er war ein guter Redner, der seine Zuhörer zu beeindrucken verstand, indem er bald langsam, bald schnell sprach, die richtigen Wörter betonte, Vergleiche zog, fromme Anekdoten erzählte. Kurzum, er entwickelte und praktizierte wohldurchdachte Techniken, um die Menschen zu fesseln. Er war entbrannt von Liebe zu Gott und wollte die Christenheit vom Einfluß der Juden erlösen, die im Grunde nichts anderes taten, als Tränen zu säen und menschliches Blut zu trinken. Während der Fastenzeit predigte er oft auf Marktplätzen, da in den Kirchen nie genug Platz für seine Zuhörer war. Sobald er geendet hatte, eilte er rasch von dannen, weil die Leute gern an seinen Kleidern zupften; was ihm gehörte, wurde schon zu seinen Lebzeiten als heilig verehrt. Nach seinen Auftritten zündeten die Leute große Scheiterhaufen an, um die »Werkzeuge der Sünde« zu verbrennen – Spielkarten, Zierat, ja sogar die Embleme feindlicher Parteien, alles wurde den Flammen überantwortet. Erst nachdem der fanatische Bernardino da Feltre die Stadt verlassen hatte, trauten sich die Juden wieder ins Freie, doch verhielten sie sich äußerst vorsichtig, denn sie wußten, daß es einige Zeit dauern würde, bis sich die von dem kleinen Mann geschürten Leidenschaften gelegt hätten.

Am Samstag, dem 25. März 1480, war der erste Vollmond im Frühling. In Portobuffole herrschte freudige Stimmung, da viele Männer, inzwischen aus der venezianischen Armee entlassen, zurückgekehrt waren. Selig lagen die Heimkehrer in den Armen ihrer Lieben, während diejenigen Frauen, deren Männer noch immer nicht eingetroffen waren, ihre sehnsüchtigen Blicke schließlich von der Straße abwandten, um bei ihren Kindern Trost zu finden. Hochgestimmt begingen die Christen den Festtag Mariä Verkündigung, voller Vorfreude auf den darauffolgenden Palmsonntag.

Die Juden von Portobuffole waren im Hause Servadios zusammengekommen, um den 14. Nissan des Jahres 5240 ihrer Zeitrechnung zu feiern. Wie bei allen anderen jüdischen Festtagen begann auch diesmal die eigentliche Feier nach Sonnenuntergang. Die Männer und Kinder saßen an einem großen Tisch, an jedem Platz lag ein großes bebildertes, auf hebräisch geschriebenes Geschichtsbuch, das von rechts nach links gelesen wurde. Die Männer saßen mit bedecktem Kopf und aufgestütztem Ellbogen da und lasen die Geschichte vom Auszug aus Ägypten.

Gemäß jüdischem Ritus mußte zu dieser Zeit des Jahres jedes Stückchen Sauerteig aus dem Haushalt entfernt werden, und in den nächsten acht Tagen durfte man kein gesäuertes Brot und nichts Hefehaltiges essen, zur Erinnerung daran, daß der Auszug aus Ägypten in so großer Eile geschehen war, daß das Brot keine Zeit zum Gehen gehabt hatte. Statt Brot aß man ungesäuerte Matzen. Sie wurden in die Mitte des Tisches gelegt, neben eine große Schüssel, in der sich ein hartgekochtes Ei befand, eine Lammkeule, Kräuter, eine kleine Schale Salzwasser und Wein sowie verschiedene andere Gegenstände, die nach der jüdischen Tradition notwendig waren.

Viele Wochen schon hatte sich Servadios jüngster Sohn mit Hilfe seines Hauslehrers darauf vorbereitet, mit hoher und fester Stimme auf hebräisch zu fragen, warum diese Nacht sich von allen anderen unterscheide. Plötzlich war nun dieser Augenblick gekommen, der Knabe stellte seine erste Frage und dann noch drei weitere Fragen vor den versammelten Männern, während seine Mutter mit den anderen Frauen aus der Küche herbeieilte und feuchten Auges lauschte. Servadio antwortete auf die Fragen seines Sohnes, indem er aus dem hebräischen Geschichtenbuch vorlas, dabei gelegentlich innehielt, um Bemerkungen zu machen, und schließlich hörte er sich an, was diejenigen zu sagen hatten, die gebildeter waren als er. Am Ende bekam jeder die Gelegenheit, aus den Büchern vorzulesen und dann den Spruch »Dieses Jahr Knechte, nächstes Jahr freie Menschen in Israel« zu sagen. Und vom jüdischen Geist berührt, erzählte man immerfort Geschichten und sang fromme Lieder.

Seit fast dreitausend Jahren begingen Juden dieses Fest, mit denselben Gebeten, demselben Essensritual und denselben Geschichten, die sie vorlasen, als wäre es das erste Mal. Das war die Quelle ihrer Sicherheit und die Grundlage ihrer relativen Zuversicht und Zufriedenheit. Immer wieder erzählten sie einander, wie sich die Wasser des Roten Meers für die fliehenden Sklaven geteilt und die ägyptischen Verfolger unter sich begraben hatten. Servadio beobachtete seinen Sohn und lächelte, denn er erkannte sich in dem wißbegierigen Knaben wieder. Aus seinen stolzen Gedanken rissen ihn erst die letzten Worte des Gebets, das die hungrigen Kinder aufsagten, denn dies war das Zeichen, daß Fleisch und Wein aufgetragen wurden. Immer wieder wurde ein jüdisches Lied gesungen, eine jüdische Geschichte erzählt, doch die meisten Anwesenden gingen nun dazu über, tüchtig zuzulangen und sich die jüdischen Speisen schmecken zu lassen.

Der unschuldige blonde Bettelknabe, der mit einem Sack über der Schulter während der christlichen und jüdischen Feiertage in Portobuffole aufgetaucht war, wurde nie wieder gesehen. Nach Ostern begannen diejenigen, die ihn gesehen zu haben glaubten, über ihn zu sprechen. Diejenigen, die ihn ganz bestimmt nicht gesehen hatten, begannen ebenfalls über ihn zu sprechen, und schließlich fügten sich die Details der Geschichten zu einem zunehmend einheitlichen Ganzen. Es stand außer Frage, daß der Junge das Haus Servadios betreten hatte. Jemand hatte eine ungewöhnliche Ansammlung von Juden in diesem Haus bemerkt, ein anderer hatte eindeutig gehört, wie ein Knabe geschluchzt und mit erstickter Stimme geschrien hatte, der nächste hatte um drei Uhr nachts einen Juden auf der Straße gesehen, der einen Sack hinter sich herzog. Fast alle entsannen sich, daß sie Rauch aus dem Haus des Moses hatten aufsteigen sehen, aber niemand vermochte sich an den Namen des Kindes zu erinnern. Wie es ausgesehen hatte, war klar, nur der Name fehlte. Dann aber holte eine alte Frau aus einem Winkel ihres Gedächtnisses den Namen hervor. Sebastiano. Die Juden hatten einen Bettelknaben namens Sebastiano getötet, und die genauen Details dieses schauderhaften Verbrechens waren in aller Munde. Die Juden hatten ein unschuldiges Christenkind namens Sebastiano Novello getötet. Sie hatten es gewagt, in der christlichen Stadt Portobuffole einen Ritualmord zu verüben.

Ich erinnere mich an den Nachmittag, als ich zum erstenmal die Frau sah. Mama und Papa waren in die Stadt gegangen, um etwas Essen aufzutreiben, und wie üblich hatten sie mich in meinem Zimmer mit meinen Büchern zurückgelassen, in der kleinen Wohnung, die wir mit der Frau teilten. Meine Zimmertür war geschlossen, und nach unserer Abmachung hatte sie auch geschlossen zu bleiben. In der Vergangenheit hatten Mama und Papa zugesperrt, wenn sie hinausgingen, was ich aber schrecklich fand, weil ich nie wußte, ob sie mich ein- oder die Frau aussperrten. Jedenfalls habe ich die meiste Zeit geweint. An manchen Tagen habe ich meine Bücher gar nicht erst aufgeschlagen, und wenn meine Eltern am Ende des Tages zurückkamen, saß ich mit roten Augen da und konnte ihnen nicht sagen, was ich gelernt hatte. Sie brachten hastig konstruierte Entschuldigungen vor wie: »Wir wollen doch nur dein Bestes«, oder: »Wir würden es nicht tun, wenn es nicht absolut notwendig wäre«, aber ich weinte trotzdem und rührte meine Bücher nicht an, so daß sie sich schließlich bereit erklärten, die Tür nicht zuzusperren. Allerdings durfte ich das Zimmer nicht verlassen. Das war die Abmachung: die Tür zu meinem Zimmer sollte geschlossen bleiben, nicht zugesperrt, aber geschlossen – und ich würde mich (zu meiner eigenen Sicherheit) freiwilliger Gefangenschaft unterwerfen, bis sie am Ende eines jeden Tages zurückkehrten.

Ich stand in der winzigen Küche am hohen Fenster. Ich hatte es mir zur Gewohnheit gemacht, meine Schulbücher nach ein, zwei Stunden zuzuklappen und aus dem Küchenfenster zu sehen. Das war mein spezielles Vergnügen. Zunächst zog ich eine kleine hölzerne Kiste über den Fußboden vor das Fenster, dann kletterte ich hinauf, so daß ich das Kinn auf dem Fensterbrett abstützen konnte. Es war nicht ungefährlich, aber ich hatte freie Sicht hinunter auf die Straße. Prächtige Hüte auf den Köpfen der Frauen oder Herren mit Spazierstöcken sah man in unserem Viertel schon lange nicht mehr. Von meinem Beobachtungsposten aus erblickte ich nur gebeugte Rücken, entblößte Köpfe und einzelne Tote, die auf der Straße lagen. Manchmal sah ich einen alten Mann mit langem Gehrock, auf einen Stock gestützt, mit wehendem Bart, wäßrigen Augen, ein paar Bücher unter den Arm geklemmt und ein Blechnapf am Hosenbund baumelnd. Der Anblick von Männern wie ihm, die jetzt ohne ihre runden Nickelbrillen in die Zukunft starrten, bedrückte mich besonders, denn das Ausmaß ihres Abstiegs war überdeutlich: Die zerrissenen Kleider verrieten noch ihren einstigen Stand. Ich hoffte, daß Mama und Papa auf ihrer täglichen Essenssuche durch bessere Orte kamen, aber im Grunde meines Herzens wußte ich, daß es nicht so sein konnte. Ich ahnte, daß es überall von Leuten mit verrückten, verzweifelten Augen wimmelte, und stellte mir vor, daß sie alle etwas verkaufen wollten oder bettelten. Bestimmt war es nicht nur in dieser Straße so. Wir wußten, daß in unserer Welt alles anders geworden war. Tatsächlich brach alles um uns herum zusammen.

Und an einem heißen Sommertag tauchte dann, wie aus dem Nichts, Rosa auf. Ich weiß nicht, wie lange sie hinter mir gestanden hatte, aber als sie mich ansprach, fiel ich fast von der Kiste.

»Gibt es etwas Interessantes dort draußen zu sehen?«

Ich drehte mich rasch um und griff nach dem lumpigen Vorhang. Rosa hatte sich ein wollenes Tuch um die Schultern gelegt, das sie vor der Brust zusammenhielt. Ich sprang von der Kiste herunter, und in dem Moment trat sie einen Schritt zurück. Zwischen uns sollte Distanz bleiben.

»Nur Leute«, sagte ich. »Viele Leute.«

Fast zwei Jahre lebte ich in dieser kleinen Wohnung. Jeden Tag ließ ich meine Bücher sein, ging in die winzige Küche und blickte von dem hohen Fenster aus in die Welt, die zu betreten meine Eltern mir verboten hatten. Sie hatten Angst, daß sie ihre einzige noch verbliebene Tochter verlieren würden, deshalb durfte ich mein Versteck nicht verlassen. Ich begriff, daß wir Glück hatten, daß die meisten anderen Familien zu zehnt oder noch mehr in einer Wohnung lebten und daß Papas Geld und der geringe Einfluß, den Mama noch besaß, uns diesen räumlichen Luxus ermöglichten. Trotzdem war ich unglücklich und frustriert und sechzehn.

Rosa wohnte in dem Zimmer neben mir, aber nie hatte ich irgendeinen Laut durch die Wand gehört oder etwas von dieser rätselhaften Frau zu sehen bekommen, bis sie mich in der Küche überraschte. Tagsüber jedoch, wenn meine Eltern unterwegs waren, hörte ich oft einen Mann, der Rosa regelmäßig besuchte. In meinem Zimmer sitzend, hörte ich ihn die Treppe heraufsteigen. Dann ging die Wohnungstür auf und wieder zu, und dann hörte ich die eiligen Schritte, mit denen er in Rosas Zimmer verschwand. Bald wußte ich es so einzurichten, daß ich in der Küche war, wenn er zur Wohnungstür hereinschlüpfte. Er warf einen kurzen Blick in den Flur und sah mich auf der Kiste stehen. Dieser unrasierte Mann mit seinen schmutzigen, abgetragenen Sachen war ein merkwürdiger Besucher. Etwa dreimal die Woche kam er, lächelte mir zu und verschwand in Rosas Zimmer.

»Ein Freund«, antwortete Rosa auf meine Frage. »Nur ein Freund.«

»Und warum wohnt dein Freund dann nicht bei uns?«

Rosa schenkte mir ein müdes Lächeln.

»Das geht nicht. Er kämpft. Im Untergrund.«

Ich schaute auf ihre knochigen Hände, dann wieder in ihr besorgtes Gesicht. Sie konnte höchstens Mitte Zwanzig sein, und doch schien sie so traurig.

»Verstehe.« Ich sah, wie Rosa die Hände in den Falten ihres Baumwollkleides verbarg.

Aber natürlich verstand ich nichts. Rosa und ich verbrachten lange Nachmittage in der Küche, standen abwechselnd auf der Kiste, und bevor Mama und Papa nach Hause kamen, stieg Rosa plötzlich herunter und verschwand. Kein »Auf Wiedersehen«, kein »Bis morgen«. Sie drehte sich einfach um und ging hinaus, als hätte in ihrem Inneren eine Alarmglocke geläutet. Ich stieg dann auf die Kiste und blickte wieder hinunter auf die Straße, auf der sich die Hoffnungslosen und die Hungrigen sammelten. Mit jedem neuen Tag wurden die Frauen den Männern ähnlicher. Inzwischen konnte man kaum mehr einen Unterschied erkennen. Und später am Nachmittag stieg ich wieder von der Kiste hinab, zog sie auf ihren Platz, kehrte zurück in mein Zimmer, zu meinen Büchern, und machte die Tür hinter mir zu.

An dem Tag, als Rosa mich auf der Kiste überraschte, kamen Mama und Papa früher als gewöhnlich zurück und waren sehr erbost, als sie mich in der Küche entdeckten. Papa stürmte hinaus, aber Mama blieb bei mir. Ich erzählte ihr mit leiser Stimme von Rosa und wie wunderbar, aber auch ängstlich sie sei, und Mama hörte mir geduldig zu. Ich spürte jedoch, daß über Rosa nicht gesprochen werden sollte. Bevor ich sie beziehungsweise sie mich entdeckt hatte, waren

Mama und Papa meinen Fragen über die junge Frau in der Wohnung meist ausgewichen. War sie alt oder jung? Gehörte ihr die kleine Wohnung, in die wir hatten umziehen müssen? War sie schön oder häßlich? Wußte sie, daß wir fast alles hatten zurücklassen müssen, einschließlich Mamas Klavier? Wußte sie, daß wir nicht arm waren, daß ich eine Schwester hatte, daß wir bloß das Allernötigste mitgebracht hatten? Wußte sie das? Mama und Papa reagierten auf meine Fragen immer nur mit einem höflichen Lächeln und wechselten dann das Thema. Und am nächsten Morgen zogen sie wieder los, um etwas aufzutreiben, und abends kamen sie mit dem zurück, was sie hatten ergattern können. Eine Kartoffel war ein Erfolg. Oder ein Ei. Oder ein unförmiger Laib Brot aus einer illegalen Bäckerei. Papa war zu ehrlich, als daß er sich mit Schmugglern eingelassen hätte. Also gab es nie irgendwelche Leckerbissen. Nie Obst. Nie Zucker.

Nachdem sie mich in der Küche entdeckt hatten, müssen Mama und Papa miteinander geredet haben. Eine Woche später kam Papa zu mir und erklärte, daß er eingesehen habe, daß es mir bei der inzwischen unerträglichen Hitze nicht mehr zuzumuten sei, den ganzen Tag in einem stickigen Zimmer zu verbringen. Ich dürfe die Tür aufmachen, ja gelegentlich sogar das Zimmer verlassen. Endlich behandelten sie mich als Erwachsene. Papa erklärte auch, er hoffe, daß ich wisse, daß ich Margot bald wiedersehen werde. Sie vermißten sie auch. Er sagte nicht, wie oder wo oder wann ich Margot wiedersehen würde, er sagte einfach nur, er hoffe, daß ich wisse, daß ich sie bald wiedersehen werde. Fast glaubte ich ihm.

»Morden sie heute wieder?«

Ich hörte Rosas Stimme und wandte mich vom Fenster ab. Das Herbstlicht, das auf Rosas Gesicht lag, hob ihre bleichen Züge hervor.

»Schau nicht hin, wenn Leute umgebracht werden.«

Ich stieg von der Kiste und lächelte meine Freundin an. Ich war so groß wie Rosa. Inzwischen schien sie ohne ihr Tuch kaum noch einen Schritt zu machen. Im Sommer hatte sie es manchmal vergessen, aber jetzt, da der Sommer vorüber war, trug sie es immer über ihren runden Schultern.

»Entschuldige bitte«, sagte sie. »Schau hin, wenn du mußt.«

»Ich schaue nicht gern hin.«

»Ich weiß. Du bist bloß neugierig. Das ist ganz normal.«

Ich schämte mich. Ich fand es nicht normal, einem barfüßigen Jungen zuzusehen, der mit ausgestrecktem Arm herumhüpfte, zu seinen Füßen die gekrümmte Leiche seines Bruders, und die Leute gingen an ihnen vorbei, als wären sie unsichtbar. Normal? Ich hatte fast vergessen, was dieses Wort bedeutete. Rosa und ich sprachen inzwischen offener miteinander. Sie erklärte mir, daß ich Glück hätte, denn meine Eltern seien relativ jung. Obwohl es schon bitter kalt war, hatten sie noch immer die Kraft, hinauszugehen. Sie hatten noch immer Hoffnung.

Es war schon fast Dezember, und es hatte heftig geschneit. Auf der Straße lag tiefer, farbloser Schnee, aufgetürmt wie gepflügte Erde. Rosa hatte mir schon längst gestanden, daß sie mit dem unrasierten Mann in den schmutzigen, abgetragenen Sachen verheiratet sei, aber das war auch alles. Ihr Bekenntnis bestand aus einem einzigen Satz. Er ist mein Mann. Während ich mich in mein Bett kuschelte und mir vorstellte, wie der furchtbare Wind irgendwo weit weg die letzten Blätter von den Bäumen riß, wurde mir bewußt, daß ich die Schritte des Mannes nicht mehr so oft hörte. Ich war enttäuscht, denn ich hatte mich daran gewöhnt, daß er mir verschwörerisch zuzwinkerte, bevor er in Rosas Zimmer verschwand. Eines Nachmittags dann, als es wieder schneite und ich mit Mütze, Schal und Handschuhen auf meiner Kiste stand, stellte ich Rosa, ohne mich umzudrehen, eine Frage.

»Warum wohnt dein Mann nicht bei uns?«

Sie gab keine Antwort. Zuerst hatte ich nicht den Mut, mich umzudrehen und ihr ins Gesicht zu sehen. Als ich mich schließlich doch umdrehte, lächelte sie traurig.

»Ich habe doch gesagt, er kämpft draußen.«

»Er wohnt draußen?«

Sie nickte.

»Aber er könnte dich herausholen. Du könntest auch draußen wohnen. Du und er.«

»Ja«, sagte Rosa. »Das ist möglich. Aber dann könnte er mich nicht mehr so einfach besuchen.«

Am Abend wagte ich es, meinen Eltern gegenüber den Namen meiner Freundin Rosa zu erwähnen. Mama sah auf und schüttelte langsam und resigniert den Kopf.

»Sie sollte ihn vergessen und unter ihresgleichen wohnen. Dann hätte sie eine Überlebenschance.«

Papa warf seiner Frau einen Blick zu.

Der Frühling kam. Es schneite nicht mehr. In unseren Straßen sangen die Vögel nicht, die Bäume schlugen nicht aus, die Blumen blühten nicht. Es gab Gerüchte, daß wir noch in diesem Jahr in den Osten abtransportiert würden. Daß die Straßen und Häuser geräumt würden. Und im Osten? Arbeiten, natürlich. Wir würden schuften müssen wie die Ackergäule, bis wir umfielen. Ich hatte angefangen, Rosa offen nach ihrem Mann zu fragen, der sie zu vernachlässigen schien. Drei Monate waren seit seinem letzten Besuch vergangen. War er verreist? Rosa lächelte nur und schüttelte den Kopf.

»Aber warum will er kämpfen? Begreift er denn nicht, daß es hoffnungslos ist?«

»Es ist nicht hoffnungslos«, gab Rosa unwirsch zurück. »Wenn wir nicht kämpfen, haben wir verloren.«

(Wir? Immer wir. Rosa und ihr »wir«.)

»Aber wir haben doch schon verloren, Rosa. Sie sind überall.«

Ich hielt inne, denn meine Freundin sah mich mit gequälter Miene an.

»Entschuldige«, sagte ich sanft.

»Eva, wir haben nicht verloren. Und ich kann nicht zu ihm. Ich bin seine Frau, also muß ich dort sein, wo er mich besuchen kann.«

»Aber bei uns bist du in Gefahr, Rosa.«

»Bei ihm bin ich auch in Gefahr. Es macht keinen Unterschied.«

»Aber du kannst dich retten. Wenn sie nachts kommen, ist keine Zeit für Erklärungen.«

Wir schwiegen einen Moment. Und dann nahm Rosa meine Hand.

»Eva, ich habe mich entschieden. Ich bereue es nicht. Wirklich nicht.«

Es war ein langer, heißer Sommer in diesem zweiten Jahr, und die Hitze verstärkte nur noch den Gestank und die Niedergeschlagenheit. Mitten auf der Straße fielen die Leute vor Hunger tot um; immer öfter passierte es, daß sich Menschen das Leben nahmen, und ganze Familien gingen zusammen in den Tod. Aus dem Fenster zu springen war eine beliebte Methode für einzelne, während Familien oft Rattengift benutzten, das sie unter das Essen mischten. Indem man diese und andere Verfahren praktizierte, blieb man Herr über Leben und Tod. Ein kostbares Privileg. Mama wurde krank, so daß Papa nun allein hinausgehen und sich auf die Suche nach etwas Eßbarem machen mußte. Rosa und ich saßen in der Küche und plauderten, der Schweiß lief uns aus allen Poren, und immer wieder fuhren wir uns über die Stirn, während Mama allein in ihrem kühlen dunklen Zimmer lag. Eines Tages kam Papa vorzeitig nach Hause und erzählte Rosa und mir, daß er erlebt habe, wie sich ein Mädchen etwa meines Alters vor ein Militärfahrzeug geworfen habe. Papas Jacke war blutbespritzt. Der schreckliche Selbstmord dieses Mädchens hatte Papa zutiefst erschüttert. Er schwieg eine Weile.

Dann erzählte er etwas ruhiger, daß er heute auch den Sohn eines Kollegen gesehen habe, der bettelnd an einer Ecke stand. Wieder wartete er eine Weile, dann sah er von Rosa zu mir und schließlich wieder zu Rosa.

»Manche von uns benehmen sich wie die Tiere. Aber wir sind Menschen.«

Und dann senkte er die Augen. Papas wehrhafte Persönlichkeit lag in Trümmern.

»In der Heiligen Schrift steht«, sagte er, »es wird eine Zeit kommen, da die Lebenden die Toten beneiden.«

Die sommerliche Hitze wich einem grauen Himmel und dann der Kälte des zweiten Winters. Mittlerweile hatte ich jedes Interesse am Lernen verloren, auch wenn ich mich gelegentlich noch zu meinen Büchern flüchtete. Mama lag krank im Bett und wartete auf die Heimkehr ihres Mannes. Eines Morgens rief sie mich an ihr Lager. Mit ihren steifen Fingern strich sie über mein abgetragenes Kleid und versuchte dann, ihren Schmerz darüber auszudrücken, daß sie ihren Töchtern, die immer größer wurden, keine neue Sachen kaufen könne.

»Ihr habt euch so gern im Spiegel angeschaut. Ihr habt Frisuren ausprobiert und euch heimlich geschminkt und meinen Schmuck angelegt und meine Sachen angezogen. Natürlich wußte ich Bescheid. Alles war durcheinander.«

Plötzlich schwieg Mama und verzog das Gesicht zu einer schmerzvollen Grimasse. Sie drehte sich zur Wand. Ich ging hinaus, zurück in mein kaltes Zimmer und schloß hinter mir ab. Ich weinte die ganze Nacht. Am nächsten Morgen fing ich an, Tagebuch zu schreiben, hörte aber eine Woche später wieder damit auf, weil ich keine Kraft mehr hatte, so zu tun, als würde ich an meine Schwester schreiben.

Meine Freundin Rosa traf ich immer seltener. Wenn wir uns sahen, schien sie immer kleiner zu werden, so wie die Tage immer kürzer wurden. Wenn man ihr Äußeres als Gradmesser für die allgemeine Lage nahm, so waren wir auf dem

Tiefstand angekommen. Die bedrohlichen Geräusche und die gebrüllten Befehle auf den Straßen wurden immer lauter. Eines Morgens sah ich aus dem Küchenfenster, als gerade der große Kübelwagen vorbeirumpelte. In jener Zeit wurde er von Männern gezogen, die wie Mumien eingewickelt waren. Der frische Schnee und das dünne graue Licht gaben diesen abgemagerten Gestalten etwas Gespenstisches, aber bald würden sie ohnehin nur noch aus Luft bestehen. In den Leitungen gab es kein Wasser mehr, so daß sich die Leute mit Schnee wuschen. Und es gab kein Werkzeug, um die Toten in der gefrorenen Erde zu begraben, so daß man sich allmählich daran gewöhnte, sie einfach dort liegenzulassen, wo sie zu Boden gesunken waren. Als der Frühling kam, wußten wir, daß unsere Straßen bald abgesperrt würden. Es war vorbei. Man würde uns in Zügen abtransportieren, denn wir wurden andernorts gebraucht. Es ging das Gerücht, daß gegen Ende des Frühlings der ganze Bezirk dem Erdboden gleichgemacht würde. Ich wollte mit Rosa darüber sprechen, aber nach dem langen heißen Sommer sah ich sie nur noch selten. Daß sich meine Freundin immer mehr zurückzog, beunruhigte mich ebensosehr wie ihr offensichtlicher körperlicher Verfall. Ich begriff nicht, was mit ihr los war.

Gegen Ende des Sommers hatte ich mit Rosa in der Küche gesessen und ihr von Margot erzählt. Daß sie untergetaucht war. Daß sie ein Jahr älter war als ich und aussah wie die anderen. (Mama fand offenbar, daß ich selbst ein jüdisches Aussehen hatte.) Ich bat Rosa, sie möge sich, falls sie es sich anders überlegen und fortgehen sollte, nach meiner Schwester erkundigen und ihr bestellen, daß Eva sie liebe und an sie denke. Rosa legte ihre knochigen Hände um die meinen und flüsterte: »Natürlich.« Und je länger ich mit ihr sprach, desto mehr gewöhnte ich mich an den Gedanken, daß ihr Weggang unausweichlich und es nur eine Frage der Zeit sei, bis sie Margot gefunden habe. Für mich stand fest, daß sie in ihr altes Leben zurückkehren werde. Doch Rosa sagte kein weiteres Wort. Sie hörte mir bloß zu, während ich von Margots Eskapaden berichtete und von meiner Gewißheit, daß sie heimlich einen Freund namens Peter habe, und ich erzählte immer weiter, bis ich das traurige Lächeln auf Rosas Gesicht bemerkte. Da schwieg ich verlegen. Und dann drückte Rosa wieder meine Hände.

»Mach dir keine Sorgen«, flüsterte sie, »es wird alles gut.«

Wie sich herausstellte, sollte dies mein letztes Gespräch mit Rosa gewesen sein. Nachts hörte ich sie in ihrem Zimmer auf und ab gehen, und tagsüber, während ich mich in der Küche aufhielt, um sie sehen zu können, falls sie nach draußen ging, schien sie entschlossen, für sich zu bleiben. Im späten Frühjahr erhielten wir dann eines Tages die verhängnisvolle Aufforderung, uns am nächsten Tag morgens um halb sieben mit den nötigsten Dingen am Bahnhof einzufinden. Alle Wertsachen sollten abgegeben werden, bei Nichterscheinen wurden Strafen in Aussicht gestellt. Ich beobachtete, wie Papa und Mama sich bedrückt und wortlos vorbereiteten. Ich sah die furchtbare Wahrheit in Papas toten Augen. Die Flamme seiner Hoffnung war schon lange vor diesem letzten Windstoß erloschen. Und Mama, die widerstrebend ihren Ehering und die alte Halskette ihrer Mutter abgelegt hatte, saß bloß mit gesenktem Kopf da.

In Gedanken war ich jedoch nicht bei meinen Eltern. Ich mußte an Rosa denken. Hatte ihr Mann sie wirklich verlassen? Ich entsann mich jenes ersten Nachmittags vor zwei Jahren, als Rosa mich auf der Kiste überrascht hatte, ein Lichtstrahl lag auf ihrem Gesicht, sie war eine junge Frau, die auf ihren Mann wartet. Und nachdem sie in ihr Zimmer zurückgegangen war, hatte ich wieder aus dem Fenster gesehen. Außerstande, mich zu konzentrieren, war ich aber wieder hinuntergestiegen und hatte mich an den Tisch gesetzt und immerfort auf die verschlossene Tür ihres Zimmers gestarrt. Mama und Papa waren sehr erbost, als sie mich bei ihrer

Rückkehr in der Küche sitzen sahen. Papa war hinausgestürmt, aber Mama war bei mir geblieben. Ich erzählte mit leiser Stimme von Rosa, wie wunderbar sie war und wieviel Angst sie offenbar hatte. Und Mama hörte zu. Nachdem ich alles erzählt hatte, sah sie zu Rosas Zimmer hin und sagte mit leiser, aber fester Stimme: »Sie hat einen Mann geheiratet, der nicht zu ihrem Volk gehört.« Es klang, als wollte sie mir zu verstehen geben, daß dies das größte Verbrechen sei, das ein Mensch verüben kann. Dann lächelte sie mich an, stand auf und ging hinaus. Es war unser Geheimnis. Ich wußte nicht, daß Mama zu einer solchen Haltung fähig war. In jener Nacht lag ich da und lauschte dem unendlichen Schweigen, das aus Rosas Zimmer kam. Fast zwei Jahre später das gleiche Schweigen.

Ich entdeckte die Leiche. Wir hatten gepackt und waren abmarschbereit. Meine Eltern besaßen inzwischen kaum noch Wertgegenstände, die nicht versteckt, beschlagnahmt oder verkauft worden waren. Nur die Eheringe und die Halskette. Papa beschloß, diese Schätze zu verstecken, doch im Grunde glaubte er wohl nicht daran, sie jemals wiederzubekommen. In dieser dunkelsten Stunde der Nacht war aber ein Dielenbrett hochgehoben und sorgfältig wieder an seinen Platz gelegt worden. Es war sinnlos. Selbst ich wußte das. Und war es das Risiko wert? Für jeden gefundenen Wertgegenstand sollten hundert Menschen getötet werden. Damals. Hundert. Tausend. Wer würde zählen? Als wir fertig waren, jeder mit einem Koffer in der Hand, fragte ich Papa, ob ich mich von Rosa verabschieden dürfe. Schnell, sagte er. Schnell. Ich klopfte und öffnete vorsichtig die Tür. Sofort wußte ich, daß es Rattengift war. Rosa lag vollständig angekleidet auf dem Bett. Neben ihr stand der Koffer. Sie war bereit gewesen. Dann, in der letzten Minute, konnte sie nicht mehr. Verlassen. Aus tiefen, leidenden Augen starrte sie mich an. Dann spürte ich Papas Hand auf meiner Schulter.

»Komm, Eva, wir müssen gehen.«

Am Himmel leuchtete ein einsamer Morgenstern. Wir drei stießen zu der Menge, die in Richtung Bahnhof strömte. Ein Fluß ruinierter Menschenleben. Mit achtzehn begriff ich inzwischen, wie grausam das Leben sein konnte. Die Männer, die mit ihren Maschinenpistolen und den wütenden Hunden unseren Weg säumten, waren unnötig. Wir alle wußten, daß wir in diesem Moment kaum eine andere Wahl hatten. Ich schaute zur Kirchturmuhr. Sie zeigte fünf Uhr. Es war dieselbe Uhr, die ich vom Küchenfenster aus hatte sehen können. Seit fast zwei Jahren schon stand der Zeiger auf fünf Uhr. Hier, in diesen Häusern, die unser Gefängnis und unser Grab geworden waren, gab es keine Mitternacht, keine Glocken, keine Zeit. Ich blickte auf die ärmlichen und verfallenen Gebäude, ahnte, daß man diejenigen, die sich darin versteckten, bald finden würde. Und umbringen. Häuser würden geplündert, Schmuggelware entdeckt und ganze Straßenzüge in Brand gesetzt. Mit der Zeit würde nichts mehr darauf hinweisen, daß wir hier je gelebt hatten. Wir hatten nie existiert. Laut Papa waren wir dem Rat des Propheten gefolgt: »Geh hin, mein Volk, in deine Kammer, und schließ die Tür hinter dir zu! Verbirg dich einen kleinen Augenblick, bis daß der Zorn vorübergehe.« Doch es schien, als wollte der Zorn kein Ende nehmen. Mama und Papa marschierten wild entschlossen weiter, während ich bemüht war, mit ihnen Schritt zu halten. Mein Koffer war schwerer als die ihren, denn es waren lauter Bücher darin, aber ich wollte ihn unbedingt selbst tragen. Ich wußte, daß sie nicht über Rosa sprechen wollten. Für sie gehörte Rosa schon zur Vergangenheit. Meine Augen schwammen in Tränen. Ihre Augen waren fest auf die Zukunft gerichtet.

In dem Winter, als wir während der Vorbereitungen des Umzugs von unserem vierstöckigen Haus in die kleine Wohnung am anderen Ende der Stadt den Familienbesitz durchgingen, stießen Margot und ich auf das alte Fotoalbum. Das schwarze mit dem Goldschnitt und den verstärkten Ecken. Mama bewahrte es auf dem obersten Regal im Wohnzimmer auf, wo es, wie sie glaubte, für uns nicht erreichbar war. Nun ja, das war einmal. Mama hatte vergessen, daß Margot und ich gewachsen waren.

Mama nahm uns das Album weg und fuhr dann mit der Hand über das Regalbrett, um sich zu vergewissern, daß dort oben nichts mehr lag. Statt es in einen Koffer oder eine Tasche zu packen oder es auf dem großen Stapel von Dingen zu deponieren, deren Schicksal noch nicht entschieden war, legte sie es auf den Wohnzimmertisch und staubte es mit einem Tuch ab. Unter der hautdünnen Staubschicht kam ein neuer Gegenstand zutage. Mama schlug das Album auf, und Margot und ich setzten uns an ihre Seite, voller Neugier auf das, was sich uns zeigen mochte.

Es gab Aufnahmen von Menschen, die wir noch nie zuvor gesehen hatten. Alte, strenge Porträts, auf deren unterem Rand der Name des Fotografen eingeprägt war. Porträts von alten Damen, die kerzengerade auf weißen Korbstühlen saßen, Profilaufnahmen von bärtigen Männern, und als wir Mama nach diesen Leuten befragten, schüttelte sie bloß den Kopf. Sie mußten aus Papas Familie stammen. Die Tatsache, daß sie sich weder an diese Menschen noch an ihre Namen erinnern konnte, irritierte sie sichtlich. Das an den Rändern schon etwas vergilbte Foto eines alten Herrn im Anzug studierte sie besonders genau. Der Mann hatte ein teigiges Gesicht, und ein unschöner Fleischsack quoll unter dem Kinn hervor, aber trotzdem lehnte er sich dandyhaft auf ein Stöckchen. Nein, auch ihn konnte sie nirgends unterbringen.

An den Kinderfotos von Margot fiel mir auf, daß sie immer mit der Kamera flirtete. Den Kopf zurückgeworfen, die Augen absichtsvoll strahlend – sie spielte die Kokette.

»Sieh dich an, du Angeberin«, sagte ich. »Immer schaust du in die Kamera.«

Ich dagegen neigte dazu, zu Boden zu blicken, wenn ich fotografiert wurde. Ich hielt den Kopf immer gesenkt, nur mein Blick richtete sich nach oben, als wollte ich schüchtern eine Bitte vorbringen. Welcher Kontrast in unser beider Haltung!

Und dann sah ich die Bilder von Onkel Stefan. Er war groß und stark und blickte mit sanften Augen selbstsicher in die Kamera. In diesem Moment des Wiedersehens mußte ich an seinen Besuch denken, der sechs Jahre zurücklag. Ich wollte den Mund schon aufmachen, als ich spürte, wie Margot mit dem Schuh gegen meinen Knöchel stieß. Ich wußte, daß ich zu diesen Bildern nichts sagen sollte. Auf zwei Seiten waren fünf Fotos von ihm. Onkel Stefan. Immer allein. Immer blickte er direkt in die Kamera. Immer stand er.

Onkel Stefan war Papas einziger Bruder. Er war in die britische Kolonie Palästina gereist, die nun unser Gelobtes Land sein sollte, um die neuen jüdischen Siedlungen vor Angriffen der Araber zu verteidigen und das Land für eine Besiedlung durch Juden aus allen Altersgruppen und sozialen Schichten vorzubereiten. Dabei hatte er seine junge Frau mitsamt Kind zurücklassen und sein Medizinstudium abbrechen müssen. Wenn ich jetzt an Onkel Stefan denke, sehe ich einen Mann vor mir, der, offen gestanden, mit uns Kindern nicht umgehen konnte. Ein Teil von ihm war verborgen und unzugänglich, und das spürten wir immer. Kinder registrieren solche Schwächen und können brutal sein. Im Laufe der Zeit lernte Onkel Stefan, sich vor seinen Nichten in acht zu nehmen, obwohl er uns nie aus dem Weg ging. Er hatte eine warme und doch distanzierte Art – was es ihm erleichterte, Schmerz und Kummer zu ertragen –, aber in Wirklichkeit war es wohl so, daß wir Mädchen ihn gar nicht kannten. Allerdings bemühten wir uns auch nicht darum.

Ich erinnere mich noch an den Tag, als ich aus der Schule

kam und zu Hause in der Diele den eleganten Lederkoffer sah. An einem Kleiderhaken hing ein fremder khakifarbener Mantel. Wir hatten Besuch. Im Wohnzimmer saß ein hochgewachsener, braungebrannter Mann, der in seinen kräftigen Händen vorsichtig eine Tasse Kaffee hielt. Ihm gegenüber saß Papa. Sie waren in ein lebhaftes Gespräch vertieft. Als ich eintrat, sah Papa auf, und Onkel Stefan drehte sich nach mir um.

»Ah, da ist sie ja, die kleine Eva. Eva, erinnerst du dich an meinen Bruder Stefan?«

Ich erinnerte mich natürlich nicht. Ich lächelte nervös.

»Onkel Stefan ist aus Palästina zurückgekehrt.«

Nach dem Abendessen an jenem Tag zog Mama Margot und mir frische weiße Kleider an und führte uns feierlich ins Wohnzimmer. Schon zweimal hatte Papa versucht, seine Töchter in dieser Weise zu präsentieren, aber beide Male hatten wir ihn unter Tränen angefleht, uns diese Demütigung zu ersparen. Diesmal, sagte Mama, sei es etwas anderes. Es handele sich nur um unseren Onkel, und wir könnten so viel oder so wenig spielen, wie wir wollten. Als wir den von Zigarrenrauch erfüllten Raum betraten, rief Papa vergnügt: »Margot! Eva!«

Er schlug sich aufs Knie und sprang auf. Dann wandte er sich an seinen Bruder.

»Margot ist wirklich eine kleine Pianistin. Eva hat aber gerade erst angefangen, Geige zu spielen. Du mußt es ihr nachsehen, wenn sie Fehler macht.«

Dieser schockierende Verrat ließ das Blut in meinen Adern gefrieren. Ich sah zu meiner Schwester, die zu meinem Erstaunen strahlte.

In diesem Sommer nutzten meine Eltern die Gelegenheit, daß Onkel Stefan zu Besuch gekommen war, und fuhren für einen kurzen Urlaub in den Osten. Onkel Stefan sollte auf mich und Margot und drei Freundinnen von uns aufpassen.

Es war vereinbart, daß wir vormittags lernen sollten und den Rest des Tages spielen durften. Wir schafften es aber, die Vormittage zu einem Alptraum für den armen Onkel Stefan zu machen, der andauernd die Treppe hochsteigen und uns bitten mußte, nicht so laut zu sein und zu lernen. Sobald er gegangen war, fingen Margot und ich von neuem an, uns Geschichten über ihn auszudenken, die wir unseren drei Freundinnen erzählten. Einmal war er ein Pirat, der auf der Suche nach einem Schatz um die Welt segelte, dann ein Afrikaforscher. Wir verwandelten den armen Onkel Stefan in alle möglichen Personen, und wenn uns das Spiel langweilig wurde, brüllten wir uns einfach an, nur damit er die Treppe heraufkam und wir über ihn kichern konnten. Aber nie schimpfte er, und nie ging er ohne ein, wenn auch etwas angestrengtes, Lächeln.

»Ich weiß, ihr seid brave Kinder.«

Und dann ging die Tür zu, und wir hörten, wie er mit schweren Schritten nach unten stieg.

An diesen langen, heißen Sommerabenden saßen Margot und ich bei Onkel Stefan und fragten ihn über Mode, Kino und Filmstars aus. Doch er wußte nichts. Er hatte nichts gesehen. Er hatte keinen einzigen Film mit Valentino gesehen, nicht einmal einen mit Charlie Chaplin. Margot wußte mehr als ich, weshalb sie enttäuschter war als ich. Ich machte es ihr einfach nach, seufzte, wenn sie seufzte, warf meine Hände kurz nach ihr in die Luft und ließ sie kurz nach ihr wieder heruntersinken. Onkel Stefan erzählte wenig von seinen Reisen, seinen Erlebnissen, räumte nur ein, daß er in Palästina gewesen und daß es dort heiß sei – heißer noch als an den heißesten Tagen bei uns. Seine Verschwiegenheit machte ihn nur noch geheimnisvoller, und allmählich schlossen Margot und ich unseren sonderbaren Onkel ins Herz. Morgens kamen unsere Freundinnen mit ihren Büchern und Heften, und wir fünf Mädchen verschworen uns, in der obersten Etage des vierstöckigen Hauses wieder alles auf den Kopf zu stellen.

Nach der Rückkehr meiner Eltern aus dem Urlaub war nichts mehr so wie früher. Papa und Onkel Stefan saßen abends zusammen, und je später es wurde, desto lauter und heftiger wurde ihre Unterhaltung. Es war so warm, daß Mama uns erlaubte, die Tür zu unseren Zimmern offenstehen zu lassen, weshalb wir dem Gang der Debatte mühelos folgen konnten. Papa war unerbittlich. Onkel Stefan habe sein Medizinstudium aufgegeben, Frau und Tochter im Stich gelassen und sei fortgegangen, um zu kämpfen. Wofür? Warum unter den Arabern eine neue Heimat aufbauen? Seine Frau habe es zu Recht abgelehnt, sich aus ihrer Verwurzelung herauszureißen und ihr Kind unter diesen Barbaren aufzuziehen. Gemeinsam könnten sie eine Praxis aufbauen. Die Gebrüder Stern. Sie könnten die reichsten Ärzte im Land werden. Warum sei Stefan plötzlich ein Narr geworden, der vor seiner Verantwortung davonlaufe? Sollen andere Dummköpfe ihr Leben für dieses künstliche neue Land riskieren! Weil Onkel Stefan sich nicht gern als Dummkopf bezeichnen ließ, kam es daraufhin zu einem verbalen Schlagabtausch, der so lange wütete und tobte, wie die Kraft der beiden reichte. Ob Ernst vergessen habe, daß sie Juden seien? Daß sie das einzige Volk auf der Welt seien, das kein Heimatland habe? Ob er das wisse? Schließlich schleppte sich Papa müde die Treppe hinauf und in sein Zimmer, aber nie vergaß er, seinen Töchtern noch einen Gutenachtkuß zu geben. Ich stellte mich meist schlafend, aber der ungewohnte Alkoholgeruch irritierte mich manchmal, und dann trafen sich unsere Blicke.

Nach einer Woche scharfer und lauter Auseinandersetzungen beschloß Onkel Stefan, sich in seine eigene Welt zurückzuziehen. An den langen, heißen Nachmittagen saß er im Garten auf der Holzbank und starrte unverwandt auf die Bäume, als wollte er ein Teil der Natur werden. Er saß völlig bewegungslos in der sengenden Hitze, ohne Kopfbedeckung, mit reglosem Gesicht, bis sich der Tag neigte und die Bäume allmählich schwarz wurden. Irgendwo hatte Margot eine

Landkarte von Palästina aufgetrieben, und eines Nachmittags gingen wir gemeinsam zu Onkel Stefan, um uns genau zeigen zu lassen, wo er gewesen war. Er sah auf die Karte, dann fuhr er mit dem Finger ziellos darüber hin, hielt an verschiedenen Stellen inne und bewegte den Finger dann weiter, hierhin und dorthin, als berührte er einen wertvollen Gegenstand. Dann blinzelte er uns mit zusammengekniffenen Augen an, er hatte sichtlich Probleme mit der Sonne.

»Vielen Dank.«

Margot und ich sahen uns verwundert an. Wofür bedankt er sich? Margot fragte schließlich enttäuscht:

»Aber was hast du dort gemacht, Onkel Stefan?«

Auf gewohnt rätselhafte Weise lächelte Onkel Stefan und schüttelte den Kopf. Die Geheimnisse seiner Welt, der er sich verschrieben hatte, wollte er nicht mit uns teilen. Margot war verärgert.

»Aber Onkel Stefan, warum willst du es uns nicht erzählen?«

Wir beide verstanden einfach nicht, daß der arme Onkel Stefan mit niemandem redete. Aus seiner Sicht war schon genug geredet worden. Papa hatte ihm erklärt, falls sein Bruder nicht zu Frau und Kind zurückkehre, werde er ihnen helfen, in Amerika Fuß zu fassen. Onkel Stefans Frau hatte ihm in zahlreichen Briefen nachdrücklich klargemacht, daß sie nicht beabsichtige, in der Wüste zu leben, mit Arabern, die auf sie herabsähen. In Amerika könne sie mit der Tochter zumindest ein neues Leben anfangen. Und so beschloß Onkel Stefan, nicht zu Frau und Kind zurückzukehren. Er liebte sie sehr, fürchtete aber, er könne schwach werden, wenn er ihnen noch einmal begegnete. Papa lachte über seinen Bruder und spuckte verächtlich aus. Onkel Stefan, der auf der Gartenbank saß und immerfort auf das gelbliche Gras zwischen seinen Füßen starrte, suchte Trost für sein gebrochenes Herz. Er hatte seine Entscheidung getroffen. Er würde nach Palästina zurückkehren.

Onkel Stefan trug denselben khakifarbenen Mantel und denselben Lederkoffer, den er gehabt hatte, als er zum erstenmal bei uns war. Mama und Papa standen bei ihm im Wohnzimmer. Er schien ruhig, sogar heiter, und lächelte den beiden Mädchen zu, die in der Tür standen. Vielleicht löste der Anblick seiner Nichten Bedauern in ihm aus, weil er daran dachte, daß sein eigenes Kind aufwachsen würde, ohne seinen Vater zu kennen. Wie sich herausstellte, hatte seine Frau ihm geschrieben, daß sie aus seinem Schweigen schließe, ihm seien die Araber lieber als die eigene Tochter. Für sie sei die Verantwortung eines Familienvaters unvereinbar mit den Aufgaben seiner neuen Existenz. Daher habe sie nicht den Wunsch, ihn jemals wiederzusehen. Sie respektiere seine Entscheidung, er möge aber auch die ihre respektieren.

Papa scheuchte uns ins Wohnzimmer, wo wir uns verabschieden sollten. Onkel Stefan strich mir sanft über den Kopf und ließ dann die Hand auf meine Schulter sinken. Bei Margot machte er dasselbe. Wir standen rechts und links neben ihm, aber er sagte kein Wort. Es war Papa, der schließlich sprach.

»Ich werde meinen Bruder noch ein Stück begleiten.«

Ich kann mich nicht an einen förmlichen Abschied erinnern, an Händeschütteln, Küsse oder Umarmungen. Ich weiß aber noch, daß Margot und ich aus dem Wohnzimmerfenster starrten, während Papa und sein Bruder aus dem Haus traten. Sie blieben einen Moment stehen. Papa blickte zum Fenster. Dann drehten sie sich um und entfernten sich von dem viergeschossigen Haus. Der große Onkel Stefan mit seinen weit ausholenden Schritten und Papa, der etwas verkrampft neben ihm herlief. Papa ertrug es nicht, sich nicht durchzusetzen. Während ich den beiden hinterhersah, spürte ich geradezu, wie nahe Papa die Abreise seines Bruders ging. Aber Onkel Stefan ging mit festem Schritt. Die Entscheidung war gefallen.

Nach seiner Abreise nach Palästina wurde nichts mehr von ihm gehört. Gelegentlich kam die Polizei, um sich nach ihm zu erkundigen, und Mama bot den Beamten jedesmal Kaffee und Kuchen an. Ich erinnere mich noch an Papas geduldigen Ton. Man gab sich höflich und zivilisiert. Nein, er habe noch immer nicht von seinem Bruder gehört. Ja, er werde selbstverständlich Bescheid sagen, wenn er etwas erfahre. Doch kaum waren die Beamten gegangen, regte sich Papa furchtbar darüber auf, wie sein Bruder ihn in solche Lage bringen könne, daß die Polizei bei ihm vorsprach. Und dann tauchten die Männer auf, entweder frühmorgens oder spätabends, die immer ein Bett für die Nacht brauchten, etwas zu essen, ein Bad und etwas Geld, bevor sie wieder ihrer Wege gingen. Mama und Papa wiesen sie nicht ab, denn sie wußten sehr wohl, daß sie entweder nach Palästina und zu Onkel Stefan wollten oder von dort herkamen. Doch wenn man diese jungen Idealisten fragte, erzählte keiner etwas von Onkel Stefan. Sie reagierten ähnlich ausweichend wie Onkel Stefan, hatten aber noch viel zu lernen. Onkel Stefan hätte nie einfach nur mit den Schultern gezuckt. Er war nicht nur klüger, sondern auch höflicher als sie.

Etwa zwei Jahre nach Onkel Stefans Abreise erschien eines Morgens, während wir noch am Frühstückstisch saßen, ein ausgemergelter Mann. Seine dünne Joppe und der lange Schal, den er sich drei-, viermal um den Hals geschlungen hatte, boten kaum Schutz vor der Kälte. Seine Augen waren wäßrig und seine Wangen wie vom Wind ausgehöhlt. Er stand an der Küchentür, dankbar für die Wärme, die sich allmählich in seinem Körper ausbreitete. Papa bat Hannah, ihm eine Tasse Kaffee und ein Stück Brot zu geben, und zeigte ihm dann das Zimmer, wo er schlafen konnte.

Am Abend bat er ihn an unseren Abendbrottisch. Der Mann war offensichtlich etwas Besonderes, denn die anderen hatte Papa nie eingeladen. Während des Essens nippte er vorsichtig an einem Glas Rotwein, aber die Flasche war bald leer. Er sprach nur, wenn er gefragt wurde. Nach dem Essen schien er etwas gekräftigt. Sobald abgeräumt war, zog Papa sich mit ihm ins Wohnzimmer zurück. Ich fragte Margot, was sie von ihm halte, aber sie meinte nur, daß er nicht so alt sei, wie er aussehe. Für sie war er ein junger Mann, der seine Jugend weggeworfen hatte. Mama und ich starrten Margot an, woraufhin sie errötete und darum bat, aufstehen zu dürfen.

Papa hatte sich all seiner Beziehungen und Möglichkeiten bedient, um überall bekanntzugeben, daß er sich für Informationen über das rätselhafte Schicksal seines Bruders erkenntlich zeigen werde. Wie sich nun herausstellte, war dieser Mann, der im Wohnzimmer saß, ungelenk eine von Papas besten Zigarren paffte und sich aus einer zweiten Flasche Rotwein nachschenkte, bereit, Papa bei der Lösung des Rätsels behilflich zu sein. Margot und ich lauschten an der Tür. Der Mann erklärte Papa, daß Onkel Stefan einer der Anführer der jüdischen Untergrundarmee in Palästina sei, fast schon eine Legende unter diesen jungen Idealisten. Während ich von Onkel Stefans kühnen Aktionen hörte, dachte ich, daß er vielleicht recht gehabt hatte, sich in Palästina ein neues Leben aufzubauen. Bei uns hatten sich die Verhältnisse seit dem Morgen, als Papa mit ihm die Straße hinuntergegangen war, rapid verschlechtert.

Diesem Mann zufolge hatte man seit sechs Monaten nichts mehr von Onkel Stefan gehört oder gesehen, doch er war überzeugt, daß ihm nichts zugestoßen sei. Offenbar war Onkel Stefan gelegentlich in geheimer Mission unterwegs, aber er war immer wiederaufgetaucht, und es war nie etwas Unvorhergesehenes passiert. Papa schien nicht sonderlich überzeugt. Der Mann sprach nun von den Einschränkungen und neuen Gesetzen, denen er bei uns begegnete. Er äußerte sich erstaunt und erbost darüber, daß wir uns in dieser Weise behandeln ließen. Er stärkte sich mit dem letzten Rest der zweiten Flasche Wein und appellierte an Papa, das Land seiner Geburt zu verlassen, solange noch Zeit dafür sei. Papa funkelte diesen abgerissenen jungen Mann wütend an, der ungelenk an der teuren Zigarre paffte und seinen teuren Wein hinunterkippte, als wäre es Wasser. Und plötzlich, als hätte sich ein Vorhang gehoben, kam ihm offenbar der Gedanke, daß dieser ungehobelte Bursche einfach nur Geld wollte. Er griff nach seiner Brieftasche. Margot und ich sahen einander an. Der junge Mann paffte noch immer.

Später an diesem Abend erklärte Papa seiner Frau und seinen Töchtern, daß sein Bruder Stefan möglicherweise tot sei, in einem heißen Land, unter Menschen, die ihn nicht kannten, nicht liebten und sich nicht um ihn kümmerten. Papa hielt inne, und seine Miene war so bitter, daß mir erst jetzt klar wird, wie grenzenlos unglücklich er gewesen sein muß. Papa brauchte seine Familie. Er brauchte seine Frau. Er brauchte seine Töchter. Er brauchte seinen Bruder. In jener Zeit brauchte er sogar seine Eltern. Mama schaute hilflos drein und lächelte dann ihren Töchtern zu.

Ich denke an Onkel Stefan, wie er auf der Gartenbank sitzt und seine Entscheidung trifft, während die Bäume in der Nacht immer schwärzer werden. Wie er die Treppe hinaufsteigt, um die Kinder zu beruhigen, die ihn schonungslos necken, aber nur, weil sie so stolz auf ihn sind. Onkel Stefan, der sich für ein engagiertes Leben wappnet und dieses ungeheuerliche Verbrechen, Frau und Kind zu verlassen, vor sich selbst zu rechtfertigen sucht. Vielleicht sah er etwas, was wir nicht sahen. Vielleicht wußte er, wie wichtig es war, eine neue Welt aufzubauen, selbst wenn das hieß, daß man sich von denjenigen, die man liebte, lossagen mußte. Einschließlich uns. Zwei kleinen Nervensägen. Nervensägen. Ich stelle mir vor, daß Onkel Stefan, wo immer er ist, sich manchmal an Margot und Eva erinnert. Zwei kleine Nervensägen.

Es schüttete. Durch das Fenster des Cafés sah ich die Passanten, die sich vornübergebeugt gegen den Wind stemmten und versuchten, die Augen vor dem Regen zu schützen. Manchmal heulte der Wind und erwischte einen Unschuldigen, packte ihn einen Moment lang, so daß ein Bein halb in der Luft hing, doch dann ließ der Wind dieses Spielchen sein und gab sein Opfer wieder frei. Ich fühlte mich besonders erwachsen, als ich an diesem dunklen Novembernachmittag die Welt draußen beobachtete, denn ich war mit Papa unterwegs. Ich warf ihm einen Blick zu, doch Papa war in Gedanken versunken. Er rührte in seiner Kaffeetasse, fasziniert von den kreisenden Bewegungen des Löffels.

Ein völlig durchnäßtes Paar kam herein. Die beiden schälten sich aus ihren Mänteln und hängten sie an die Messinghaken neben der Tür. Dann sahen sie sich um und kamen auf uns zu. Kaum waren sie an unserem Tisch angelangt, setzte der Mann seine Brille ab und fragte, ob die beiden Stühle uns gegenüber besetzt seien. Papa sah auf und schüttelte den Kopf. Der Mann verbeugte sich knapp und fragte: »Gestatten Sie?«

»Selbstverständlich.«

Für einen Moment war Papa höflich und liebenswürdig, ganz der alte.

»Bitte«, sagte er und zeigte auf die freien Stühle. Die beiden lächelten, nahmen uns aber im nächsten Moment schon nicht mehr wahr. Der Mann setzte seine Brille wieder auf, während sich die Frau mit einem bestickten Spitzentaschentuch das Gesicht abtupfte. Und dann setzten sie sich hin und richteten es so ein, daß sie einander gegenübersaßen.

»Aber das größere Hotel. Am See. Es ist so schön.«

Die Frau schüttelte nachdrücklich den Kopf. Ich sah, daß sie erheblich jünger war als der Mann, dreißig Jahre vielleicht, doch sie sprachen vertraulich miteinander und von gleich zu gleich.

»Ein größeres Hotel wäre besser.«

Wieder schüttelte die Frau den Kopf.

»Zu teuer. Rausgeworfenes Geld.«

Sie trug einen schlichten braunen Pullover mit einem passenden Halstuch. Ihr Haar war streng zurückgekämmt und wurde von einer Spange festgehalten. Sie hatte sich nur ein wenig die Augen geschminkt. Er war mit dunklem Anzug und Krawatte förmlicher angezogen und verriet durch die Accessoires – Krawattennadel, Manschettenknöpfe und Hosenträger – sein Alter und seinen Stil. Er war ein sehr methodischer Mensch, und ihre widerspenstige Art verdroß ihn ein wenig.

»Alles in Ordnung mit dir?«

Ich sah Papa an und nickte. Es war ihm erkennbar peinlich, daß das Liebespaar keine Rücksicht auf meine Gegenwart nahm, während ich die ganze Sache aufregend fand. Ich stellte mir diese Frau als weltberühmten Star vor, als französische Kabarettkünstlerin, die aus Paris gekommen war und sich in unserem Land niederließ, in einem Café unserer Stadt, an unserem Tisch.

»Papa, darf ich noch eine Tasse haben?«

»Wenn du unbedingt willst.«

Wieder nickte ich.

Im Café wurde es zusehends voller und lauter. Der Regen wollte einfach nicht aufhören, und obschon immer mehr Leute hereinkamen und im Vorraum neben der Kasse warteten, schien niemand gehen zu wollen. Die beiden Serviererinnen hatten alle Hände voll zu tun. Sie liefen umher, nahmen Bestellungen auf, räumten bei denjenigen, die offenkundig fertig waren, demonstrativ Tassen und Gläser ab und besänftigten mit geübtem Lächeln die ungeduldig Wartenden. Papa hielt die Hand hoch.

Schließlich kam die Serviererin mit einer Tasse Kaffee für mich und einem zweiten großen Glas Wein für Papa. Das Paar reagierte kaum, als sie ihnen zwei Tassen Kaffee hinstellte.

»Der Frühling ist mir aber die liebste Jahreszeit. Wir können es nicht riskieren, bis zum Sommer zu warten.«

Die Frau machte ein enttäuschtes Gesicht.

»Du weißt, wie schwierig es für mich ist.«

Papa griff zu seinem Glas und nahm hastig einen großen Schluck. Ich warf ihm einen überraschten Blick zu, aber er starrte nur das Paar an, das uns gegenübersaß. Er schien ihr Gespräch mit einiger Nervosität zu verfolgen. Dann hörte ich, wie eine Handtasche aufgemacht wurde. Ich sah, wie die Frau ein blaues, goldverziertes Zigarettenetui herausholte. Sie entnahm ihm zwei Zigaretten, reichte ihrem Partner eine, steckte sich eine zwischen die Lippen und zündete dann beide an. Der Rauch zog herüber, und ich unterdrückte ein Husten. Papa flüsterte wieder: »Alles in Ordnung?« Ich lächelte und nickte. Armer Papa. Er griff zu seinem Weinglas.

Papa und ich waren auf dem Rückweg von der Beerdigung eines seiner Kollegen in das Café gegangen. Der Tod Dr. Singers, der am Wochenende plötzlich an Herzversagen gestorben war, hatte Papa sehr erschüttert. Dr. Singer war zwei Jahre jünger als er, und nichts hatte auf eine Krankheit hingedeutet, er war nicht kurzatmig gewesen, hatte nicht zugenommen, nichts. Nachdem Papa die Nachricht erhalten und uns davon berichtet hatte, saß er zusammengesunken am Küchentisch. Wir überließen ihn seinen Gedanken und gingen mit Mama ins Wohnzimmer. Drei Tage später waren weder Mama noch Margot bereit, an einem kalten Novembertag zur Beerdigung eines Menschen zu gehen, den sie kaum kannten. Papa sah so verloren aus, daß ich ihn einfach nicht allein gehen lassen konnte, und so zog ich Mantel und Stiefel an und hakte mich bei ihm unter.

Nur drei weitere Personen waren zum Friedhof gekommen. Eine alte schwarzgekleidete Frau, in der ich Dr. Singers Mutter vermutete. Eine jüngere Frau in einem abgetragenen Mantel und mit unpassendem Hut, die ich mir als seine getreue Praxishilfe oder Haushälterin vorstellte. Und ein älterer Mann, etwa in Papas Alter, in dem ich sofort einen weiteren Arzt vermutete. Bald zeigte sich, daß Papa diesen Mann kannte, denn nachdem die kurze Trauerfeier zu Ende war, begrüßten sie sich herzlich, und Papa stellte seine Tochter einem Dr. Lewin vor. Anschließend wandte er sich an die beiden Frauen und stellte mich Dr. Singers Mutter und seiner Haushälterin vor, dann standen wir verlegen herum, bis es zu regnen begann und hastige Entschuldigungen vorgebracht wurden. Aus irgendeinem Grund waren Papa und ich die letzten, die den Friedhof verließen. Wir standen auf der Steintreppe und beobachteten, wie die anderen Trauergäste in verschiedene Richtungen auseinandergingen.

Auf dem Heimweg wurde der Regen immer heftiger. Ich warf Papa einen Blick zu und wußte, daß es in seinem Kopf arbeitete. Bald würden wir unser schönes Haus und den größten Teil unseres Besitzes aufgeben und in einen bestimmten Stadtteil ziehen müssen. Papa durfte schon nicht mehr als Arzt arbeiten, und obschon die Leute ihn noch immer aufsuchten, konnte er nur Geduld verschreiben. Inzwischen verbrachte er die Zeit damit, zu Hause herumzusitzen und aus dem Fenster zu starren oder sich mit einem Buch abzulenken. Das bißchen Geld, das wir noch besaßen, wurde immer weniger. All das wollte er vor seinen Kindern verbergen, aber manche Dinge lassen sich nicht verbergen. Und dann kam mir der Gedanke, daß Papas Freund vielleicht gar nicht an Herzversagen gestorben war. Vielleicht hatte Papas Freund niemanden gehabt, für den er leben konnte. Wie Papa hatte er seinen Arztberuf nicht mehr ausüben dürfen, und abgesehen von seiner alten Mutter hatte er keine Angehörigen gehabt. Was war ihm geblieben?

Demütigungen. Erniedrigungen. Die tägliche Angst, Opfer jener Horden zu werden, die parolenbrüllend durch die Stadt liefen. Dieses verletzende, brutale Gelächter. Die Furcht, sich durch eine Geste, durch ein falsches Wort, durch eine Sprachfärbung zu verraten. Das Warten und die Sorgen. Das Wissen, daß man von Klassenkameraden, Freunden oder Kollegen denunziert werden konnte. Die ständigen Schikanen. (Nimm den Hut ab!) Ich wußte, warum Papa vor sich hin starrte. Auch ich starrte vor mich hin. Auch ich hatte versucht, mich in meinen Büchern zu vergraben. Es gab Erpressungen. Ein Ohrring. Eine Uhr. Des Nachts erstickte Tränen. Margot und ich verstanden das. Mancher hatte sich schon versteckt. Im Klassenzimmer wurden wir immer weniger. Und jeder träumte von der Flucht nach Amerika. Aber bis dahin – Demütigungen und Erniedrigungen. Es war verboten, mit der Straßenbahn zu fahren. Es war verboten, im Park zu sitzen. Erlaubt war zu atmen. Erlaubt war zu weinen.

Es regnete noch immer. Mittlerweile stand eine Menschentraube im Vorraum und wartete auf einen Tisch. Gelegentlich öffnete sich die Tür, und ein, zwei Leute gingen hinaus, um es anderswo zu probieren. Ich wandte die Augen von dem Drama am Eingang und dem Zwischenspiel mit dem Liebespaar gegenüber – er hielt ihre glatten, manikürten Hände in den seinen – und begann, wieder das Leben auf der Straße zu beobachten. Während aus Nachmittag allmählich Abend wurde, kämpften draußen nicht mehr so viele Passanten mit dem Wind. Ich stellte mir vor, daß die meisten Leute jetzt entweder dort angekommen waren, wo sie hinwollten, oder aber beschlossen hatten, überhaupt nicht auszugehen. Die Straßenlaternen waren inzwischen erleuchtet, die geheimnisvolle Halbwelt zwischen Tag und Nacht faszinierte mich.

»Was wünschst du dir, Eva?«

Papas Stimme klang müde. Ich wandte mich vom Fenster ab und griff nach der Speisekarte.

»Nein. Was wünschst du dir von deinem Leben?«

Ich erschrak, weil Papa mir eine Frage stellte, wie man sie Erwachsenen stellt. Eigentlich eine unmögliche Frage. Ich suchte nach einem Hinweis in seinem Gesicht, wie ich ihm antworten sollte, entdeckte aber nichts.

»Ich möchte glücklich sein, Papa. Heiraten. Zwei Kinder haben.«

Und dann hielt ich verunsichert inne, denn ich merkte, daß ich wie ein Kind antwortete. Aber was hatte Papa gemeint? Im Ernst, was für eine Frage war das?

»Du willst glücklich sein?«

Papa lächelte. Ich nickte.

»Das genügt mir, Eva. Es ist eine gute Antwort.«

Die Frau gegenüber warf mir einen Blick zu. Ich war sicher, daß sie einen Teil unseres Gesprächs mitbekommen hatte, aber sie lächelte sofort und wandte dann die Augen ab. Ihr Freund, der inzwischen ihre Hände losgelassen hatte, brach ein Stück Brot ab, strich Butter darauf und legte es auf ihren Teller. Die Frau sah ihn zweifelnd an, und ich fragte mich, ob mein berühmter Star wirklich glücklich war mit diesem Mann.

Die Tür flog auf, so daß ein Schwall kalter Luft hereindrang. Es war jetzt dunkel draußen, und noch immer gingen Regenkaskaden nieder. Eine große, elegant gekleidete Frau in einem schweren schwarzen Mantel mit braunem Pelzkragen betrat das Café. Irgend jemand machte rasch die Tür hinter ihr zu, damit die Wärme nicht entwich. Die Frau ging ohne ihre Schritte zu verlangsamen an den Leuten vorbei, die noch immer an der Tür warteten, und wurde zu einem Platz geführt, an dem plötzlich ein kleiner Tisch und ein Stuhl standen. Papa blickte zu ihr hinüber.

»Das ist Lena, die Sängerin!« flüsterte er.

Andere Köpfe drehten sich ebenfalls um.

»Nächste Woche fährt sie nach Amerika. Es ist alles arrangiert.«

Die Frau gegenüber holte wieder das Zigarettenetui aus ihrer Handtasche, reichte ihrem Begleiter eine Zigarette, gab ihm Feuer und zündete sich dann selbst eine an. Eine der beiden Serviererinnen schloß die Eingangstür ab, drehte das Schild um und zog den Vorhang vor. Die großen Fenster an der Straße blieben aber frei. Papa wandte den Blick von Lena und machte der Serviererin, die uns bedient hatte, ein Zeichen. Sie war müde. Sie würde bald nach Hause gehen können. Papa bestellte noch ein großes Glas Wein und eine Tasse Kaffee und fuhr dann, die Augen fest auf Lena an ihrem kleinen Tisch gerichtet, mit einer langsamen Handbewegung durch die Luft, weil ihn der Rauch störte. Der alte Mann drückte sofort seine Zigarette aus, doch die junge Frau schien nichts bemerkt zu haben. Ich sah Papa an und wußte, daß er in Gedanken weit entfernt war von seiner Familie und seinem toten Freund. Unverwandt starrte er zu Lena hinüber.

Ich saß auf der Bettkante und sah Margot beim Kofferpacken zu. Ich überlegte, ob ich ihr von Mamas sonderbarem Verhalten erzählen sollte, entschied mich aber dagegen. Ich hielt es für besser, wenn Margot ohne diese zusätzliche Bürde abreiste. Während sie ihre Sachen zusammenlegte, sprach sie laut und mit dem kürzlich erworbenen Selbstvertrauen, das sie offenbar von ihren neuen Freunden hatte. »Weißt du, Eva, sie hassen uns, obwohl wir schon soviel verloren haben. Sie werden uns immer hassen.« Meine Schwester sollte mich nicht weinen sehen. Ich blickte zum Fenster, vor dem sich draußen der Schnee anhäufte und allmählich die Sicht behinderte. »Papa darf auf der Straße keine Brille tragen, solchen Leuten hauen sie nämlich gern ins Gesicht. Und Männer werden dich wahrscheinlich fragen, wieviel du nimmst. Sie werden so tun, als wäre es ein Scherz, aber es ist mehr als das.« Margot schloß den Kofferdeckel und setzte sich neben mich auf das Bett. »Verstehst du, in gewisser Hinsicht ist es für uns Frauen einfacher.« Margot zuckte mit den Schultern. »Zum Beispiel müssen wir die Hose nicht runterlassen.« Ich fragte mich, ob Margot jetzt über ihren Freund sprechen würde. Bestimmt hatte sie einen.

Aber sie stand auf. »Du mußt dich auch verstecken. Wir dürfen aber nicht zu lange getrennt bleiben.« Ich wollte lächeln, schaffte es aber nicht. »Peter sagt, es tut weh, auf dem Boden zu gehen, der mit dem Blut unseres Volkes getränkt ist. Er sagt, wir hätten sehen müssen, was auf uns zukam.« Ich sah Margot an. »Peter?« Für einen Moment trafen sich unsere Blicke. Dann stieß sie mich auf das Bett zurück und fing an zu lachen.

Gestern haben sie mich verprügelt. Mama wischte mir das tränenverschmierte Gesicht ab und erklärte dann, daß sie mich in Zukunft zur Schule bringen und wieder abholen werde. Heute morgen sind wir also gemeinsam losgegangen, wobei Mama mich fest an der Hand hielt. Ich sah mich um, als Mama mir die Abkürzung durch einen schmuddeligen Hinterhof zeigte. In Wirklichkeit schämte ich mich, daß ich Mama den wahren Grund meines Kummers erzählt hatte. Ich war nach Hause gerannt, aber nachdem Mama mir das verweinte Gesicht abgewaschen hatte, sagte sie nur, ich solle mich setzen, und wechselte das Thema. Drei Jungen hatten mich getreten und geschlagen und beschimpft, doch Mama schien nur über ihre Töchter reden zu wollen. Darüber, wie unterschiedlich wir seien, daß ich die ernstere und strebsamere sei und Margot die phantasievollere. Und dann, als Margot von ihrem Club nach Hause kam, saßen wir zu dritt beieinander, und Mama sprach über die Probleme junger Mädchen und inwiefern sie sich von den Problemen junger Burschen unterschieden. Margot scharf fixierend, begann sie, über die Schwierigkeiten der Liebe zu sprechen und darüber, wie man am besten mit Jungen umging. Sie erzählte sogar, wie Papa ihr den Hof gemacht hatte. Wir hatten diese Geschichte schon oft gehört, aber das schien sie vergessen zu haben. Während die Kerzen immer weiter herunterbrannten und sie im warmen Schein ihrer Erinnerungen schwelgte, ärgerte ich mich darüber, daß sie mit keinem einzigen Wort darauf zu sprechen kam, daß man mich geschlagen hatte.

Schließlich, nachdem die Anekdoten erzählt und die Ratschläge erteilt waren und Margot und ich aufstanden, um zu Bett zu gehen, sah Mama mich an und erklärte, daß sie mich ab sofort zur Schule bringen und von dort abholen werde. Aber es klang wie ein nachträglicher Einfall.

Wir verließen den schmutzigen Hinterhof und traten nach rechts auf die Allee hinaus. Auf dieser breiten Straße versammelten sich die verarmten, arbeitslosen Musiker, und den ganzen Tag über erklangen hier ihre traurigen Melodien. In ein, zwei Wochen würden die meisten ihre Instrumente verkauft haben und nur noch müßig herumstehen. Aber es kamen immer neue Musiker mit alten Geigen nach, die sie sich hoffnungsfroh unter das Kinn klemmten. Mama beschleunigte ihre Schritte. Plötzlich sahen wir aus einer Seitengasse eine Kolonne von Gefangenen herauskommen. Sie gingen im Gleichschritt, scharf bewacht von zwei Burschen in Uniform. Die Gesichter der Gefangenen waren ausgemergelt, die Einzelheiten ihrer Verbrechen sicherlich erfunden. Mama zog mich an der Hand weiter, damit ich nicht dort hinsah. Aber wo sollte ich sonst hinsehen? Der Himmel war grau, die Gebäude waren düster, und die anderen Leute auf der Straße vergruben die Hände in den Taschen und starrten angestrengt zu Boden, als suchten sie nach Brotkrumen und Essensresten, von denen sie wußten, daß es sie nicht gab. Überall sah ich nur hängende Schultern und resigniert getragene Hüte, denn wie sollten die Menschen jetzt noch beschwingt oder unbekümmert sein? Was gab es anderes zu sehen als diesen Trupp von Gefangenen?

Unweit der Schule kamen wir an der Stelle vorbei, wo die Jungen mich tags zuvor umringt hatten. Immer häufiger kam es auf der Straße zu Überfällen. Selbst anständig gekleidete Leute wurden von uniformierten Schlägern angehalten und mußten mit bloßen Händen Hundekot aufsammeln, die Schaufenster eines Geschäfts ablecken oder einfach Geld und Wertsachen abliefern. Erst in der Woche zuvor hatte ich gesehen, wie man einer Dame im Pelzmantel befohlen hatte, ihren Schlüpfer auszuziehen und damit die eisige Straße aufzuwischen. Dann mußte sie sich den nassen Feudel wieder anziehen und durfte weitergehen. Mama wußte von diesen Zwischenfällen, aber man sprach nicht darüber. Und dann war mir etwas passiert. Und nicht einmal darüber sollte gesprochen werden. Kurz bevor wir die Schule erreichten, kam ein Uniformierter an uns vorbei. Mama blieb stehen. Alles schien zu verstummen. Jeder in unserer Nähe blieb stehen und wartete, bis der Mann außer Sichtweite war, und dann bewegten sich alle wieder, als wären sie aus einer Trance erwacht.

In der Schule saß ich immer in der Nähe des Fensters, denn es machte mir Freude, nach draußen zu sehen, wenn die Lehrerin nicht gerade herüberschaute, und zu beobachten, was unten auf der Straße passierte. Mama hatte mich ermahnt, in der Schule nicht zu träumen, doch inzwischen interessierte sie sich viel weniger für meine schulischen Leistungen. Wir wußten beide, daß ich diese Schule bald würde verlassen müssen. Gestern abend, als sie sich mit Margot und mir unterhielt, erzählte sie uns wieder, wie sie damals ihr Studium aufgegeben hatte, um diesen ernsten jungen Arzt zu heiraten. Er war ein junger Mann mit Brille, mittelgroß und schüchtern, ein Mann, der von einer Zukunft träumte, die außerhalb seiner Möglichkeiten lag. Sie erzählte uns von seinem Arbeitseifer und seiner Entschlossenheit, sich so zu kleiden, wie es in der großen Stadt Mode war, und von seinem Wunsch, sich selbst und seiner Familie eine glückliche und gesicherte Existenz aufzubauen. Und trotz elterlicher Bedenken hatte Mama darauf bestanden, diesen Mann zu heiraten, und nachdem sie das getan hatte, spürte sie, wie ihr das eigene Leben entglitt. Mama hielt in diesem Moment inne und musterte ihre beiden Töchter ernst. Und dann erinnerte sie uns daran, daß sie, sosehr sie diesen schüchternen Mann mit

Brille auch liebe, ihren Töchtern immer etwas anderes habe bieten wollen. Habe sie uns nicht immer angehalten, von anderen Dingen zu träumen als nur von Ehe und Kindern? Die Welt würde uns gehören, wie es für ihre eigene Generation noch undenkbar gewesen war. Das alles rief Mama uns in Erinnerung.

Es begann zu schneien. Ich blickte zum Klassenzimmerfenster hinaus und beobachtete, wie sich eine dünne weiße Schicht auf dem Boden bildete, wie Zucker. Aber ich wußte, daß dieser Schnee bitter schmeckte. Ich sah die Menschen, die sich in Hauseingängen und Treppenhäusern zusammendrängten, und die Furcht vor dem kommenden Winter stand ihnen deutlich ins Gesicht geschrieben. Wenn ich im Sommer auf dieselbe Straße hinunterblickte, sah ich Männer mit abgewetzten Jacken und gelösten Krawatten untätig herumstehen. Die Wohnungsfenster waren aufgerissen und die Gardinen zurückgezogen, man sah nur noch große Löcher, durch die frische Luft hereinströmen konnte. Ich stellte mir vor, wie diese Fenster abends eines nach dem anderen zugemacht wurden, tausend Augenlider, die langsam zufielen. Aber heute, während es unaufhörlich schneite, blieben sie alle fest verschlossen.

Bevor ich heute morgen zur Schule ging, hörte ich, wie Papa mit Mama schimpfte. Ich lag noch verschlafen im Bett, hörte aber deutlich, daß er sie um etwas bat, was sie angeblich weggenommen hatte. Und dann hörte ich Mama weinen, und dann entdeckte Papa offensichtlich, wonach er gesucht hatte. Es folgte ein Moment der Ruhe, in dem Papa sich vermutlich bei Mama entschuldigte, und ich wußte, sie würde ihm verzeihen. Ich drehte mich noch einmal um. Das Verhältnis zwischen den beiden war nicht gut. Eine Woche zuvor waren sie ohne ihre Töchter hinaus in den Wald gefahren. Bei ihrer Rückkehr hatten sie uns erklärt, daß sie einige wertvolle Gegenstände aus dem Familienbesitz unter einer großen Eiche vergraben hätten und daß Margot sich verstecken müsse. Margot war völlig verblüfft gewesen. Sie hatte, genau wie ich, immer angenommen, daß sie mit uns in die kleine Wohnung ziehen würde, und irgendwie freuten wir beide uns auf den Umzug. Papa erinnerte uns aber mit grimmiger Miene daran, daß heutzutage alle Leute daran dachten, sich zu verstecken, an allen erdenklichen Orten. Sie untertunnelten den Dielenboden, erweiterten Kellergeschosse, bauten Verstecke in Möbel, in Schuppen, überall. Solange diese furchtbaren Zeiten andauerten, sei es besser, sich abzusichern. In nicht einmal einer Woche würden wir aus unserem großen Haus in die kleine Wohnung am anderen Ende der Stadt ziehen müssen. Es sei sinnvoll, schon jetzt Sicherheitsmaßnahmen zu treffen, denn nach dem Umzug könne das schwierig werden. Gottlob hatten Papa und Mama eine Familie gefunden, die bereit war, Margot aufzunehmen. Für mich suchten sie noch immer eine Familie. Und bevor wir Töchter überhaupt protestieren konnten, gingen Papa und eine erschöpft aussehende Mama aus dem Zimmer.

Mama holte mich am Ende des Schultages ab. Sie sah auf einmal ganz alt aus. Eine Woche war vergangen, und über Margots unmittelbar bevorstehende Abreise war nicht weiter gesprochen worden. Auf dem Nachhauseweg begann meine müde Mama zu sprechen, aber ihr Tonfall verriet mir, daß sie abwesend war. Ich wußte sofort, daß dies der Tag war, an dem wir Margot verlieren würden. »Denk dran, Eva, du bist Gast in diesem Land. Und du darfst nie mit den Händen sprechen.« Sie blieb stehen und machte es mir vor. Ein Mann, unrasiert zwar und ungewaschen, aber in seinem Stolz ungebrochen, sah zu. Einzig an seinen teuren, inzwischen schmutzig gewordenen Sachen war seine bessere Vergangenheit zu erkennen. Für einen Moment trafen sich unsere Blicke. Mama beendete ihre Demonstration, ohne etwas davon zu bemerken. Dann, ohne Warnung, entfernte sie sich. Ich lief hinter ihr her. Mama sprach mit sich selbst. »Eva, wo um alles in der Welt sind die Vereinigten Staaten? Wo ist Rußland überhaupt? An einem Tag bist du ihr Nachbar, am nächsten bespucken sie dich. Es ist dumm von uns, stolz darauf zu sein, daß wir sind, was wir nicht sind, verstehst du? Dumm.« Ich nahm ihre Hand, aber sie bemerkte es nicht. »In dieser Welt erschießt man andere Menschen nicht ohne Grund. Es muß einen Grund geben. Wie ist es möglich, auf Leute, die einem nichts getan haben, einen solchen Haß zu haben?« Es dämmerte schon früh an diesem Nachmittag, und es schneite noch immer.

Mama zog ihren Mantel an und griff nach dem Koffer. Der Mann nahm den Briefumschlag aus Papas Hand entgegen, steckte ihn in die Tasche und sagte, er werde unten warten. »Nein«, sagte Papa. »Kein großer Abschied. Es ist nur eine vorübergehende Maßnahme.« Papa gab Margot rasch einen Kuß, und dann umarmte Mama ihre älteste Tochter. Margot blinzelte mir über Mamas Schulter hinweg zu. Dann ging sie. In jener Nacht lag ich im Bett und lauschte den dumpfen Schlägen, mit denen eine eifrige Hausfrau irgendwo einen Teppich ausklopfte. Übertönt wurde dieses Geräusch von dem Schluchzen, das durch die Nacht drang. Mama hatte nun eine Tochter verloren. Durch das Fenster sah ich, daß es nicht mehr schneite, obschon auf dem Fensterbrett noch immer eine dicke Eisschicht lag.

Am Karfreitag des Jahres 1480 begaben sich die Christen von Portobuffole in großer Zahl nach der Kirche Santa Maria da Settimo. Der Altar war sorgfältig abgestaubt worden, und das Kruzifix war mit einem schwarzen Tuch verhängt. Drei violette Kissen lagen auf den Altarstufen, und das schwache Licht am Ende des Tages erinnerte an die Finsternis, die sich beim Tod Christi über die Welt gesenkt hatte. Der Gottesdienst war wie immer nüchtern und bewegend, und zum Abschluß legte der Priester die Hände zusammen. Das erste Gebet galt »Gott, dem Allmächtigen«, die folgenden sechs waren

- für den Papst,
- für den Klerus, die Jungfrauen, die Witwen und das Volk Gottes,
- für den allererhabensten Dogen von Venedig,
- für die Katechumenen,
- für die Kranken, die Gefangenen, die Reisenden und Seefahrer,
- für die Ketzer und Abtrünnigen.

Und nach einer kurzen Pause rief der Priester, nunmehr mit leicht veränderter Stimme, um die ganze Aufmerksamkeit der Gemeinde zu erlangen:

»Wir bitten auch für die hinterhältigen Juden. Gott, befreie ihre Seelen von Gift, auf daß sie Jesus Christus erkennen mögen.«

Und bevor diese Worte in den letzten Winkeln angekommen waren, sprach er noch ein allerletztes Gebet für die Errettung dieser Juden.

»Allmächtiger, ewiger Gott, der du den Juden deine Gnade nicht verweigerst, erlaube uns, für diese blinden Juden zu beten, auf daß sie das Licht deiner Wahrheit in Christo erkennen und bald aus ihrem Dunkel befreit werden mögen.«

Seelisch gestärkt, strömten die Gläubigen von Portobuffole nach beendetem Karfreitagsgottesdienst hinaus auf die dunklen Straßen der Stadt und machten sich auf den Heimweg – nicht ohne einen strengen Blick auf die Häuser derjenigen zu werfen, die Böses in ihren Herzen trugen.

Die Osterfeiertage waren vorbei, doch es gärte im Volk. Der Repräsentant des Dogen, Andrea Dolfin, sah sich genötigt, in seinem regelmäßigen Bericht an den Rat der Zehn zu erwähnen, daß eine gewisse Unzufriedenheit in der Stadt zu bemerken sei, doch bemühte er sich, seine Worte so zu formulieren, daß niemand beunruhigt würde. Der Doge hatte genügend Probleme im Orient, mit dem Papst und mit der Ausweitung des venezianischen Binnenhandels – Unruhen im eigenen Staat waren das letzte, was er brauchen konnte. Doch zu Andrea Dolfins großer Enttäuschung schien sich die Stimmung nicht zu bessern, und die Lage verschärfte sich noch, weil die besorgten Juden sich mittlerweile weigerten, ihre Kontore zu öffnen. Die Leute, die aus der ganzen Region herbeigeströmt kamen, um ihre Pfänder einzulösen, erklärten, daß die Juden ihren Verpflichtungen nachzukommen und sich an die Gesetze zu halten hätten. Andrea Dolfin rief den Stadtrat zusammen, doch schon vorher kehrten die Juden aus Angst vor Ausschreitungen zu ihrer Arbeit zurück. Die Wiedereröffnung der Kontore vermochte die Woge antijüdischer Emotionen allerdings nicht zu glätten.

Der ungelöste Fall der Entführung und Ermordung des blonden Bettlerkindes Sebastiano Novello war natürlich eine so ernste Angelegenheit, daß die Öffentlichkeit nicht eher ruhen würde, bis der Gerechtigkeit Genüge getan war. Als venezianischer Aristokrat konnte Andrea Dolfin es jedoch nicht zulassen, daß ein hauptsächlich aus Plebejern bestehender Stadtrat, wie angedroht, unter Umgehung der venezianischen Obrigkeit harte Maßnahmen gegen die Juden ergreifen würde. Dies würde nicht nur den Dogen erzürnen, sondern auch den Rat der Zehn. Andrea Dolfin blieb kaum eine andere Wahl, als rasch und nach dem Gesetz zu handeln. So beschloß er, den Chef der Polizei und dessen Leute in die Häuser der Juden zu entsenden.

Der Wucherer Servadio wurde verhaftet.

Seine Frau Sara und ihre Kinder wurden unter Arrest gestellt, desgleichen der Hauslehrer Fays und der Diener Donato.

Der Wucherer Moses wurde verhaftet.

Seine Frau Rebekka wurde unter Arrest gestellt.

Giacobbe aus Köln wurde verhaftet.

Vier weitere gesuchte Personen hatten sich der Verhaftung durch Flucht entzogen.

Um einen korrekten Prozeß zu gewährleisten, ordnete Andrea Dolfin an, daß den angeklagten Juden ein Verteidiger zur Seite gestellt werde, dessen Aufgabe es war, ihnen all das zu erklären, was sie nicht verstanden. Die Serenissima brüstete sich nicht nur einer strengen Justiz, sondern auch ihrer untadeligen Prozeßführung. Niemand konnte verhaftet werden, wenn nicht konkrete Anklagepunkte gegen ihn vorlagen, und niemand durfte zum Tod verurteilt werden, solange er nicht durch Beweise als Täter überführt worden war oder ein Geständnis ablegte. Die Republik vertraute der lateinischen Inschrift über dem Eingang zum Gerichtssaal im Dogenpalast:

»Vor allem sollt ihr stets danach streben, mit Gerechtigkeit und Barmherzigkeit zu richten. Verurteilt niemanden ohne ein wahres und gerechtes Urteil. Richtet niemanden auf einen willkürlichen Verdacht hin, sondern prüft zuerst und fällt dann ein mildes Urteil. Und fügt anderen nicht zu, was ihr nicht wollt, daß es euch zugefügt werde.«

Zu Beginn der Verhandlung in Portobuffole mußten die Juden schwören, daß sie aus freien Stücken die Wahrheit sagen würden. Sollte der Richter irgendwann den Verdacht haben, daß die Angeklagten entweder falsch aussagten oder irgendwelche Dinge zurückhielten, konnte er die Folter anordnen, bei der Richter und Verteidiger zugegen sein mußten. Üblicherweise kam die sogenannte *strappada* zur Anwendung. Dabei wurden dem Delinquenten mit einem langen Seil die Hände auf dem Rücken zusammengebunden, dann wurde er mittels eines Flaschenzugs nach oben gezogen; zusätzlich konnten Gewichte angehängt werden. Die durch das Gestrecktwerden verursachten Schmerzen wurden mit jedem Anziehen des Seils stärker. Wenn der Angeklagte nicht gestand, zog man mehrere Male am Seil und befestigte Gewichte an seinen Füßen. Es kam vor, daß Gegenstände des täglichen Lebens als Gewichte verwendet wurden, auch lebende Tiere. In gewissen Fällen wurde der Angeklagte zusätzlich gefoltert, indem man ihm eine brennende Kerze oder glühende Holzkohle unter die Füße hielt.

Als man den wichtigsten Juden, Servadio, aus dem Kerker von Portobuffole zerrte, in dem er zwei Tage und zwei Nächte eingesperrt gewesen war, blendete ihn das Sonnenlicht. Stolpernden Schritts betrat er einen Saal, in dem er allmählich Gestalten und Stimmen erkannte. Servadio wurde einem Advokaten vorgestellt, der geeignet erschien, Juden zu verteidigen, dann wurde ihm ein Dokument vorgelegt, und er mußte den Eid sprechen.

»Ich, Diener Gottes, der ich ein Jude bin, schwöre bei dem allmächtigen Herrn Zebaoth und bei dem Gott, der Moses im Dornbusch erschienen, und bei Gott Adonai dem Vater und bei Gott Eloi: sollte ich falsch schwören, so möge ich verloren sein unter Feinden und in Feindesland sterben; zugleich soll die Erde ihren Mund auftun und mich verschlingen wie Datan und Abiram, und es soll die Pestilenz mich heimsuchen wie Naaman, und mein Haus möge sich leeren; mögen die Sünden meiner Vorväter und meine eigenen auf mich fallen, mögen über mich kommen alle Flüche, die bei Moses und den Propheten geschrieben stehen, und möge Gott mich verfluchen als abschreckendes Beispiel für jedermann.«

Mechanisch und ohne größere Schwierigkeiten hatte Servadio die geschriebenen Worte abgelesen. Er hatte ein hartes Leben geführt, aber doch ein ehrliches, wie er fand, und so fürchtete er sich nicht vor dem Urteil Gottes. Er wußte jedoch, daß ein Jude hier auf Erden in den Augen der Christen ganz leicht sündigen konnte. Man konnte sogar sündigen, ohne es zu wissen. Servadio fragte sich, ob den Leuten im Saal klar war, daß ihn überhaupt noch niemand eines Verbrechens beschuldigt hatte.

Am 14. April 1480 läutete die Neunerglocke von San Marco, um anzuzeigen, daß die Türen des Dogenpalasts sich nunmehr schließen würden. Atemlos und geröteten Gesichts kamen die letzten Senatoren herbeigeeilt, um nicht Bußgeld entrichten zu müssen. Die angrenzenden Räume waren schon leer, und jedermann saß auf seinem Platz. Der Doge, die Angehörigen des Rats der Zehn, die Superintendenten von San Marco, die Senatoren, die Vertreter der Kommune und viele andere Regierungsbeamte hatten sich versammelt. Wie üblich, wurden zunächst Briefe, Depeschen und Petitionen verlesen, und gegen Mittag diskutierte man, in der Reihenfolge ihrer Bedeutung für die Republik, über andere Punkte der Tagesordnung. Andrea Dolfin begann seinen Vortrag mit dem Hinweis, daß die Einwohner von Portobuffole fest davon überzeugt seien, daß die dort ansässigen Juden während der Karwoche ein unschuldiges Christenkind getötet hätten. Unter normalen Bedingungen hätte man einem Bericht aus Portobuffole, in dem von gewissen Anschuldigungen der Bevölkerung gegen die Juden die Rede war, keinerlei Bedeutung beigemessen. Aber dieser Bericht ging weiter, denn er enthielt Einzelheiten des Prozesses gegen die führenden Juden von Portobuffole, und er erwähnte die drei verhängten Todesurteile.

Der Bericht wurde schweigend aufgenommen. Der Große Rat war besorgt, denn dieser Prozeß hatte schon starkes öffentliches Interesse erregt. Die Popularität des Urteils sorgte offenbar für Unruhe in der ganzen Region; man begegnete den Juden mit immer größerer Feindseligkeit. Wiederholt hatte der Große Rat im Laufe der Jahre erklärt, daß man nötigenfalls all jene streng bestrafen werde, die einen Juden belästigten, ihn angriffen oder sein Eigentum beschädigten. Es stand außer Zweifel, daß der Große Rat seine Haltung noch einmal verdeutlichen mußte. Und so erließ er drei Tage später, am 17. April 1480, eine Verfügung, die sich explizit auf die Situation in Portobuffole bezog:

»Mit Mißfallen haben wir vernommen, daß die Juden im

ganzen Lande Gegenstand von Beleidigungen, Schlägen und anderen Übergriffen sind aufgrund von Beschuldigungen, welche gegen die Juden von Portobuffole vorgebracht wurden. Da es unser Wunsch ist, daß die Juden in unserem Lande unbelästigt leben sollen, ergeht die folgende Anordnung: Wir wünschen und verfügen, daß jeder Distrikt eine Bekanntmachung erlasse, der zufolge kein Mann, keine Frau, kein Minderjähriger und kein Bediensteter einen Juden belästigen, angreifen oder provozieren darf, sei es mit Worten oder mit Taten. Jeder Erwachsene, der dem zuwiderhandelt, soll bestraft werden. Minderjährige aber sollen ausgepeitscht und die von ihnen verursachten Schäden ihren Vätern und Lehrern zur Kenntnis gebracht werden. Niemand darf verschont werden. Ein gewisses Maß an Drangsalierung der unter uns ansässigen Juden gedenken wir zu tolerieren, aber sie sollen unter uns leben können, ohne übermäßig viel Schaden und Belästigung hinnehmen zu müssen. Jedermann hat sich an diese Verordnung zu halten, wenn er fürderhin unserer Anerkennung würdig sein will.«

Am selben Tag wurde dem Rat der Zehn eine lange Stellungnahme von Andrea Dolfin übermittelt. Beigefügt war ein Protokoll des Prozesses gegen die Juden sowie ein vollständiger Bericht über das Betragen der drei Juden Servadio, Moses und Giacobbe, die inzwischen in der Todeszelle schmachteten. Diesem Bericht war zu entnehmen, daß sie erst spöttisch, dann ärgerlich und schließlich besorgt reagierten, als sie über die Anzahl und die Art der gegen sie vorliegenden Aussagen informiert wurden. Man erfuhr von der Folter, wie sie entkleidet, gefesselt und hochgezogen wurden, und von den vielen Geständnissen, die sie teils widerriefen, teils wiederholten und endlich vor dem Gericht von Portobuffole bekräftigten. Und schließlich die Einzelheiten des Urteilsspruchs, der besagte, daß die Verurteilten Entschädigung zu leisten und dann auf unterschiedliche Weise zu sterben hätten: Einer sollte bei lebendigem Leibe verbrannt, der nächste von vier Pferden zertrampelt und der dritte von Pfeilen durchbohrt werden. Nachdem mittels Folter die Zungen der Angeklagten gelöst worden waren und die Juden volle Geständnisse abgelegt hatten, erregten die abscheulichen Einzelheiten ihres Verbrechens so viel Empörung unter den Einwohnern von Portobuffole, daß Andrea Dolfin den Rat der Zehn ersuchen mußte, zur Aufrechterhaltung der öffentlichen Ordnung zu intervenieren. Sein Bericht schloß mit einer Darstellung des Verbrechens, wie es die Juden selbst gestanden hatten.

Angefangen hatte alles an einem Septembertag des vorangegangenen Jahres, als die Juden ihr Laubhüttenfest begingen. Nach ein paar Gläsern Wein fand Servadio den Mut, sich mit folgenden Worten an Giacobbe aus Köln zu wenden: »Du weißt, daß wir noch vor Ostern ein wenig Christenblut für unser Brot benötigen. Mein Freund, beschaffe uns ein junges Kind, denn du weißt, wie man das macht, und ich werde dir dafür zehn Dukaten geben.« Giacobbe aus Köln willigte sofort ein, doch ein anderer Giacobbe, der aus Verona stammte, hatte das Gespräch auch gehört und bot ebenfalls an, ein Kind zu besorgen. Mehrere Monate vergingen, und als die Karwoche bevorstand, beschloß der Kölner Giacobbe, seine Suche in Treviso zu beginnen, der größten Stadt der Umgebung. Jeden Knaben, dem er begegnete, sah er sich genau an. Einige waren wohlgenährt, aber nicht allein. Andere wiederum waren allein, aber mager und hungrig, und man hätte sie gewiß erst mit Milch und Honig mästen müssen. Schließlich fand er auf dem Markt einen gesund aussehenden Knaben von etwa sechs, sieben Jahren, der Sebastiano Novello hieß. Er versprach ihm Brot und Wein und lockte ihn auf diese Weise in das Haus eines Juden, in dem sich zufällig auch der Veroneser Giacobbe aufhielt. Die beiden Juden, die mit der gleichen Absicht nach Treviso gekommen waren, beschlossen, die weiteren Schritte gemeinsam zu unternehmen. Zuerst kauften sie beim Barbier ein neue Schale zum Auffangen des Blutes, und dann befahlen sie dem Knaben, ein paar Schritte hinter ihnen herzulaufen, damit niemand Verdacht schöpfte.

Im Schutze der Nacht verließen sie Treviso und machten sich auf den Heimweg nach Portobuffole. Der Knabe ermüdete rasch, so daß der Veroneser Giacobbe ihn tragen mußte. Aber jedesmal, wenn sie eine Ortschaft erreichten, wurde der Knabe abgesetzt und angewiesen, den Ort allein zu durchqueren und am anderen Ende auf die beiden Juden zu warten. Zur Belohnung erhielt er Brot und Äpfel und durfte einen großen Schluck aus ihrer Flasche nehmen. Als sie in Portobuffole ankamen, wurde dem Knaben eingeschärft, ihnen in einem bestimmten Abstand zu folgen. Die beiden Giacobbes begaben sich zum Haus des Servadio, dessen Frau gerade Matzen für den bevorstehenden Feiertag buk. Sie setzten Servadio von ihrer erfolgreichen Mission in Kenntnis, worauf sich der Kölner Giacobbe nach draußen stahl und den Knaben hereinholte. Beide Giacobbes empfingen ihre zehn Dukaten und Lob für die gute Wahl, die sie getroffen hatten. Der unschuldige Knabe wurde inspiziert und sodann in die Küche geführt, wo ihm ein Ei und ein Stück Matzen und auch ein Glas Wein vorgesetzt wurden, damit er rasch zunähme. Anschließend wurde er zu einer kleinen Kammer gebracht, wo er in tiefen Schlaf fiel.

In der Zwischenzeit vereinbarten die Juden, auf ein geheimes Wort hin bald wieder im Hause Servadios zusammenzukommen. In der fraglichen Nacht mußte der Diener Donato den Eingang bewachen, und sobald sich alle Juden eingefunden hatten, wurde der Knabe – durch üppiges Essen gemästet – aus seiner Kammer in die Küche gebracht und entkleidet. Er war verängstigt, denn die Juden hatten etwas Heimtückisches an sich, das sie in ihrer Erregung kaum verbergen konnten. Und dann verband der Kölner Giacobbe dem Knaben die Augen und hielt ihm die Hand vor den Mund. Aber er war nicht schnell genug, denn zwei, drei Schreie wurden draußen vernommen, wenngleich keiner der vorübergehenden Christen wußte, was vorging. Moses holte die neue Schale. Giacobbe versetzte dem Kind einen Stich in die Nähe des Herzens und sah zu, wie das frische Blut in die Schale floß. Währenddessen ergingen sich die Zuschauer in blasphemischen Bemerkungen über den Heiland und die Gottesmutter, die sie als Hure bezeichneten, während sie den Heiland als »Toten, unehelich geboren« verleumdeten. Einige streckten sogar die Zunge heraus oder verhöhnten das unschuldige Opfer, indem sie ihre Geschlechtsteile entblößten.

Sobald die Schale voll war und aus den Adern des Kindes kein Blut mehr floß, wurde der Inhalt auf die zahlreich entgegengestreckten Becher verteilt und gierig getrunken. Etwas Blut wurde aufgehoben, um es in getrockneter und pulverisierter Form über die Matzen und den Sederwein streuen zu können. Anschließend wurde darüber beraten, wie die Leiche, die ihren Zweck erfüllt hatte, am besten zu beseitigen sei. Ein Jude schlug den Fluß vor, doch ein anderer gab zu bedenken, daß die Wunde sie verraten würde, falls die Leiche an die Oberfläche steigen und entdeckt würde. Es war Moses, der einen Sack herbeischaffte und vorschlug, die Leiche samt Kleidern dort hineinzupacken. Er werde den Inhalt in seinem großen Ofen verbrennen. Und so geschah es. Aber die Juden paßten nicht auf, und deshalb waren die Beweise gegen sie erdrückend. Zeugen hatten die beiden Giacobbes auf der Landstraße nach Treviso mit einem Knaben gesehen. Und die Frauen von Portobuffole hatten den Knaben ebenfalls gesehen, und natürlich gab es den Schmied, der mit dem Knaben gesprochen hatte. Wieder andere hatten ganz deutlich die Todesschreie des Unschuldigen gehört, und eine Inspektion des Ofens von Moses ergab, daß kurz zuvor etwas Organisches darin verbrannt worden war. Den schlagendsten Beweis lieferten aber die drei Juden selbst, als sie unter Folter Geständnisse ablegten. Obschon unglaublich, ja ungeheuerlich in den Einzelheiten, mußte man ihren sich deckenden Aussagen Glauben schenken.

All das berichtete Andrea Dolfin in der Hoffnung, der Rat der Zehn werde seine Worte zum Anlaß nehmen und endlich zur Tat schreiten.

Der Rat der Zehn sah sich in einer unhaltbaren Situation. Die außerordentlich strengen Urteile würden dem Ansehen der Serenissima nicht förderlich sein, könnten das sorgsam gehegte Verhältnis zu den Juden durchaus gefährden. Aber was war zu tun? Den Urteilsspruch kassieren? Damit würde man unterstellen, daß die Hälfte der Bevölkerung von Portobuffole falsches Zeugnis abgelegt hätte. Am 19. April beriet man das Problem auf einer besonders lebhaften Sitzung des Großen Rats. Nach längerer Debatte wurde schließlich beschlossen, die Hinrichtungen zu suspendieren und einen Emissär nach Portobuffole zu entsenden, der neues Beweismaterial zutage fördern sollte.

Der venezianische Abgesandte, der die neuen Aussagen in Gegenwart Andrea Dolfins protokollierte, stellte fest, daß einiges davon in Widerspruch zu dem bisher Bekannten stand. Doch ein großer Teil bestätigte die ursprünglich erhobenen Beschuldigungen, so daß sich der Abgesandte veranlaßt sah, Servadios jungen Diener Donato wieder verhaften zu lassen. Kurz nach dem abscheulichen Verbrechen war der junge Jude zum Christentum übergetreten und hatte den Namen des ermordeten Kindes angenommen, Sebastiano. Im Verhör durch den venezianischen Abgesandten legte dieser »neue Sebastian« sofort, ohne daß es der Folter bedurft hätte, ein Geständnis ab und beschuldigte seinen Herrn Servadio der in Frage stehenden Verbrechen. Er erklärte, daß er vor seiner Konvertierung in die Geheimnisse des Juden eingeweiht gewesen sei, und bestätigte, daß in den alten Schriften geschrieben stehe, daß die Juden weder ihre Freiheit erlangen noch jemals in das Gelobte Land zurückkehren könnten, wenn sie nicht menschliches Blut vergössen. Deswegen müßten sie, zum Zeichen ihrer Verachtung für Christus, in jedem Jahr dem Allerhöchsten Gott einen Christen opfern, denn schließlich seien sie wegen Christi Tod aus ihrem Land vertrieben worden und müßten in der Fremde leben.

Auch Sara, die Frau Servadios, und Rebekka, die Frau Moses', wurden aufs neue vernommen und gefoltert, da sie sich weigerten, ein Geständnis abzulegen, aber sie stritten alle Vorwürfe ab. Außerdem behaupteten sie, daß Juden Frauen als schwach betrachteten und sie deshalb an bestimmten Ritualen nicht teilnehmen dürften. Der Abgesandte beschloß daraufhin, Gnade walten zu lassen und das Gerichtsverfahren gegen die Frauen nicht weiter fortzusetzen. Im Verlaufe der Ermittlungen wurde Andrea Dolfin und dem venezianischen Abgesandten klar, daß die Einwohner von Portobuffole die Juden nicht nur weiterhin beschimpften und beleidigten. Man mußte auch damit rechnen, daß sie jüdische Häuser überfallen würden, um ihre Pfänder und die Unterlagen zu rauben, in denen verzeichnet stand, wo weiterer jüdischer Besitz verwahrt wurde. Nach all der Zeit hatte sich die aufgebrachte Bevölkerung noch immer nicht beruhigt, so daß der Abgesandte eilends nach Venedig zurückkehrte, um Bericht zu erstatten.

Am Samstag, dem 6. Mai, wurde Andrea Dolfin und anderen hohen Provinzbeamten die folgende Mitteilung des Rates der Zehn überbracht:

»Aufgrund der jüngsten Ereignisse in Portobuffole, wo die Juden ein christliches Kind ermordet haben sollen, weisen wir darauf hin, daß es ihnen und ihren Angehörigen schadet, wenn weiterhin Gerüchte über sie verbreitet werden. Wir haben beschlossen, Euch diese schriftliche Botschaft zu übermitteln, weil wir wissen, daß Ihr sie lesen und befolgen werdet, und zwar ohne öffentliches Aufsehen, sondern mit Verschwiegenheit und Diskretion, wie wir es von Euch verlangen. Ihr werdet jüdisches Eigentum respektieren. Die Juden sollen nicht schlecht behandelt werden, nicht in dieser Welt und auch nicht andernorts, und alles, namentlich ihre Pfänder und Waren, soll verbleiben, wo es ist, ohne die geringste Änderung oder Hinzufügung. Wir empfehlen Vorsicht. Gewaltsame Angriffe sind nicht statthaft, und es ist nicht erlaubt, hinterlegte Waren zu stehlen oder fortzuschaffen. Wir erteilen Euch diesen Befehl in großem Vertrauen und mit großer Zuversicht.«

In derselben Nacht, während alles schlief, traf eine Abteilung Gendarmen in Portobuffole ein und nahm die drei verurteilten Gefangenen in Gewahrsam sowie die anderen drei Juden, die im Laufe der Ermittlungen verhaftet worden waren: Fays, der Hauslehrer von Servadios Söhnen; Salomon, Moses' Hausdiener, und Donato, der Konvertit, der nun mit Sebastiano angeredet werden wollte. Diese sechs Juden wurden nach Venedig geschafft. Am 7. Mai, einem Sonntagmorgen, schloß man sie im Dogenpalast in Zellen ein, die sich unter der Folterkammer befanden. Hier schmachteten sie, während der Rat der Zehn über ihr Schicksal beriet.

Sechs Wochen später, am 22. Juni, erhielten die Mitglieder des Großen Rates die folgende Anweisung des Rates der Zehn:

»In Anbetracht der Tatsache, daß dieser Fall der jüdischen Angeklagten von Übel ist und sich gegen die Ehre Jesu Christi richtet, müssen mit der größtmöglichen Entschiedenheit gewisse Konsequenzen gezogen werden. Es ist daher beschlossen worden, daß jeder Angehörige des Rates morgen vormittag anwesend sein muß. Schlag neun werden die Türen geschlossen, und wer nicht erschienen ist, hat eine sofort vollstreckbare Strafe von zehn Dukaten zu entrichten. Wer nicht bezahlt, wird im Schuldnerbuch eingetragen. Dies gilt für alle, die einen Sitz im Großen Rat haben.«

Nach vier Tagen hitziger Debatte beschlossen die ehrwürdigen Mitglieder des Großen Rates, daß den verhafteten Juden von Portobuffole ein zweiter Prozeß gemacht werden solle, diesmal in Venedig. Als erster Verhandlungstag wurde Dienstag, der 27. Juni 1480, festgesetzt.

Sie schläft friedlich, ihr dunkles Haar schmiegt sich wie ein Tuch um Hals und Schultern. Diese junge Frau kann nicht geahnt haben, was das Schicksal für sie bereit hielt. Ihre Existenz, getragen von starken Traditionen, ist unsicher geworden. Sie selbst ist nicht mehr die bewunderte, begehrte, doch unerreichbare Person von einst. Wollüstig werden nun alle denken, daß sie leicht zu haben sei. Fürwahr, was soll ich von ihr halten? Sie liegt hier unter zerknitterten weißen Leintüchern. In ihrer Keuschheit, Rechtschaffenheit und Treue ist sie vollkommen unvenezianisch, aber liegt in ihren Handlungen nicht auch eine gewisse Koketterie? Die berühmte Falschheit venezianischer Kurtisanen ist mir bekannt, und doch habe ich eine Venezianerin zur Frau genommen. Bin ich das Opfer einer Intrige geworden? Ich weiß es nicht. Ich bin hier fremd. Mein Zimmer ist hoch, die Fensterläden dämpfen das Mondlicht. Es ist Nacht, die Stadt scheint nur noch aus winterlichen Lichtreflexen und geflüsterten Echos zu bestehen. Unter meinem Fenster höre ich das Geräusch eines Bootes, das mit leisem Ruderschlag durch das kalte Wasser gleitet. Ich höre das Lachen des Bootsmannes, dann Schritte auf Stein, dann Wasser, das gegen die Mauer klatscht. In der Ferne ruft eine schrille Stimme von einem verborgenen Balkon, und wie zur Antwort gurgelt das eisige Wasser. Ich wende mich um und betrachte wieder mein neues Weib.

Ich kam im Frühling und war sofort verzaubert von dieser Stadt, der ich mich auf dem Seeweg näherte. Eine starke Strömung trieb uns über die einsame Weite der abschreckenden Lagune. Ich trat hinaus auf Deck und beobachtete die graue, aufgewühlte See, das hohe Himmelsrund und sah am fernen, flachen Horizont die Klöster, Festungen und Fischerdörfer der umliegenden Inseln. Über mir knatterten die Segel und Flaggen im feuchten Wind. Seitwärts erblickte ich einen Schiffer, der in seinem schwankenden Nachen, begleitet von Schwalben, die in geringer Höhe über das Wasser dahinschossen, vor dem herannahenden Sturm eilends nach Venedig zurückkehrte. Die Luft, die uns entgegenschlug, war warm und feucht, und der Geruch erinnerte mich an den Odem eines Tieres. Bald glätteten sich die Wogen, Glocken ertönten, und plötzlich fand ich mich von den lauten Rufen der Gondelschiffer umringt und wurde, wie von fremder Musik angelockt, hineingesogen in das Herz Venedigs. Welche Überraschung! Nichts in meinem Heimatland hatte mich auf die Pracht der Kanäle vorbereitet, doch es waren nicht nur diese Wasserwege, die meine Aufmerksamkeit erregten. Die Erhabenheit der Gebäude, die den Kanal säumten, überwältigte meine Sinne. An den größten dieser Gebäude prangten, in Holz geschnitzt, in Stein gemeißelt oder in Metall getrieben, stolze Exemplare des venezianischen Löwen. Ich konnte mich kaum von dem Anblick dieser herrlichen Paläste losreißen, denn sie machten mir die wahre Bedeutung meiner Reise in diese sagenumwobene Stadt klar. Ich war vom Rande der Welt an ihren Mittelpunkt gekommen, von dunklen Grenzbezirken zu einem Ort, der noch die schwächsten Strahlen der Abendsonne einfängt und glanzvoll zurückwirft. Ich, ein Prinz von königlichem Geblüt, ein mächtiger Heerführer und doch einstmals nur ein elender Sklave – ich war herbeigerufen worden, diesem Staate zu dienen, die venezianische Armee zu führen, mitten im Zentrum des Reiches zu stehen.

Ein Kaufmann in fortgeschrittenem Alter und mit beträchtlicher Geschäftserfahrung erhielt vom Dogen und den Senatoren den Auftrag, sich meiner anzunehmen. Der gute Mann freute sich, mir in seinem bescheidenen Haus ein Quartier anbieten zu können, und im Gespräch mit mir erfuhr er bald von der schwierigen Lage, in der ich mich befunden hatte. Ich besaß nur rudimentäre Kenntnisse der Sprache, die um mich herum gesprochen wurde, und es mangelte mir an Erfahrung im Umgang mit den Sitten und Gepflogenheiten der Venezianer. Überdies war ich natürlich mißtrauisch in bezug auf die Motive all jener, die sich anheischig machten, mir zu helfen, denn ich wußte, daß die Welt voll ist von Menschen, die ihr Ansehen dadurch zu steigern suchen, daß sie sich unter die Fittiche einflußreicher Personen begeben. Mein liebenswürdiger Kaufmann wußte zwar, welche mächtigen Hindernisse den Pfad säumten, auf dem ich voranschreiten mußte, um zu einem tieferen Verständnis der venezianischen Gesellschaft zu gelangen, schien mir indes nicht helfen zu können. Meine ständigen Fragen und das Bewußtsein seines Unvermögens, befriedigende Antworten zu geben, stimmten ihn zunehmend verdrießlicher. Nach etwas mehr als einem Monat beschlossen wir daher, auseinanderzugehen, um die Früchte der Freundschaft, die wir gesät, eines Tages ernten zu können.

Dank seiner Vermittlung konnte ich bald ein neues Quartier in einem einstmals prächtigen Haus am Canal Grande beziehen. Leider war es im Laufe der Zeit vernachlässigt worden, doch es war mit allem Notwendigen eingerichtet, und der Besitzer versprach hoch und heilig, gewisse Mängel zu beseitigen. Von den Fenstern aus konnte ich das geschäftige Treiben auf dem Kanal beobachten, was mir sehr viel Vergnügen bereitete, denn bislang war mir kaum mehr als ein Blick auf einen brackigen Seitenarm vergönnt gewesen. Rasch machte ich mich mit meinem Viertel vertraut. Ich wanderte von Gasse zu Gasse, überquerte Brücken, die gebogen waren wie Kamelrücken, bemerkte verfallene Häuser, die mit morschen Brettern zugenagelt waren, ließ mich von verlassenen Kirchen überraschen, fand Ruhe auf menschenleeren Plätzen und sah zu Fenstern hinauf, vor denen zerrissene Kleidungsstücke zum Trocknen hingen. Es machte mir Spaß, das Entladen von plattnasigen Barken zu beobachten, auf deren Decks sich Berge von Brennholz und Tauwerk türmten. Würziger Holzgeruch erfüllte die Luft. Und ich lernte den Ruf der Gondoliers erkennen, der, halb Gruß, halb Warnung, in diesem venezianischen Labyrinth stets von irgendwoher beantwortet wurde. Bald begriff ich, daß das Leben hinter der eindrucksvollen Fassade dieser Stadt weit entfernt war von dem schönen Venedig der Aquarellmaler. Doch das beschäftigte mich nicht weiter, denn jede Ansicht – ob nun der kleine Garten vor einem halb zerfallenen Mäuerchen, die abgebrochenen Marmorstufen, die von einer einsamen Kirche direkt in den Kanal führen, oder die schmutzige enge Gasse, in der verwahrloste Kinder lärmend spielen –, all diese Szenen erfreuten mein Herz, und ich bemühte mich, die mannigfaltigen Bilder in meinem Innern zu bewahren.

Nachdem ich mich in dem neuen Haus eingerichtet hatte, beobachtete ich den Besitzer häufig bei Reparaturarbeiten, die er fraglos lange Zeit vernachlässigt hatte. Mir schien, daß das Haus früher einmal einer wohlhabenden Familie gehört haben mußte, denn die Balkone und Fenstersimse kündeten noch von einer gewissen Pracht. Zu den ernsteren Mängeln zählten jedoch die Fensterläden, die derart schief in den Angeln hingen, daß nachts, wenn der Wind wehte, das morsche Holz außerordentlich unangenehme gespenstische Geräusche von sich gab. Nach Angaben des Besitzers sollen hier an den Wänden unlängst noch gewirkte Teppiche und vergoldetes Leder, dekorative Rüstungen und gemalte Bildnisse der allerbesten Qualität gehangen haben. Offensichtlich sind diese Gegenstände zusammen mit den roten Samtsesseln, den Mahagonitischen und schmiedeeisernen Laternen in jedem Zimmer von einem Schurken gestohlen worden, der das Haus zu günstigen Bedingungen gemietet hatte, um dann ohne zu zahlen zu nächtlicher Stunde das Weite zu suchen. Diese Einrichtungsgegenstände sind naturgemäß durch Objekte minderer Qualität ersetzt worden. Wenn ich anfangs den kummervollen Geschichten meines Wirts mit Sympathie lauschte, so mußte ich bald erkennen, daß dieser Mensch ein ehrloser Gauner war. Mir wurde klar, daß die Mängel, die er beheben wollte und für deren Reparatur er mir eine stattliche Summe Geldes abverlangte, größtenteils in seiner Verantwortung lagen und ohne irgendwelche Geldpräsente meinerseits hätten behoben werden müssen. Dies erfuhr ich von meinem Kaufmann, der bei einem seiner Besuche zu wissen begehrte, warum meine tägliche Ruhe von den unermüdlichen Arbeiten dieses Mannes gestört wurde. Gemeinsam stellten wir ihn zur Rede. Er stritt zwar alles ab, erstattete mir aber einen ordentlichen Betrag zurück. Mein Kaufmann empfahl mir einen jungen Burschen als Kammerdiener, der mir helfen könne, in Zukunft derlei Unannehmlichkeiten zu vermeiden.

Dieser junge Mann stammte aus einer alten Familie von Gondoliers. Er erzählte mir, daß die Angehörigen dieses Berufsstandes ein bescheidenes Leben führen, nur wenig Geld für Speise und Trank ausgeben und sich auf das Allernötigste beschränken. Manche von ihnen verzichten darauf, ihre Holzstühle zu polstern, und geben sich mit Betten zufrieden, die wenig mehr sind als schmale Pritschen auf eisernen Gestellen, während andere den Wein in ihren Fässern mit Wasser mischen, wodurch er seinen Geschmack verliert. Nur eine Schwäche haben die Gondoliers, und das sind prunkvolle Gewänder. Mein Bursche erklärte, daß ein Gondelschiffer niemals an Geld spart, wenn es um sein äußeres Erscheinungsbild geht. Verlangt die Mode extravagante Kleidung, wird er extravagante Kleidung tragen. Er selbst ist der drittälteste Sohn seines Vaters, weshalb er, zu seiner großen Enttäuschung, von dem Familienbetrieb nicht profitieren kann und in die Armee eintreten mußte, der er zwanzig Jahre gedient hat, ohne in irgend jemandes Wertschätzung gestiegen zu sein, weder zu Kriegs- noch zu Friedenszeiten. An unserem ersten gemeinsamen Abend sprach er endlos und leidenschaftlich vom Leben eines Gondoliers und von seinem Bedauern, daß er den Beruf seiner Väter nicht ausübt.

Die Gondel, so erklärte er mir, sei typisch für Venedig. Dieses Gefährt von eindrucksvoller Länge werde von einem einzigen Ruderer, bisweilen auch von zweien gelenkt. Erst kürzlich war verfügt worden, daß Gondeln ausschließlich schwarz gestrichen werden dürften, da einige der reicheren Familien, um aufzufallen, damit begonnen hätten, ihre Gondeln in unwürdiger Weise mit den grellsten Farben zu bemalen. Die Boote, die das Bild dieser Hafenstadt beherrschen, waren mir natürlich vertraut, aber ich hörte aufmerksam zu, als mir mein Bursche die charakteristischen Merkmale einer Gondel beschrieb. Er sagte, die Gondoliers seien wahre Künstler, die ihr Gefährt mit sparsamsten Bewegungen des Ruders vollendet steuerten. Da einem das Wasser und der Himmel ganz allein gehörten und man dank der Stille und der Weite die Gelegenheit habe, sich ohne Störung seinen Gedanken hinzugeben, sei eine Gondelfahrt die vollkommenste Art der Fortbewegung. Der Gondolier scheint ein sehr inniges Verhältnis zu seinem Boot zu haben. Er studiert dessen Charakter und Temperament, und sein Können beruht zu einem großen Teil auf diesem Wissen. Viele Stunden am Tag verbringt er damit, das Boot zu putzen, zu scheuern und trocknen zu lassen, so daß ihm jeder Kratzer, jeder Nagel, jeder Schönheitsfehler bekannt ist. Eine liebevoll gepflegte Gondel wird ihm etwa fünf Jahre lang gute Dienste leisten. Anschließend wird er das Boot für eine anständige Summe verkaufen, und dann wird es vielleicht einige Jahre als Fähre auf einem Seitenkanal verwendet, während es allmählich immer brüchiger wird und an Eleganz einbüßt. Allerdings wird der Gondolier den Baldachin, die Sitzkissen, den Bodenbelag und die Sitze sowie andere Ausstattungsgegenstände behalten, denn diese sind oft individuell ausgeführt und Teil des Familienbesitzes. Ich hörte mit großem Interesse zu und spürte, daß sich zwischen uns eine gewisse Sympathie zu entwickeln begann, aber leider bezeichnete dieses Gespräch den Beginn und das Ende unseres freundschaftlichen Verhältnisses, denn tags darauf kam es zu einem Zwischenfall, der den jungen Mann offenbar veranlaßte, seine Meinung von mir zu ändern.

Während ich noch im Haus des Kaufmanns wohnte, hatte mich gelegentlich eine Venezianerin von mittlerem Alter und ungestümer Leidenschaft besucht. Tatsächlich hatte mein Kaufmann erklärt, daß es einigermaßen unnatürlich sei, wenn ein unverheirateter Mann meines Standes keine legitime Möglichkeit habe, seine körperlichen Bedürfnisse zu befriedigen. Für den aristokratischen Venezianer ist die Ehe eine strenger Kontrolle unterliegende wirtschaftliche und politische Angelegenheit; nicht standesgemäße Verbindungen sind verpönt. Die Prostitution wird nicht nur toleriert, sondern geradezu gefördert, denn sie versetzt den Aristokraten in die Lage, sich zu amüsieren, ohne die Reinheit seiner Klasse zu gefährden. Die Frau, die mein Kaufmann für geeignet hielt, sich meiner natürlichen Triebe anzunehmen, war durchaus sympathisch, und ihr Geschäft schloß die gepflegte Konversation nicht aus. Als sie jedoch zum erstenmal erschien, nachdem mein Bursche seinen Dienst bei mir angetreten hatte, wurde ihr mit rüden Worten der Zutritt verwehrt, obschon sie ausdrücklich erklärte, zum richtigen Haus gekommen zu sein. Da mir der Wortwechsel nicht verborgen blieb, intervenierte ich auf der Stelle, schockiert über die ordinäre und unbeherrschte Art meines Burschen, und geleitete meine Freundin schnell auf mein Zimmer, wo ich sie in ein Gespräch verwickelte in der Hoffnung, sie werde den mißlichen Vorfall rasch vergessen. Nach reichlichem Schmollen und einer absehbaren Demonstration verletzter Gefühle beruhigte sie sich tatsächlich, und nach sanftem Drängen meinerseits begann sie, mir die Regeln des Freiens zu erklären, die für Venezianer aller Stände gelten.

In Venedig ist das Freien eine umständliche und kostspielige Angelegenheit. Junge Männer suchen sich ihre zukünftige Braut aus, wenn sie auf den Kanälen entlangfahren oder die Gassen entlanggehen und dabei zu den Fenstern und Balkonen hochschauen. Haben sie eine hinreichend attraktive Person entdeckt, müssen sie herausfinden, ob sie geneigt ist, auf ihr Werben einzugehen, und das kann auf unterschiedliche Weise festgestellt werden. Man kann regelmäßig bei ihrem Haus auftauchen, Blumen schicken oder gar ein Ständchen bringen. Ist die junge Dame interessiert, wird sie es den Freier bald wissen lassen, indem sie regelmäßig erscheint oder ihm vielleicht ein Lächeln schenkt. Daraufhin wird er seine besten Kleider anziehen und gemeinsam mit seinem engsten Freund dem Vater der Betreffenden seine Aufwartung machen. Er wird förmlich um die Erlaubnis bitten, ihr den Hof machen zu dürfen. Ist der Vater mit dem jungen Mann und dessen Beruf einverstanden, wird er einen Zeitraum bestimmen, meistens zwei Monate, in dem die beiden herausfinden können, ob sie zueinander passen. Wenn sich keine Liebe entwickelt, werden sie auseinandergehen, und die Angelegenheit wird nie mehr erwähnt. Wenn die Liebe aber blüht, werden die Eltern des Mädchens einen Tag festsetzen, und der junge Mann wird mitsamt seinen Angehörigen zu einem Essen geladen, bei dem die beiden Familien Bekanntschaft schließen. Nach dem Mahl bittet der Bursche um die Hand des Mädchens und überreicht ihm ein Geschenk. Der Vater wird gewöhnlich seine Zustimmung erteilen und sodann eine Rede über die Freuden und die Pflichten des Ehestandes halten.

Ein wenig verblüfft erfuhr ich von den vielen komplizierten Einzelheiten, die meine Freundin offenbar mit großem Vergnügen schilderte. Einige Tage nach dieser Begegnung der beiden Familien muß der Vater der Braut ein zweites Festmahl veranstalten, bei dem der Bräutigam erneut zugegen ist. Diesmal führt er den Ehering und weitere Ringe mit sich, die allesamt in den Besitz des Mädchens übergehen. Die Braut muß die Ringe aber zurückgeben, falls sie sich zu einem späteren Zeitpunkt von ihrem Verlobten trennen will. Sollte sich der Mann zu einem Sinneswandel veranlaßt sehen, so behält das Mädchen alles. Jetzt verstand ich die reichberingten Finger meiner Freundin, aus denen ich schloß, daß es mehr als einen Mann gegeben hatte, der es sich anders überlegte. Zwischen diesem Tag der Ringe und der Vermählung werden noch viele Geschenke ausgetauscht. Das Mädchen offeriert gewöhnlich seidene Taschentücher oder Halstücher, die mit den Initialen oder dem Namen des Mannes bestickt sind, während der Mann gehalten ist, einfache Dinge zu schenken, beispielsweise Obst, Senfkörner, Kuchen und zu Weihnachten geröstete Kastanien. Keinesfalls darf er jedoch einen Kamm verschenken, da dies als Hexeninstrument gilt, oder Bücher und Heiligenbilder, die angeblich Unglück bringen. Und dann, verkündete meine Freundin mit einem Lächeln, bleibt nur noch die Hochzeit.

Nachdem meine Freundin geendet hatte, wollte sie zum eigentlichen Zweck ihres Besuches kommen, doch ich bat sie einzuhalten und versicherte ihr, daß sie gleichwohl in voller Höhe entlohnt werde. Sie schien irritiert und auch ein wenig verletzt, weshalb ich kundtat, daß ich erst mit meinem Burschen ein klärendes Wort sprechen müsse. Bei ihrem nächsten Besuch, so dachte ich, wäre dann alles wie zuvor. Sie beruhigte sich und begann, ihre Garderobe zu ordnen. Doch kaum war sie gegangen, spürte ich sofort einen neuen Ton bei meinem Burschen. Nach einigem Nachdenken sagte ich mir, daß ich, um diesen neuen und für mich wichtigen Bekannten zu behalten, sehr wohl auf die Befriedigung meiner Fleischeslust verzichten könne, zumal ich keine wahre Zuneigung für die Frau empfand. Es zeigte sich jedoch, daß ich mich in den Augen meines Burschen eines schlimmen Fehltritts schuldig gemacht hatte und den Schaden, den der unangemeldete Besuch dieser Frau darstellte, kaum je würde wiedergutmachen können. Für mich stand außer Frage, daß er mein Bedürfnis, mich mit einer Kurtisane zu verlustieren, durchaus akzeptiert hätte, wenn ich von seiner eigenen Hautfarbe wäre. Vermutlich mißbilligte er, daß jemand wie ich mit einer Weißen verkehrte, auch wenn diese Person nur ihrem Gewerbe nachging.

Meine Tage füllten sich zusehends. Ich unternahm Erkundigungstouren zu Fuß und per Boot und studierte die neue Sprache, die ich allmählich zu meistern lernte. Mein Lehrer, ein älterer, gebildeter Venezianer, gab sich aus rein finanziellen Motiven mit mir ab. Er wohnte in einem besonders ärmlichen Stadtviertel, in einer Gegend, wo die Kanäle von Unrat verstopft waren und in den vielen Werften inmitten von dicken schwarzen Rauchschwaden Boote repariert wurden. Sein baufälliges Haus schien, wie viele andere in der Nachbarschaft, von Generation zu Generation weitergegeben worden zu sein, ohne daß irgend jemand einen Gedanken an Instandhaltung verschwendet hätte. Der graue Putz bröckelte von den Wänden, die Fensterläden waren morsch, und die Balkongeländer waren kurz davor, in den Kanal zu fallen. Nicht nur dieses eine Haus, das ganze Viertel erweckte den Eindruck, als hätten der Zahn der Zeit und das unfreundliche Klima alles in Mitleidenschaft gezogen. Um zum Haus meines Lehrers zu gelangen, mußte ich vorsichtig über etliche schwankende Brücken steigen, die nur aus Brettern und Steinhaufen bestanden. Ich sah auch deutlich die grüne Linie, die das stehende Wasser des Kanals an die Außenmauern der Häuser gezeichnet hatte. Doch kaum hatte ich die Bibliothek meines Lehrers betreten und begonnen, mich auf den Unterricht zu konzentrieren, vergaß ich die traurige Atmosphäre des Viertels und wandte mich den Vergnügungen jener neuen Welt zu, die mir durch diese Sprache eröffnet wurde. Er machte mir Komplimente und hieß mich einen guten Schüler, und ich glaube auch, daß er recht hatte, denn schon nach wenigen Wochen kam ich zu dem Schluß, daß dieser Mann mir nicht mehr viel beibringen könne.

Höhepunkt meiner einsamen Streifzüge durch die Gassen und entlang der Kanäle Venedigs war der allwöchentliche Gang zum Dogenpalast, wo ich mich den Senatoren zu präsentieren hatte. Meistens mußte ich in Vorzimmern warten, bis die hohen Herren bereit waren, mich zu empfangen.

Sobald ich eingetreten war, wiesen sie mich wiederholt darauf hin, daß ich als geschätzter Heerführer nur in Krisenzeiten zu dienen hätte und die belanglosen Angelegenheiten der Republik mich nicht zu beschäftigen brauchten. Ich solle mich dem Müßiggang hingeben, so wie eine Kanone oder ein Brustharnisch, die zu Friedenszeiten nicht gebraucht werden. Im Ausland kursierten jedoch viele Gerüchte von einem bevorstehenden Konflikt mit dem rachsüchtigen Türken, und obwohl keiner der Senatoren dieses Thema direkt anschnitt, wußte ich, daß ich bei einer Verschlechterung der Lage sofort meinen Dienst würde antreten müssen.

Der Frühling wich dem Sommer und dieser wiederum einem sonderbar melancholischen Herbst, und ich fragte mich oft, ob ich nicht Gold und Ehre über mein inneres Glück gestellt hatte. Die meisten Tage vergingen ereignislos, und einen großen Teil meiner Zeit verwendete ich darauf, die Gepflogenheiten der Venezianer zu beobachten, die, wohl aufgrund der beispiellosen Isolation ihres Staates, einem besonderen Verhaltenskodex zu folgen schienen. Mein Sprachlehrer hatte mir erklärt, in welcher Weise Venedig von einer kleinen aristokratischen Schicht regiert wurde und daß die meisten Ausländer diese mächtige Stadt zwar respektierten, aber keinesfalls liebten. Der üppig zur Schau gestellte Reichtum erregte die Feindseligkeit und den Neid fremder Würdenträger, doch die Serenissima verstand es, sich vor allen inneren und äußeren Schwierigkeiten zu schützen. Meine eigene Stellung war so zu erklären, daß die Republik sich vorzugsweise der Dienste hoher ausländischer Generäle versicherte, um den Aufstieg venezianischer Militärdiktatoren zu verhindern. Überhaupt war es beliebte Praxis, herausragende venezianische Soldaten zu erniedrigen und zu brechen, damit sie nicht etwa in hohe Positionen aufstiegen. Wenn der Löwe von Venedig brüllte, wußten alle – bis auf einen kleinen Kreis von engen Beratern des Dogen –, daß man sich zu verbeugen und seine Macht anzuerkennen hatte.

Nach einem langen Sommer hatte ich noch immer große Mühe, mit diesem ungewohnten Gefühl der Einsamkeit fertig zu werden, und zum erstenmal in meinem Leben kämpfte ich gegen eine Mutlosigkeit an, die mitunter wochenlang anhielt. Eines Nachmittags im Spätherbst wurde ich auf überaus dramatische Weise mit meinen Ängsten und Unsicherheiten konfrontiert. Ich mietete eine Gondel und ließ mich, während ein leichter Fahrtwind mir angenehm über das Gesicht strich, hinaus in die Lagune fahren. Ich gedachte einen Ort am Ausgang der Lagune zu finden, von dem aus ich die vorübersegelnden Schiffe der Welt würde beobachten und mir dabei die Zeit des Nachmittags mit angenehmen Träumen würde vertreiben können. Anfangs schien eine strahlende Sonne, und mein farbenfroh gekleideter Gondolier, der sich eindrucksvoll von dem blauen Himmel abhob, ruderte mit leichten Bewegungen. Aber nach einer kurzen Strecke drehte der Wind, und das Boot wurde so heftig hin und her geworfen, daß der Gondolier Mühe hatte, an der nächsten Anlegestelle festzumachen. Regen setzte ein, zuerst in Form eines feinen Spitzenschleiers, doch dann deutete lautes Möwengekreisch auf den unmittelbar bevorstehenden Wolkenbruch hin. Der Himmel verfinsterte sich und schüttelte den Tag ab, und plötzlich herrschte beklemmende Stille. Kurz darauf wurde die Stille von einem fernen Donnern unterbrochen, dann heulte uns der Wind um die Ohren, und endlich, unvermeidlich, setzte kaskadenartig der Wolkenbruch ein. Im nächsten Moment war ein einziges Tosen und Wogen in der Lagune. Mein Gondolier, ein schwächlich anmutender Bursche mit einem vorzeitig gerunzelten Hals wie ein Greis, flüchtete sich in das Innere des Klosters, vor dem wir angelegt hatten. Ich atmete den leicht fauligen Geruch ein, der von der Lagune aufstieg, und sah vor meinen Augen, wie eitle Schönheit jäh von der Natur ausgelöscht wurde.

Auf einmal hatte sich die Welt in Dunst gehüllt, und von zahlreichen Türmen, nah und fern, klangen unterschiedliche Glocken herüber: besorgte, wütende und schließlich hochmütige Stadtglocken. Ich begriff, daß diese Stadt mich verriet, daß ich mich selber verriet. Die Arme eines Soldaten besitzen nur begrenzte Kraft, und ich hatte ein gutes halbes Jahr in törichter Verzauberung zugebracht. Ich zog mir den Generalsrock über die Schultern und sah, wie von der See her grauer Nebel herannahte. Und dann gewahrte ich die Wellen, die laut gegen meine vertäute Gondel klatschten, über die Bordwand spritzten und das Gefährt unter Wasser setzten. Ich blickte mich suchend nach meinem Gondolier um, aber meine Augen sahen nur die nassen Steine der Klostermauer und einen armseligen Hund, der vor mir davonlief und um die Ecke verschwand. Ich hatte keine Freunde unter diesen Leuten gefunden, und mein Ansehen in der Gesellschaft beruhte einzig auf meinem Ruf als Feldherr. Mein Ruf. Es stand zu hoffen, daß dieses kleine Wort jede Feindseligkeit, die meine Erscheinung provozieren mochte, im Keim ersticken würde. Mein Ruf. Manche dieser Leute, ob vornehm oder niedrig, wollten mir nahelegen, mich selbst für minderwertig zu halten. Mein Volk, obschon erniedrigt und bar aller Finessen und Manieren der Venezianer, brachte mir zumindest Respekt entgegen. Unter ihnen hatte ich viele Freunde und einige wenige Feinde, und es war klar, wie man zueinander stand. Unter den Venezianern jedoch geriet alles durcheinander, und es gelang mir kaum, diejenigen, die mich verächtlich und geringschätzig behandelten, von solchen zu unterscheiden, die mich bloß mit gewissermaßen kindlicher Neugier ansahen. Stundenlang tobte der Sturm, ehe ich, bis auf die Knochen durchnäßt und überaus erregt, am Ende beschloß, mich zu meinem Gondolier zu gesellen und unter den rauchenden Kerzen, im sanften Licht des Klosters Schutz zu suchen. Bald wurde ich von der Müdigkeit übermannt. Einige Stunden später erwachte ich, während das schwache Morgenlicht eine ferne Mauer berührte und die Glocken von

Venedig einen silbrigen Gesang anstimmten. Durch die hohen Fenster erblickte ich einen hellen und klaren Himmel, und ich sagte mir, daß die Gefahr vorbei sei und ein neuer Tag vor mir liege.

Vor ein paar Wochen erlöste mich schließlich ein Senator, der das Vertrauen des Dogen genoß, aus dem öden Einerlei meiner Tage. Er war eine hochrangige Persönlichkeit, ein überaus geachteter Mann, und ich stellte mir vor, daß er mich oft gesehen haben mußte, wenn ich in den Dogenpalast kam, um eine Audienz zu erbitten. Vermutlich hatte dieser Senator bei einer dieser Gelegenheiten Mitleid für mich empfunden, denn noch ehe ich diesmal eine Gondel für die Heimkehr rufen konnte, eilte ein Bote herbei und bestellte mir von seinem Herrn, ich möge mich noch am selbigen Nachmittag in seiner Residenz einfinden. Dies würde mein Debüt in einem vornehmen venezianischen Haus sein, und ich war sofort entschlossen, mich mit geziemender Würde zu präsentieren. Leider gewann ich den Eindruck, darin nicht sehr erfolgreich gewesen zu sein, denn obschon ich bestrebt war, meinen großmütigen Gastgeber durch gefälliges Auftreten für mich einzunehmen, schien der gelangweilte Blick, der in seinem Gesicht stand – und zwar von dem Moment an, da ich über seine Schwelle trat, bis zu meinem Abschied –, zweifelsfrei darauf hinzudeuten, daß diese Einladung die erste und die letzte war. Als mir der Bote einige Tage später eine zweite Einladung überbrachte – diesmal sollte ich mit dem Senator speisen und seine Gemahlin und die Kinder kennenlernen –, war mein erster Gedanke, ob mir da jemand einen Streich spielen wolle.

Bei meinem ersten Besuch hatte ich mir genau überlegt, was ich anziehen und wie ich auftreten sollte, aber der zweite Besuch erforderte noch mehr Sorgfalt. Ich beschloß daher, einen Großteil des Geldes, das ich angesammelt hatte, für den Erwerb eines neuen Gewandes anzulegen, denn ich wollte mich nicht nach heimatlicher, sondern nach Art der Venezianer kleiden. Sehr viele Menschen aus den exotischsten Gegenden der Welt haben sich im Laufe der Zeit in Venedig niedergelassen. Der venezianische Aristokrat zweifelt jedoch keinen Augenblick an der Überlegenheit seiner Kultur, und wenn man das Fremde auch toleriert, so lernte ich doch, daß man in dieser Gesellschaft nur mit Anpassung weiterkam. Die zweite Einladung des Senators bot mir die Gelegenheit, mich selbst und meine Stellung eingehender darzustellen. In ruhigeren Momenten hatte ich oftmals überlegt, ob eine Verbindung der besten Sitten meines Volkes mit venezianischer Raffinesse nicht möglich sei und ob ich dadurch nicht an Weltläufigkeit gewinnen könnte. Und wenn nicht das, so würde ein Verschmelzen von Traditionen zumindest teilweise die Ablehnung verringern, welche meine Hautfarbe zu provozieren schien.

Am Tag meines Besuchs im Hause des Senators erwachte ich schon früh. In mir war eine große Unruhe. Ich lief in meiner Kammer auf und ab, sah mich aber nicht imstande, die Quelle meiner Unruhe auszumachen. Es gab viele Gründe, warum die mißliche Lage, in der ich mich befand, mich mit Besorgnis erfüllte, doch die Schwermut, die mich in diesem Moment befiel, erschien mir überaus bedenklich. Während ich über den mondbeschienenen Canal Grande hinausblickte, dessen Wellen leise gegen die Mauern meines Hauses schlugen, wurde mir klar, daß es am sinnvollsten wäre, sich anzukleiden und mit einem Spaziergang durch die kalten, dunklen Gassen die Nerven zu beruhigen. Schließlich pflegte ich schon seit längerem die unbekannten Winkel dieser geheimnisvollen Stadt zu erkunden. Oft verirrte ich mich, wenn ich, Ausschau haltend nach Orientierungspunkten, durch das Labyrinth der Gassen stolperte. Nachts, wenn die Stadt ruhig dalag, leicht und regelmäßig atmend, mutete sie wie ein schlafendes Kind an, das man mit liebevollen Blicken betrachten durfte.

Ich kleidete mich rasch an und stand bald auf der winterlichen Rialtobrücke, von wo aus ich eine schlanke Katze lautlos in eine Sackgasse schleichen sah. Der Anblick der Stadt im Mondschein war mir außerordentlich lieb geworden, denn erst in solchen Momenten vermochte ich das ganze Ausmaß ihrer stillen Erhabenheit zu würdigen. Nur gelegentliches Glockengeläut drang durch die Nacht, doch ihr Lied, zusammen mit dem Geräusch des wirbelnden und seufzenden Wassers, war die köstlichste Begleitung der Stille. Und dann natürlich der Mond, der Reflexe auf das Wasser zauberte, bald die Häuser beschien, bald sein Licht verbarg. Manche Winkel Venedigs schienen mir besonders geeignet für dieses himmlische Spiel von Licht und Schatten. Ich schickte der Katze ein Lächeln hinterher, in dem sicheren Wissen, daß ihre Reaktion auf mich nichts Ambivalentes hatte. Angst war ein verläßliches Gefühl. Gleichbleibend und nicht entwürdigend. Und dann erinnerte ich mich wieder daran, daß neun Monate vergangen waren, seit ich mit dem Schiff auf der herrlichen Fahrt übers Meer nach Venedig gekommen war. Von der Lagune aus hatte ich am fernen, dunstverhangenen Horizont die Türme und Zinnen der Stadt erspäht und auf den flachen Inseln ringsum die Umrisse von Klöstern, Festungen und kleinen Dörfern erkannt. Das offene Meer lag hinter mir, ich glitt mit vollen Segeln dahin, bis sich die Stadt zeigte. Erst die Mündung des breiten Kanals, dann der eindrucksvoll geschwungene Prospekt der Gebäude und schließlich die Menschen: die Venezianer. Langsam und gesenkten Hauptes gingen sie ihren Geschäften nach, als wären sie sich des Privilegs nicht bewußt, in einer so schönen Stadt zu wohnen. Was jenseits ihres engen Lebenskreises passierte, schien sie nicht im mindesten zu interessieren. Ich erinnerte mich.

Ich erinnerte mich. Ich hatte die Soldaten meines Volkes viele Jahre lang angeführt und auch mehreren anderen Nationen, christlichen wie heidnischen, als General gedient. Doch nun traf ich hoffnungsvoll in Venedig ein, denn der Doge und seine Senatoren hatten mich gerufen, weil der Türke sie bedrohte. Aber wo war das Empfangskomitee? Die Fanfare? Die Eskorte farbenprächtig gekleideter Gondoliers, die bekanntlich zur Begrüßung von Würdenträgern gestellt wurde? Es schien, als sollte ich mich mit dem Anblick der Stadt als Willkommensgruß begnügen müssen. Ich starrte auf das Wasser, das unter der Rialtobrücke entlangfloß, und fragte mich, ob mein neues Gewand die Venezianer dazu bringen würde, mich ein wenig freundlicher zu behandeln. Es war diese Sehnsucht, akzeptiert zu werden, die mir den Magen verknotete und mir schlaflose Nächte bereitete, und in meinem Kummer hatte ich mich abermals der einzigen Person zugewandt, auf die ich mich in dieser Situation verlassen durfte: der Stadt selbst, die ihre zauberhaften Versprechungen stets gehalten hatte. Dünne Nebelschwaden zogen über den Kanal, und dann sah ich durch den feuchten Morgendunst eine Gondel, die langsam auf mich zukam, und ich malte mir aus, daß ein Passagier unter dem Baldachin saß, vielleicht ebenfalls von unruhigen Gedanken gepeinigt. Ich beobachtete, wie dieses schwarze, lautlos dahingleitende, zart mit Schnee bestäubte Objekt wie eine Himmelserscheinung auf mich zukam und dann unter der Brücke und aus meinem Blickfeld verschwand. Das war ein Hinweis, wieder in meine Unterkunft zurückzukehren. Es wäre nicht klug gewesen, unausgeschlafen und erschöpft im Hause des Senators zu erscheinen.

Am späten Nachmittag, kurz vor fünf Uhr, hörte ich vom Kanal, der wie eine Hauptstraße direkt vor meinem Haus vorbeifloß, den Ruf eines Gondoliers. Mein venezianischer Bursche bürstete gerade in der arroganten Art, die ich bei ihm mittlerweile gewohnt war, mein neues Gewand aus, ohne die Andeutung eines Lächelns oder einer freundlichen Geste. Ich wandte mich ihm zu, insgeheim hoffend, er könne sich dazu durchringen, mir Glück für den Abend zu wünschen, doch wie immer zog er es vor zu schweigen. Ich schritt die paar Stufen hinunter und stieg in eine bemerkenswert große, üppig verzierte Gondel, deren Sitzkissen luxuriös bestickt waren. Der Gondolier nickte mir einen knappen Gruß zu, was ich dahingehend interpretierte, daß es ihm mißfiel, sein Gefährt zu meiner anspruchslosen Behausung zu steuern und einen Passagier abzuholen, den zu befördern offenbar unter seiner Würde war. Ich erwiderte seinen Gruß mit einem Kopfnicken und ließ mich auf dem weich gepolsterten Sitz nieder. Wir fuhren in einem großen Bogen hinaus in die Mitte des stark befahrenen Kanals. Ich bemerkte, daß die untergehende Wintersonne ein schwaches Licht auf das Wasser warf, ein Licht, das eher einbehalten als zurückgeworfen wurde. Trotz des dichten Verkehrs war mir, als hätte ich als einziger in dieser großen Stadt eine wichtige Verabredung für den Abend. Die anderen Leute schienen die verbleibenden Stunden des Tages mit Müßiggang zu verbringen.

Während wir dahineilten, überlegte ich, woher das ungewöhnliche Interesse des Senators an meiner Person rühren mochte. Ich zweifelte nicht, daß mein Ruf eine gewisse Rolle dabei spielte, glaubte aber auch, daß meine Kenntnis anderer Erdteile, meine Reisen und Abenteuer ihn beeindruckt hatten. Gleichwohl war unsere erste Begegnung ebenso trocken wie kurz gewesen. Ich hatte einfach vor ihm gesessen und seine angestrengten und lustlosen Fragen beantwortet, als würde ich verhört. Ich hatte mich in seinem Zimmer umgesehen, fasziniert von den riesigen Ölgemälden, von den Wandbehängen und Kerzenleuchtern und dem langen Mahagonitisch, der von einem Diener gerade poliert wurde. Ich konnte nicht glauben, daß dies ein Zimmer in einem Privathaus war und nicht ein öffentlicher Saal, in dem Dinge von nationalem Interesse besprochen wurden. Aber warum wollte er mich wiedersehen? Allenfalls aus einem gänzlich unangebrachten Gefühl der Verpflichtung heraus. In der Ferne hörte ich die Glocken von San Marco die volle Stunde schlagen, kleinere

Glocken in der Nähe antworteten, und als ich den Blick zum Ufer wandte, sah ich zwei Mönche, die, von Gottesfurcht erfüllt, mit wehenden Soutanen in ihr Kloster eilten.

Das Haus des Senators hatte ich als ein prächtiges, imposantes Gebäude in Erinnerung. Jetzt empfand ich beim Anblick der eleganten Fassade eine gewisse Erleichterung. Während mein Blick über den Palast in seiner ganzen majestätischen Länge wanderte, sah ich auf den Balkonen die sorgfältig arrangierten Blumen, die noch zu dieser späten Jahreszeit süße Frühlingsdüfte verströmten. Der Gondolier hielt sein Boot wortlos an und blickte mich an, als fragte er sich, warum ich noch nicht begriffen hatte, daß die Reise hier zu Ende war. Ich hatte vergessen, ein paar Münzen einzustecken, die ich dem Burschen zum Dank in die Hand drücken wollte, aber angesichts seiner mürrischen Miene glaubte ich mein Versäumnis nicht bedauern zu müssen. Ich erhob mich zu voller Größe, so daß ich ihn weit überragte, ging an ihm vorbei und trat auf die unterste Stufe der Treppe, die zu der schmucklosen Haustür führte. Diese Eigenheit der berühmten Stadt hatte ich noch immer nicht verstanden. Es irritierte mich, daß selbst die herrschaftlichsten Paläste Türen hatten, die oft aus verwittertem Holz waren und einen sehr reparaturbedürftigen Eindruck machten. Die Tür öffnete sich wie von Zauberhand, und ich trat beherzt ein. Der wartende Gondolier mußte draußen bleiben, was mich leise schmunzeln ließ. Der ältere Diener führte mich eine düstere Treppe hoch, die noch nie einen Sonnenstrahl gesehen hatte, und einen steinernen Flur entlang, an dessen Ende ich helle Lichter sah und Stimmen und freudiges Gelächter hörte. Der Lärm und das Licht brachen über mich herein, als ich den Raum betrat, dann war Stille, alle wandten mir den Kopf zu, und nicht wenige Münder gingen weit auf. Ich bin ziemlich groß und habe beim Betreten eines Zimmers des öfteren ähnliche Reaktionen erlebt, ja, ich erwartete schon etwas in dieser Art. Doch der Senator erhob sich trotz seines fortgeschrittenen Alters rasch und kam mir mit ausgestreckten Armen entgegen. Er gab meinen Namen bekannt, obschon ich sicher war, daß die Anwesenden von meiner bevorstehenden Ankunft bereits in Kenntnis gesetzt worden waren. Bestimmt sollte ich die Attraktion des Abends sein.

Nachdem der Senator mich auf das herzlichste begrüßt hatte, stellte er mich seiner Familie vor. Zuerst seiner Gemahlin, einer Dame, deren Züge verrieten, daß sie einmal von nicht unbeträchtlicher Schönheit gewesen sein mußte. Sie schenkte mir ein freundliches Lächeln, und ich erwiderte ihr Kompliment. Ich erfuhr, daß der älteste Sohn, ein hagerer Geselle, gemeinsam mit seinem Vater im Arsenal zu tun hatte und dereinst das Familienvermögen erben würde. Neben dem jungen Mann saß seine Frau, die Schwiegertochter des Senators, eine betörende Schönheit, die aber weder mit Geist noch mit Humor gesegnet zu sein schien. Ihre Attraktivität beruhte zum größten Teil auf ihrem Aussehen, und Kopf, Hände und Hals waren denn auch mit einer solchen Fülle von Juwelen und Schmuckstücken versehen, daß man den Wert der Dame präzise in Dukaten hätte angeben können. Der jüngere Sohn des Senators konnte sich kaum dazu bringen, die Augen zu heben und mich einigermaßen höflich zu begrüßen. Er saß nachlässig da und tat, als ließe ihn der eingetroffene Gast völlig kalt. Seine eigenwillige Garderobe, die sogar für mein ungeübtes Auge jedes Verständnis von Mode, jeden Geschmack vermissen ließ, verstärkte den Eindruck von Unreife, der von ihm ausging. Und die Tochter des Senators schließlich saß schweigend da, aber mit einem freundlichen Lächeln auf den Lippen und vor allem um die Augen. Fremde lernen bald, daß der Mund täuschen kann, die Augen aber die reine Wahrheit sagen. Wie es sich für ein ehrbares venezianisches Fräulein ziemte, waren ihre Schultern höchstens vier Finger breit entblößt. Ich wurde am unteren Ende der Tafel plaziert, flankiert von dem jüngeren Sohn und der sanften Tochter.

Das Mahl war, verglichen mit meiner kargen Kost, recht üppig. In meiner Heimat hatte ich natürlich sehr viel und sehr gut gegessen, aber seit meiner Ankunft in Venedig mußte ich mich eher bescheiden ernähren. Doch an diesem Abend langte ich ordentlich zu und lobte den Koch des Hauses, trank aber nur mäßig von dem mir angebotenen Wein, da ich Sorge hatte, jedes Übermaß könnte zu einer lockeren Zunge und unangenehmen Konsequenzen führen. Überhaupt war ich den ganzen Abend über auf der Hut. Die Befragung wurde größtenteils von dem älteren Sohn geführt, dem es anscheinend wichtig war, daß niemand ihm das Wort streitig machte, denn offenbar wollte er der Mittelpunkt des Abends sein. Vielleicht glaubte er, seinem Vater damit zu gefallen. Sooft seine langweilige Frau sich an dem Gespräch beteiligen und eine Bemerkung einstreuen wollte, wies er sie scharf zurecht. Was immer sie sagen wollte, es interessierte ihn nicht. Einmal tat er kund, daß in dieser Stadt der Kirchen, Paläste und Kanäle von Zeit zu Zeit schwarze Sklaven in den Haushalten beschäftigt würden. Ich konterte mit dem Hinweis, daß ich selbst einmal als Sklave gehalten worden sei, diese Zeit aber, so unangenehm sie auch gewesen sei, überlebt habe, um Zeugnis davon abzulegen. Ich beobachtete den jungen Mann genau, und da ich den Eindruck hatte, den Sieg bereits errungen zu haben, beschloß ich, weder auf mein königliches Blut zu sprechen zu kommen noch die Tatsache zu erwähnen, daß sogar Römer und Griechen als Sklaven gehalten worden seien. Und so ging auch das vorüber. Schließlich wurde der Tochter des Senators gestattet, sich nach den Essensgewohnheiten in meiner Heimat zu erkundigen, worauf ich ihr versicherte, daß sie denen in ihrer Heimat ähnelten, nur daß das Fleisch vielleicht nicht so scharf gewürzt werde. Sie nickte, als wollte sie die Küche meiner Landsleute loben, und dann setzte ihr langweiliger Bruder sein Verhör fort.

Bevor zu meiner Erleichterung endlich der letzte Gang aufgetragen wurde – um die Wahrheit zu sagen, ich fand die ganze Veranstaltung etwas anstrengend –, kam der Senator auf das heikle Thema Krieg zu sprechen. Er war voll des Lobes über meine Heldentaten im Feld, wobei er vornehmlich die Schlachten erwähnte, die ich siegreich gegen den ungläubigen Türken geführt hatte. Sodann erklärte er, daß mein Ruf als herausragender General und Heerführer ihn veranlaßt habe, den Dogen dazu zu bewegen, tief in das Staatssäckel zu greifen, um einen Mann zu gewinnen, der ein so begabter und allseits gerühmter Feldherr sei. Diesen Worten glaubte ich entnehmen zu müssen, daß jedes Scheitern meinerseits auch dem Senator angelastet werde. Und nachdem wir den letzten Gang zu uns genommen hatten, war der Abend zu Ende. Der Senator nahm meinen Arm und führte mich sanft, aber bestimmt den düsteren Flur entlang, um mich seinem Diener zu übergeben. Dabei ließ er mich wissen, daß der Krieg gegen die Türken unmittelbar bevorstehe. Ich solle ihn nicht enttäuschen. Als ich den alten Mann ansah, wurde mir klar, daß er mich nur deswegen eingeladen hatte, um seiner Familie die Gelegenheit zu geben, sich von einem teuer eingekauften Mann selbst ein Bild zu machen. Natürlich wußte er, daß es kein Fehler von ihm gewesen war, sein Schicksal mit dem meinen zu verknüpfen, aber um Komplikationen vorzubeugen, versicherte er sich einfach der Unterstützung seiner Familie. Vielleicht war das in Venedig so üblich.

Während der Rückfahrt begann es zu schneien. Kleine weiße Flocken tanzten aus dem dunklen Himmel und legten sich wie eine dünne Salzschicht auf die Gondel. Und bald schlug die angenehme Stimmung um, denn der Wind blies mir direkt ins Gesicht, und die Schneeschauer wurden allmählich unangenehm. Da mein Körper sich noch immer nicht an die feuchte Kälte gewöhnt hatte, die für dieses Winterwetter so charakteristisch war, beschloß ich, die Kabinenvorhänge vorzuziehen – schweren Herzens, denn eigentlich wollte ich bei jeder nur möglichen Gelegenheit den Anblick meines Venedig in mich aufsaugen. In der geschlossenen Kabine spürte ich das Schwanken und Schaukeln dieses herrlichen Gefährts, während wir durch die Dunkelheit glitten und meine Sinne vom Geheimnis dieser Reise erfüllt waren. Da dachte ich an die Tochter des Senators, die in diesem großen Haus sicher ein einsames Leben führte. Wie alle schönen Töchter Venedigs wurde sie gewiß auf eine Ehe vorbereitet, die beiden Familien nützen und beider Reichtum mehren würde, aber ich stellte mir vor, daß sie, wenn sie nicht gerade den Gottesdienst besuchte, oft allein war. Als die Gondel vor meinem Quartier anlegte und ich wieder festen Boden betrat, machten mir die tückischen Schneeflocken zu schaffen. Ich dankte meinem Gondolier, dessen Manieren sich etwas gebessert hatten, entbot ihm eine gute Nacht und rief ihm noch zu, er solle auf der Rückfahrt vorsichtig sein. Er lächelte, weil er sich offenbar über meine Anteilnahme freute, ließ aber keinen Zweifel daran, daß er selbst wußte, was er zu tun hatte. Von einem Ausländer brauchte er keinen Rat.

Nachdem ich mich mehrere Stunden im Bett hin- und hergewälzt hatte, stand ich vor Morgengrauen auf. Ich wußte, daß ich abermals einen Spaziergang im Mondschein machen mußte, um meine Gedanken zu ordnen und mir Klarheit über meine Gefühle zu verschaffen. Es schneite nicht mehr, war aber noch immer bitter kalt, als ich zur Tür hinaustrat und in nördlicher Richtung losging, über schmale Brücken und durch dämmerige Gassen. Das Hauptproblem war natürlich das junge Fräulein, dem meine Gedanken galten. Und wie ein Kind fragte ich mich, ob sie genauso an mich dachte. Daß wir kaum ein Wort miteinander gewechselt hatten, verstärkte nur ihr Geheimnis. Sie ging mir einfach nicht aus dem Kopf. Für mich stand außer Frage, daß sie das schönste Kleinod Venedigs war. Nie zuvor hatte ich eine solch unangestrengte Gelassenheit erlebt, eine aristokratische Bescheidenheit, eine Stärke der Persönlichkeit, die zugleich selbstbewußt und liebenswürdig war. Wenn sie sich bewegte, schien es, als bewegte sich das Universum mit ihr und als sammelte sich alles Licht im Raum in ihren Augen. Mir war, als hätte sie – gegen meinen Willen – einen Teil meiner Seele gefangengenommen.

Ich blieb am Eingang einer schmalen Straße stehen, die zu einem Platz führte. Am anderen Ende der Straße sah ich ein Tor, das von zwei Posten bewacht wurde. Dies mußte das Viertel sein, von dem mein Kaufmann erzählt hatte, das Viertel der Geldverleiher, und da ich noch nie in dieser Gegend gewesen war, wollte ich meine Neugier befriedigen, solange alles schlief. Die beiden christlichen Wächter warfen mir einen mißtrauischen Blick zu, doch als sie sahen, daß ich nicht zu ihrem Volk gehörte und auch nicht den Eindruck erweckte, als wollte ich einem Juden Übles tun, schlossen sie das Tor auf, und nachdem ich mich ihnen erkenntlich gezeigt hatte, durfte ich passieren. Was für ein sonderbarer Ort dieses ummauerte Ghetto war! Die meisten Juden schienen die Tatsache, daß sie von Sonnenuntergang bis Sonnenaufgang hinter geschlossenen Toren lebten, nicht als Zumutung zu empfinden, denn es bot ihnen Schutz vor den vielen kalten und feindseligen Herzen in der Stadt. Sonntags und an christlichen Feiertagen wurden die Juden den ganzen Tag eingesperrt, und sie waren es auch, die die christlichen Wächter beauftragten und bezahlten. Überdies mußten sie für zwei Boote aufkommen, die ständig auf den Kanälen rings um das Ghetto patrouillierten, dessen Außenmauern keine Fenster haben durften. Die Juden zahlten viel Geld, um nicht in der Provinz, sondern im Herzen des venezianischen Reichs leben und Handel treiben zu dürfen, und wenn sie gegen das Sittlichkeitsgefühl der Venezianer verstießen, wurden sie schwer bestraft. Intime Beziehungen zwischen Juden und christlichen Frauen wurden mit einer hohen Geldbuße und bis zu einem Jahr Gefängnis geahndet, je nachdem, welcher Schicht die Frau angehörte. Außerdem durften Juden keine eigenen Schulen haben oder Christen in irgendwelchen Fächern unterrichten, und Juden, die nachts außerhalb des Ghettos aufgegriffen wurden, hatten hohe Strafen zu gewärtigen. Einige ängstliche Juden sagten, daß das Ghetto ihnen keinen Schutz gewähre, sondern im Gegenteil gewaltsame Übergriffe gegen sie befördere, da sie in einem abgeschlossenen Viertel ohne Verteidigungsmöglichkeiten zusammengepfercht seien.

Zuerst fielen mir die erschreckend engen und verwinkelten Gassen auf, die von hohen und gepflegten, aber auch baufälligen Häusern gesäumt wurden. Reich und Arm lebten hier Seite an Seite, verbunden nur durch den gemeinsamen Glauben. Nichts rührte sich, und mir war, als wanderte ich durch ein Dorf, das seine Bewohner aus Furcht vor der Pest hastig verlassen hatten. Kein einziges Kleidungsstück hing vor den Fenstern, und kein einziges Fenster war geöffnet, um etwas frische Luft hereinzulassen. Gern hätte ich eine der schönen schwarzäugigen Frauen gesehen, doch alle Bewohner schienen friedlich zu schlafen. Ich hörte weder die erhobene Stimme eines Gebetsrufers noch erblickte ich eine Gestalt fremd wie ich selbst auf ihrem Weg durch die Nacht. Alles war still. Diese Juden schienen sich sklavisch an den Rhythmus von Tag und Nacht zu halten. Ich ging eine Weile durch das Gewirr der Gassen und bemerkte, daß es überhaupt keine Schreine, Madonnen, Holzkruzifixe oder Heiligenbilder gab. Hier an diesem dunklen Ort waren keine äußeren Zeichen von Frömmigkeit zu sehen, was mich zu der Vermutung brachte, daß religiöse Darstellungen jeglicher Art für dieses Volk eine besondere Sünde seien. Ich wanderte weiter, aber je tiefer ich in das Ghetto eindrang, desto schmutziger wurden die Gassen und desto schäbiger die verfallenen Häuser, deren Mauern so feucht waren, daß der Putz mancherorts wie ein wucherndes Geschwür anmutete. Diese Behausungen schienen sich verzweifelt nach Licht und Luft zu strecken, über Düsternis und Armut eines dunkleren Zeitalters hinweg. Gerade als ich glaubte, mich hoffnungslos verirrt zu haben, trat ich auf einen kleinen Platz hinaus, wo ich endlich Gebäude von menschlicheren Proportionen erblickte. Von dort ging eine vergleichsweise gut gepflasterte und hell erleuchtete Straße ab, an deren Ende das Tor lag, durch das ich in diese Unterwelt gekommen war. Mein Streifzug hatte mich zermürbt. Es war bekannt, daß die Juden große Reichtümer besaßen. Warum sie hier unter solchen Bedingungen hausten, wollte mir nicht in den Kopf. Es gab doch bestimmt andere Länder, in denen sie in erträglicheren Verhältnissen leben konnten.

Nach Hause zurückgekehrt, stand ich vor meiner Schwelle und beobachtete, wie die Sonne sich ihren steilen Himmelsweg hocharbeitete. Und als ich aus einer verlassenen Straße hinter mir das melodiöse Klagelied einer Flöte hörte, entrang sich ein tiefer Seufzer der Erleichterung meiner Brust. Unter großen Schwierigkeiten hatte ich von dem Ghettotor zurückgefunden in die Welt, die mir vertraut war. Erst als ich auf den Canal Grande stieß, fand mein Herz wieder zu seinem normalen Puls zurück. Ich fand es sogar ein wenig beschämend, daß ein Mann, der viele Kriege geführt und mancherlei Gefahren getrotzt hatte, nur deshalb in Angst und Schrecken gerät, weil er sich in der zivilisiertesten Umgebung plötzlich nicht mehr zurechtfindet. Doch es war Venedig selbst, das dieses Gefühl in mir ausgelöst hatte, denn die Straßen hier sind planlos angelegt und man weiß nie, wo sie hinführen. Als ich wieder in mein vertrautes Viertel zurückgekehrt war, verspürte ich plötzlich den starken Wunsch, den Tagesanbruch zu verfolgen. Ich wurde aber bald aus meiner Betrachtung herausgerissen durch meinen Burschen, der aus der Tür trat und mir einen mißbilligenden Blick zuwarf. Zuerst überlegte ich noch, ob meine nächtlichen Streifzüge ihn womöglich beunruhigt hatten, denn ich vermochte mir seine neuerliche Feindseligkeit nicht anders zu erklären. Dann bemerkte ich den Brief, den er in Händen hielt. Er reichte ihn mir – stumm, wie es seine Art war. Theatralisch wandte er sich um und ging wieder ins Haus, so daß ich mich ungestört dem Brief widmen konnte. Da mir die Handschrift auf dem Kuvert nicht bekannt war, war ich neugierig, welche Botschaft er wohl enthielt. Überaus betroffen stellte ich fest, daß sie, die immerfort in meinen Gedanken gewesen, von unserer Begegnung ebenso berührt worden war wie ich. Im Gegensatz zu mir hatte sie jedoch die Initiative ergriffen und zu Feder und Papier gegriffen. Wie es die Schicklichkeit verlangte, gab sie nichts von ihren Gefühlen preis, sondern bat mich lediglich, sie des Nachmittags im Hause ihres Vaters zu besuchen. Zu einer bestimmten Stunde sollte mich eine Gondel abholen, die ich an einem weißen Taschentuch in einem der Fenster erkennen würde.

Ich faltete den Brief sorgfältig zusammen und überlegte mir, wie ich die Stunden bis zu unserem Treffen im Garten verbringen konnte. Vor mir lag der ganze Tag, lang und beunruhigend. Ich beschloß, eine Liste all der Dinge zusammenzustellen, denen ich mich widmen konnte, um die ängstlichen und sorgenvollen Fragen abzuwehren, die mir durch den Kopf gingen, erkannte aber bald, daß es sinnvoller war, einen Brief an den Dogen zu schreiben, um ihn zu fragen, wann ich meinen Dienst im Kampf gegen die Ungläubigen endlich würde antreten können. Ich hatte ihm zuvor schon geschrieben, jedoch keine Antwort erhalten. Ich dachte mir aber, daß es meiner Sache nicht schaden könne, ein zweitesmal vorzusprechen. Schließlich hatte man mich nach Venedig geholt, und ich bekam ein hübsches Gehalt als Soldat und Feldherr. Wenn ich meine Zeit hier vertändelte, zahlte sich die Investition nicht aus. Die Schwierigkeit, diesen Brief so zu formulieren, daß mein Anliegen deutlich wurde, dabei aber jeden Eindruck von Unhöflichkeit zu vermeiden, nahm tatsächlich einen Gutteil des Tages in Anspruch. Doch als ich nachmittags die Gondel bestieg, die mich zum Haus des Senators bringen sollte, erkannte ich, daß die Arbeit an dem Brief nichts an meiner Unruhe geändert hatte, die mich nun neuerlich mit Macht überkam. Ich blickte auf das Wasser und spürte, wie ich bei dem Gedanken an die bevorstehende Begegnung zu zittern begann. Welch ungewöhnliche Ideen mußten dieser jungen Frau durch den Sinn gehen, daß sie es riskierte, mir einen solchen Brief zu schreiben!

Ich wurde von dem nämlichen älteren Diener eingelassen, der mich am Abend zuvor empfangen hatte, doch diesmal führte er mich sogleich in den Garten, wo das Fräulein mich erwartete. Sie war erlesen gekleidet. Eine Zofe hielt sich diskret in einiger Entfernung, war aber so nah, daß sie uns beobachten, ja sogar belauschen konnte, wenn sie es wünschte. Doch um nicht aufzufallen, vertiefte sie sich in ihre Stickerei. Wir setzten uns unter einen Baum, der seine Äste wie einen Schirm über uns breitete, und die junge Frau erklärte, daß sie begierig sei, von meinen Abenteuern als Soldat zu hören und von den mannigfachen Gefahren, denen ich ausgesetzt gewesen war. Sie lauschte aufmerksam, und ich erzählte manche Begebenheit, um sie dann aber zu bitten, mir von der venezianischen Gesellschaft zu berichten, die mir noch immer so fremd war. Wie sahen die gewöhnlichen Sitten aus, wie die ungewöhnlicheren, wie lebte man in Venedig? Was hätte ich zu gewärtigen? Ich stellte viele Fragen, die sie alle der Reihe nach beantwortete, wobei sie sorgfältig nachdachte, bevor sie sprach. Manchmal waren ihre Antworten bewundernswert knapp und aufschlußreich, ein andermal hielt sie es für nötig, weiter auszuholen. Einmal warnte sie mich davor, nachts durch die Stadt zu streifen, denn es gebe in Venedig Gauner, sogenannte *bravos,* die, ausgestattet mit Kettenhemd, Fechthandschuhen und Dolch, an den Kanälen herumlungerten und Fremde überfielen. Sobald sie ihre Opfer niedergestochen und ihnen alle Wertgegenstände abgenommen hätten, würfen sie die Leiche ins Wasser, doch kam es offenbar nur noch selten zu solchen Zwischenfällen, da die

Täter mit der Todesstrafe rechnen mußten, wenn man sie ausfindig machte. Viele ehrbare Venezianer seien dazu übergegangen, einen Dolch bei sich zu tragen, um sich verteidigen zu können, und die *bravos* fürchteten den offenen Kampf. Ich versicherte dem Fräulein, daß ich es mit jedem dieser Schurken aufnehmen könne, was sie veranlaßte, wieder auf meine kriegerischen Heldentaten zurückzukommen.

Die Zeit verging wie im Fluge, und schließlich legte die Zofe ihre Stickerei beiseite und stand auf, was ich als deutliches Signal nahm, daß es an der Zeit sei, mich zu verabschieden. Ich erhob mich, im selben Moment stand auch die junge Dame auf, und zum erstenmal blickten wir uns in die Augen. Bis dahin hatte ich es sorgsam vermieden, sie direkt anzuschauen, doch nun, da wir einander in die Augen sahen, wußte ich, daß die Regung in meinem Herzen tiefer geworden war, und auf einmal erfaßte mich große Wonne. Das Fräulein wandte den Blick lange nicht ab, bis sie – widerstrebend, wie mir schien – die Augen niederschlug. Sie erklärte, daß ihr unser Gespräch große Freude bereitet habe, dann zog sie sich rasch zurück und entschwand meinem Blick. Ich sah mich um, ein wenig unsicher, was ich tun sollte, denn der ältere Diener war noch nicht erschienen, um mich zur Gondel hinauszubegleiten. Aber kaum hatte ich mich wieder gesetzt, kam er herbeigeeilt, sichtlich beschämt ob seines Versäumnisses.

In jener Nacht wanderten meine Gedanken nach Hause zu Frau und Kind. Ich hatte nicht das Gefühl, daß ich sie im Stich ließ, denn sie waren in meinem Herzen und würden allezeit darin bleiben. Wie bei Soldaten üblich, hatten wir nicht offiziell geheiratet, denn es war klar, daß ich jederzeit mein Leben verlieren konnte. (Es war nicht klar, daß ich jederzeit auch mein Herz verlieren konnte.) Mein Sohn würde mir verzeihen, denn in wenigen Jahren würde auch er ein Mann sein und in die Fußstapfen seines Vaters treten. Ich befürchtete allerdings, daß meine Frau meine gegenwärtige

Situation nicht verstehen und ein durchaus ungnädiges Urteil über mich fällen würde. Ich richtete mich auf und lauschte dem leisen Glucksen des Wassers unter dem Fenster. Wie oft sie wohl an mich dachten? Wenn sie nachts dalagen, während der Mond sich spät über den Dunstschleier des Schirokkos erhob und der warme Wind zärtlich über ihre Haut strich – war ich noch lebendig in ihrer Erinnerung? Und wenn sie tatsächlich an mich dachten, waren es dann immer feindselige Gedanken, oder erschien ich bisweilen in weicherem Licht? Ob sie je daran dachten, daß ich schon in einer anderen Welt, unter den Toten weilen könnte? Aber vielleicht hatte ich kein Recht, irgend etwas von ihnen zu erwarten. Warum sollten sie sich mit Gedanken an mich belasten?

Am Morgen weckte mich das vertraute Läuten der Glocken, das sich jedoch bald etwas mißtönend anhörte, als mein Bursche ungnädigen Blicks ins Zimmer kam. In der Hand hielt er ein Päckchen, das er mir mit kaum verhüllter Feindseligkeit ans Bett brachte. Ich hatte mir bereits überlegt, daß ich diesen Mann würde entlassen müssen, und sein Auftreten in diesem Moment bestätigte nur meinen Eindruck. Ich sah keinen Grund, mir von diesem mürrischen Gondolier-Sohn weiterhin derart schlechte Manieren bieten zu lassen. Daß er mich um meiner Hautfarbe und meiner Haltung willen nicht schätzte, stand für mich außer Zweifel. Falls dieser gescheiterte Soldat jedoch einem anderen Herrn zu dienen beabsichtigte, so wollte ich ihm nicht im Wege stehen. Ich sah zu, wie er die Vorhänge zurückzog und sich dann gemächlich aus dem Zimmer entfernte. Als ich meine Aufmerksamkeit dem Päckchen zuwandte, stellte ich überrascht fest, daß noch ein Brief da war, der das Siegel des Dogen trug. Ich legte das Päckchen zur Seite, öffnete den Brief und erfuhr, daß ich noch an diesem Vormittag vor dem Dogen erscheinen und noch vor der neunten Stunde die Gondel erwarten sollte, die mich zu seinem Palast bringen würde. Bei dieser Nachricht begann mein Herz schneller zu schlagen, denn dies konnte nur bedeuten, daß Krieg bevorstand. Das Päckchen war, wie ich schon geahnt hatte, von meiner Herzensdame, doch wer beschreibt mein Erstaunen, als ich ein wunderschön gearbeitetes, schweres goldenes Armband darin fand? Auf dem beiliegenden Billett dankte sie mir für meinen letzten Besuch. Ich nahm das Armband, legte es mir um das Handgelenk und war schon in diesem Moment fest entschlossen, es nie mehr abzulegen.

Ich kleidete mich eilends an und machte mich auf den Weg zum Dogenpalast, ohne der Welt ringsum große Beachtung zu schenken, wie es sonst meine Art war. Offensichtlich erwartete man mich schon, denn ich wurde sogleich in einen mir unbekannten Vorraum geleitet, der mit kostbaren Wandbehängen ausgestattet war, und so ehrerbietig behandelt, wie es mir als General der venezianischen Armee zukam. Die prächtigen hohen Fenster und das Licht, das in den Raum strömte, verliehen ihm etwas ausgesprochen Feierliches. Die Einrichtung mußte Tausende von Dukaten gekostet haben. An der Wand war ein mit Figuren und Rankenwerk üppig verzierter marmorner Kamin, und an der Decke über mir prangte goldener Stuck. Schließlich wurde ich über einen mit weichen Teppichen ausgelegten Flur in den Saal gebracht, wo sich der Doge befand, ein älterer Mann, der, wie ich mich sogleich erinnerte, ein wenig schwerhörig war. Er stand vor einem hohen rechteckigen Spiegel mit exquisitem, juwelenbesetztem Rahmen und schien über mein Erscheinen durchaus erfreut. Es waren noch mehrere Senatoren zugegen, darunter der Mann, der mich kürzlich eingeladen hatte. Da ich auf seinem Gesicht kein Zeichen von Unzufriedenheit erkennen konnte, stieß ich einen – ich fürchte, hörbaren – Seufzer der Erleichterung aus.

Das Thema unserer Zusammenkunft war rasch abgehandelt. Nach Erkenntnissen des Geheimdienstes beabsichtigten die Türken, an deren Krummsäbeln schon viel christliches

Blut klebte, das venezianische Zypern anzugreifen. Ich sollte mich daher nach der Insel begeben, die ich schon kannte, diesmal an der Spitze der venezianischen Armada, und die Ungläubigen zurückschlagen, die sich diesen gefährlich exponierten Vorposten christlicher Zivilisation schon immer hatten einverleiben wollen. Vor dem Ende der Woche sollte ich aufbrechen, begleitet von den Männern, die mir in die Schlacht folgen würden. Bis dahin sollte ich mich, wie üblich, in aller Ruhe vorbereiten. Der Doge und die Senatoren erkundigten sich, ob ich noch irgendwelche Fragen hätte. Ich verneinte, aber nicht ohne eine gewisse Bestürzung, denn plötzlich erkannte ich, daß ich die ganze Zeit nur die junge Dame im Sinn hatte; es gab tatsächlich einige Fragen, die ich stellen wollte, allerdings waren sie nicht militärischer Natur. Ich muß einen Moment etwas begriffsstutzig ausgesehen haben, doch dann fand ich meine Stimme wieder und versicherte die hohen Herren meiner Erleichterung darüber, daß die Zeit endlich gekommen sei. Außerdem versprach ich ihnen, sie nicht zu enttäuschen, was sie wohl befriedigte, denn sie verabschiedeten mich mit respektvollen Blicken.

Als ich aus dem Palast hinaustrat in die winterliche Trübseligkeit, wartete schon mein Gondolier, der offenbar Anweisung hatte, mich nach Hause zurückzubringen. Aber in der Art dieser Leute sagte er kein Wort, sondern machte nur eine Kopfbewegung in Richtung seines Bootes. Ich bat ihn, sich noch ein Weilchen zu gedulden, denn ich wollte mir auf dem Markusplatz die Beine vertreten und die gefiederten Geschöpfe beobachten, die in langen Reihen mit eingezogenem Kopf dahockten. Die gute Nachricht, auf die ich so geduldig gewartet hatte, stimmte mich nicht fröhlich, denn sie bedeutete zwangsläufig, daß ich mich eine Zeitlang von der Tochter des Senators würde trennen müssen. Und wie würde sie darauf reagieren? Würde sie es für dreist halten, wenn ich ihr schriebe und ein zweites heimliches Treffen vorschlüge? Oder wäre es sinnvoller, ihr die Initiative zu weiteren Begegnungen zu überlassen? Während mir diese Gedanken durch den Kopf jagten, begannen Glocken jedweden Charakters und Temperaments zu ertönen, und unter heftigem Geflatter erhoben sich die Vögel plötzlich in die Luft.

Im Boot meines Gondoliers lauschte ich dem Wasser, das gegen den Schiffsrumpf klatschte und mit einem beruhigenden Geräusch vom Ruder tropfte. Ein Lichtstrahl, der von einem Haufen Fische in einem vertäuten Boot zurückgeworfen wurde, riß mich wenig später aus meinen Träumen. Ich schaute mich um und sah, daß wir bald an dem Haus vorbeikommen würden, in dem die junge Dame wohnte. Unwillkürlich blickte ich zum Balkon hinauf, fragte dann meinen Gondolier, ob er singen könne. Er sah mich an, sagte aber kein Wort, sondern ruderte nur noch schneller. Gerade als ich ihn daran erinnern wollte, daß ich ihn etwas gefragt hatte, steuerte er sein Boot vor das besagte Haus und begann, mit angenehmer Stimme ein Lied zu singen. Und dann erschien sie, von Kopf bis Fuß in ein Seidengewand gehüllt, mit dem der Wind leise spielte. Ich erhob meine Hand zum Gruß, aber sie sollte auch das goldene Armband sehen, das ich stolz am Handgelenk trug. Der Gondolier sang weiter, und die Leute, die beiderseits des Kanals entlangkamen, waren sichtlich angetan von der Szene, die sich da vor ihnen abspielte. Ich empfand die Aufmerksamkeit der Dame als schmeichelhaft, denn es erschien mir ungewöhnlich, daß ein Mann wie ich die Zuneigung eines so bildschönen Wesens erringen konnte. Und noch immer sang mein Gondoliere. Ich blickte zu ihr hoch, und dann warf sie eine Blume vom Balkon herunter. Eine Winterrose schwamm auf dem Wasser. Dann verschwand die Dame vom Balkon. In diesem Moment, genau in diesem Moment, da die Rose in einem Kreis aus kleinen Wellen auf dem Wasser schaukelte, beschloß ich, ungeachtet der Dinge, die daraus folgen mochten, die Tochter des Senators zu meiner Braut zu machen.

Ich wies meinen Gondolier an, vor dem Haus der Dame anzulegen. Er sah mich an, als hätte ich den Verstand verloren, sagte aber kein Wort. Während wir schon Kurs auf die Stufen nahmen, fischte ich die Rose aus dem Wasser und hielt sie zum Trocknen hoch. Offenbar erwartete man mich bereits, denn der vertraute Diener öffnete die verwitterte Tür und begleitete mich schweigend durch das Haus in den Garten, wo ich auf meine Angebetete warten sollte. Er war noch nicht gegangen, da erschien sie schon in Begleitung ihrer Zofe. Sie lächelte und nahm in ihrer ganzen Pracht vor mir Platz, während die Zofe sich in einiger Entfernung hielt. Ich setzte mich ebenfalls. Wir begannen gleichzeitig zu sprechen, worüber wir herzlich lachen mußten. Dann entschuldigte ich mich für meinen unangemeldeten Besuch mit dem Hinweis, daß mir, nachdem ich sie auf dem Balkon gesehen hatte, keine andere Wahl geblieben sei. Sie errötete leicht. Ich forderte sie höflich auf, nach Herzenslust zu plaudern, denn ich hatte ein schlechtes Gewissen, weil ich bei unserer letzten Begegnung vielleicht das Gespräch zu sehr dominiert hatte. Sie schien erstaunt und versicherte, daß das nicht der Fall gewesen sei, erkundigte sich dann aber, ob es ein Thema gebe, das mir ganz besonders am Herzen liege. Ich dachte einen Moment nach und bat sie dann, mir zu erzählen, ob es in Venedig Aberglaube gebe. Mir waren die Venezianer als fromme Christen aufgefallen, die mit derlei Dingen nichts am Hut hatten.

Im Verlauf der nächsten Stunde schilderte mir das schöne Fräulein viele Beispiele von Aberglauben, die mich an ähnliches in anderen Ländern erinnerten: Die Dreizehn, die Zahl des Judas, ist für den Venezianer eine Unglückszahl. Auch darf man kein Salz verschütten, und wenn man während des ersten Mondviertels sein Geld in der Börse umdreht, so wird es sich in diesem Monat vermehren. (Offenbar glaubt man auch, daß der Mond das Wachstum und Ausfallen der Haare beeinflußt.) Weiter erfuhr ich, daß der Anblick eines Buckligen am Neujahrstag Glück verheißt, der Anblick eines Lahmen dagegen Unglück. Und wenn man am gleichen Tag einem Priester begegnet, heißt das, daß in diesem Jahr der Tod eintreten wird. An Epiphanias sprechen die Tiere miteinander, aber nur an diesem Tag. Und der Tau, der sich am Abend vor Johanni bildet, ist besonders kostbar. Fast eine Stunde lauschte ich der wunderbaren Stimme meines Fräuleins, ehe der Diener auftauchte und der Zofe etwas zuflüsterte, worauf diese plötzlich unruhig wurde. Auch meine Dame stand auf, sichtlich in Sorge, entdeckt zu werden, und unser Stelldichein war abrupt zu Ende. Sie verkündete, daß sie mich zu ihrem Bedauern verlassen müsse. Dann eilte sie fort, und es blieb dem Diener nur noch, mich hinauszuführen.

Zurückgekehrt in mein Quartier, setzte ich mich auf den Balkon und dachte stundenlang über die Kühnheit meines unangemeldeten Besuchs nach. Ich überlegte hin und her, ob meine Vermessenheit wohl mit Ablehnung vergolten würde, und ehe ich mich recht versah, neigte sich der Wintertag seinem Ende zu. In der Dämmerung glitten Boote vorüber. Jedes hatte eine Laterne, deren Schein auf dem Wasser tanzte, und die schnelleren Gondeln zogen eine Spur wundersam funkelnder Lichtreflexe hinter sich her. Bei Einbruch der Dunkelkeit unterbrach mein Bursche die Stille. Er überreichte mir einen gerade abgegebenen Brief, den ich, sobald ich allein war, eilig öffnete. Leider war die Handschrift schwer zu lesen, da der Brief offenbar in großer Eile geschrieben worden war. Ich wußte, daß er von der Dame meines Herzens kam, und konnte deshalb meinen unzuverlässigen Burschen nicht bitten, mir beim Entziffern behilflich zu sein. Immer wieder mühte ich mich im Laufe des Abends mit dem Brief ab, doch er blieb mir ein unlösbares Rätsel. Höchst unzufrieden begab ich mich zu Bett.

Ich stand in aller Frühe auf und kleidete mich rasch an, denn nachts hatte ich mir überlegt, auf welche Weise ich den Brief, der neben meinem Bett lag, würde entziffern können. Durch den Winternebel eilte ich in nördliche Richtung und blieb nur einmal stehen, um staunend zu bemerken, daß der größte Teil der Welt hinter einem dichten Schleier verborgen lag. Bald stand ich vor den Toren des Ghettos, die von den nämlichen Burschen bewacht wurden, denen ich bei meinem ersten Ausflug begegnet war. Sie waren überrascht, aber nicht ungehalten, mich wiederzusehen. Ich gab ihnen etwas Geld und durfte passieren. Sogleich hielt ich Ausschau nach einem Menschen, der mir zu helfen imstande wäre. Geisterhafte Gestalten rührten sich bereits auf den Gassen, doch sie bewegten sich sehr schnell, als hätten sie Angst zu erstarren. Ich hatte mir überlegt, daß sich für mein Vorhaben am ehesten ein Gelehrter eignete. Nachdem ich schließlich auf einem kleinen, ungewöhnlich sauberen Platz ihr Bethaus ausfindig gemacht hatte, trat ich dort ein und stieß auf einen Juden mit wettergegerbtem, zerfurchtem Gesicht, der im Halbdunkel über einem Buch saß. Der prächtige Raum, in dem sie gewiß ihre unchristlichen Versammlungen abhielten, besaß eine wunderschön geschnitzte Galerie. Ich legte dem Mann den Brief vor, und er verstand sogleich, was von ihm erwartet wurde. Während er den Text überflog, bedeutete er mir mit einer Handbewegung, Platz zu nehmen. Dann blickte er auf. Er verriet keine Gemütsbewegung, sondern hob einfach an, mir den Brief vorzulesen. Fast hätte ich ihn gebeten, innezuhalten, um ihm zu erklären, daß ich sehr wohl imstande sei, zu lesen. Es war ja diese flüchtige und unklare Schrift, vor der ich kapituliert hatte. Doch es war schon zu spät. Er hatte kaum begonnen, da war ich schon wie berauscht. Wenn es auch keine Liebeserklärung war, so drückte meine Dame doch mit aller Deutlichkeit den Wunsch aus, mich möglichst bald wiederzusehen.

Der Gelehrte gab mir den Brief zurück. Ich entlohnte ihn und legte noch ein paar Münzen dazu, weil er mir eine gute Nachricht überbracht hatte, und damit war das Geschäft erledigt. Ich fragte ihn aber nach kurzem Nachdenken, ob ich ihm eine Antwort diktieren dürfe, die er in seiner schönsten Hand schreiben solle – und als hätte er mein Ansinnen vorausgeahnt, sah er mich schon mit schreibbereiter Feder an. Ich war einfach und direkt in meinen Gefühlen, doch die Unerschrockenheit der Dame ermutigte mich, weit über das hinauszugehen, was sonst mitzuteilen ich mich erkühnt hätte. Ich legte ihr offen meine Gefühle dar und hielt mich nur zurück, wenn es mir mit Rücksicht auf die sittlichen Empfindungen des Schreibers angebracht erschien. Und nachdem mein Brief fertig war, fragte ich den Juden, ob er ihn der betreffenden Dame freundlicherweise zustellen könne. Wieder schien er längst alles verstanden zu haben. Er lehnte es ab, sich diesen Dienst eigens bezahlen zu lassen, und so wie er mich ansah, hatte ich den Eindruck, daß er eine gewisse Sympathie für mich empfand. Als ich mich von ihm verabschiedete, glaubte ich sogar ein Lächeln um seine schmalen Lippen spielen zu sehen.

Am anderen Morgen betrat mein Bursche das Zimmer und erlöste mich von einer schlaflos verbrachten Nacht. Seit vierundzwanzig Stunden ging mir die Dame nicht mehr aus dem Sinn, eine quälende Lähmung hatte mich ergriffen, so daß ich mich außerstande sah, irgendwelche praktischen Dinge zu tun. Es stand fest, daß sie mich liebte, aber es war mir nicht klar, ob sich mein tätiges Leben mit einem anderen Leben würde vereinbaren lassen. Ich befürchtete schon, daß mein Ruf als hervorragender Feldherr Schaden leiden müsse, wenn ich sie ehelichte. Schließlich hatte ich seit meinem siebenten Lebensjahr mit keiner anderen Macht zu tun gehabt als mit der, die dem selbstbewußten Gebrauch von Waffen in der Hitze der Schlacht entspringt. Trotz meines königlichen Blutes war mir die Sprache der Liebe fremd geblieben, und ihre falschen Worte waren mir nie über die Lippen gekommen. Mein Bursche stand vor mir und wiederholte ungeduldig, daß die Dame draußen warte. Jetzt erst begriff ich, weshalb er mich aus meinen schweren Gedanken gerissen hatte. Mein Brief mußte sie erreicht haben, und statt schriftlich zu antworten, hatte sie beschlossen, persönlich zu kommen und mir die Nachricht zu überbringen, nach der mein Herz verlangte. Ich kleidete mich eilig an und warf dabei viele prüfende Blicke in den Spiegel. Ich war nicht mehr jung genug, um mir einbilden zu können, eine attraktive Erscheinung zu sein, wenngleich ich es sicher noch mit jedem Gegner im Zweikampf aufnehmen konnte. Die blondgelockten Lieblinge der Republik lenkten die koketten Blicke der schönen Venezianerinnen in einem Maße auf sich, von dem ich nur träumen konnte, doch meinen Bemühungen, Aufmerksamkeit zu erregen, würde immer meine Hautfarbe entgegenstehen. Abermals betrachtete ich mich im Spiegel. Jawohl. Das Werben um diese Dame bedrohte tatsächlich die Grundfesten meines Lebens, aber gewiß wäre es feige, am sicheren Junggesellenstand des Soldaten festzuhalten und von der Welt außerhalb meines Horizonts nichts erfahren zu wollen. Ich löste mich vom Spiegel und schritt zur Tür.

Sie kehrte mir den Rücken zu, drehte sich aber um, als sie mich kommen hörte. Mein Bursche warf mir einen finsteren Blick zu und teilte mir mit, daß ich binnen einer Stunde im Dogenpalast zu erscheinen hätte. Dann verschwand er, und ich starrte die Dame an. Das Morgenlicht stahl die Röte von ihren Wangen, so daß ihre Jugend sich vorteilhaft zeigte. Sie ließ mich wissen, daß sie am Abend des vorangegangenen Tages meinen Brief erhalten, dann aber, nachdem sie ihn gelesen, keinen Schlaf mehr gefunden habe. Sie sei gekommen, um sich mit mir zu unterhalten, aber im selben Moment entschuldigte sie sich schon für die Unannehmlichkeiten, die ihr unangemeldeter Besuch mir fraglos bereitete. Ich sah sie einen Moment an, wie verzaubert von ihrer Schönheit, doch dann brach ich den Bann und sah zum Kanal hinunter, dessen Wasser leise gegen Holz und Stein klatschte. Allmählich bildeten sich die Worte in meinem Mund und stolperten ungeschickt ins Freie. Ohne daß ich es mir vorgenommen hätte, fragte ich sie, ob sie bereit sei, meine Frau zu werden. Zu meiner großen Überraschung fiel sie auf die Knie und hielt die gefalteten Hände vor den gesenkten Kopf. Ihr größter Wunsch sei es, so erklärte sie, daß ich ihr Herr und Meister sei und sie bis ans Ende ihrer Tage ehre und beschütze. Ich streckte die Hand aus und bat sie, mich anzusehen. Dann fiel auch ich auf die Knie und besiegelte unsere Verbindung mit den allerzartesten Küssen. War ich noch derselbe Mann, der einst einsam und unerkannt hier eingetroffen war? Der in einem Zustand verzauberten Staunens in das Herz dieses Staates gesegelt war? Derselbe Mann, der sich auf Anregung eines anderen mit einer raffinierten Hure eingelassen hatte, obschon dieses Tun ihm wenig Freude bereitet hatte? Derselbe Mann, der sich mit der Sprache abgemüht und oft daran gezweifelt hatte, ob er unter diesen sonderbaren und verschlossenen Menschen je heimisch würde? Nun heirate er also, und zwar eine Tochter einer der vornehmsten Familien dieser Gesellschaft. Ich fragte mich, wie es so schnell zu einer derartigen Veränderung im Leben eines Mannes hatte kommen können.

Unser Plan erforderte diskretes und rasches Handeln. Noch an diesem Abend würde sich meine Dame aus dem väterlichen Hause stehlen und im Schutze der Nacht mit mir in einem Kloster zusammenkommen, das für seine gelegentlich improvisierten Zeremonien bekannt war. Wir hielten es für sinnvoll, niemanden in unsere Absicht einzuweihen, denn wir rechneten mit einigem Widerstand und mit zahlreichen, womöglich unüberwindbaren Hindernissen. Hinzu kam, daß man in der Stadt mit Kriegsvorbereitungen beschäftigt war. Wir wollten aber nicht, daß unsere Entscheidung durch derlei Dinge beeinflußt würde. Man hatte mich erneut in den

Dogenpalast einbestellt, wo ich weitere Kunde hinsichtlich der türkischen Gefahr empfangen sollte, doch ich mochte mich nicht von meiner Dame trennen und sie sich nicht von mir. Wir hielten uns bei den Händen und vereinbarten, uns bei Einbruch der Dämmerung wiederzusehen. Bevor wir uns einstweilen adieu sagten, küßten wir uns noch einmal, diesmal jedoch mit Inbrunst.

Als ich den Dogenpalast betrat, erfuhr ich, daß sich die Lage in der Tat verschärft hatte. Nach Angaben des Geheimdienstes segelten die Türken gegen Rhodos, doch als ihr wahres Ziel wurde allgemein Zypern vermutet. Der Doge und seine Senatoren befahlen mir, als Oberkommandierender der venezianischen Armee nach Einnahme der Insel auch das Amt des Statthalters zu übernehmen. Sie erinnerten mich an die Bedeutung dieses Postens und gaben mir damit noch einmal zu verstehen, welch immenses Vertrauen man in mich und meine Fähigkeiten setzte, denn ich würde einen Venezianer ablösen, der zwar tüchtig war, aber längst nicht meine militärischen Kenntnisse und Erfahrungen besaß. Ich erhielt Order, mich in mein Quartier zu begeben und dortselbst das Signal zum Aufbruch zu erwarten. Ich dankte dem Dogen und seinen Senatoren und verließ mit einer Verbeugung den Saal. In diesem Moment dachte ich: Ich bin ihr General, und binnen kurzem werde ich noch immer ihr General sein, nur eben ein sehr viel glücklicherer. Insgeheim hoffte ich auf ihr Verständnis.

Das schwache spätnachmittägliche Licht gab der Stadt einen Anstrich von Melancholie und Frieden. Der Gondolier fuhr mich rasch, aber wortlos auf schmalen Seitenkanälen durch Gegenden, wo diese grandiose Stadt recht liederlich unter ihrem prächtigen Gewand wirkte. Ich erblickte schäbige Balkone, die mit Unrat und ausrangierten Möbelstücken verunstaltet waren, und glitschige Stufen, die von schief in den Angeln hängenden Türen zum Wasser führten. Der Kanal verbreitete hier einen unangenehmen Gestank, so daß ich mir ein Taschentuch vor Mund und Nase halten mußte. Nachmittags hatte ich vor allem an meine Frau und meinen Sohn gedacht, die in meiner Heimat verblieben waren. Das Wort »Frau« erfüllte mich mit Unruhe, doch ich versuchte, mir diese Sorgen aus dem Kopf zu schlagen. Immer wieder rief ich mir in Erinnerung, daß meine Frau keine Ehefrau im venezianischen Sinne sei, aber ich fragte mich, ob ich es mir damit nicht allzuleicht machte. Ich quälte mich mit der Frage, ob ich je in meine alte Heimat zurückkehren könnte und wie meine neue Frau von meinem Volk aufgenommen würde. Und während aus Nachmittag langsam Abend wurde, begriff ich, daß ich die Aussicht, meine Heimat vielleicht nie mehr wiederzusehen, schon zu akzeptieren begonnen hatte. Die bevorstehende Hochzeit trennte mich von meiner Vergangenheit, so daß ich die Stadt Venedig, den Geburtsort meiner Frau, für den Rest meines Lebens als mein Zuhause würde betrachten müssen. All diese Dinge waren neu für mich, und meine winterliche Fahrt nach dem Kloster bekam eine Endgültigkeit, die mich bedrückte.

Ein bleicher Mond schien über der Lagune, als der Gondolier vor dem kleinen Kloster anhielt. In dem gespenstischen Licht sah ich eine eigentümliche Mahnung, das Vorhaben dieses Tages rasch zu vollenden. Ich fragte mich, ob für meine Dame die Ehe mit mir lediglich eine Laune sei, die ihr von der Familie bald verziehen würde. Der Schandfleck meiner dunklen Hand auf ihrer marmornen Haut, ein Makel, den die verständnisvolle Familie sanft abwaschen würde. Ich wagte es nicht, allzulange bei diesem Gedanken zu verweilen. Ich blickte auf und wußte, daß meine Braut bereit eingetroffen war, denn die Zofe stand unruhig an der Klostertür. Ihre Nervosität war unnötig. Ich bin ein Ehrenmann. Ich ging an Land, stieg die dreißig Steinstufen hinauf und betrat das düstere Gebäude. Als ich mich meiner Braut näherte, nahm ich wahr, daß sie eine kostbare seidene Robe trug; ihre

Schultern waren entblößt, und ihr langes Haar war nach traditioneller Art golddurchwirkt. Doch bei näherem Hinsehen fand ich ihre Stirn sorgenzerfurcht, und ich fühlte mich schuldig, weil ich sie durch meine Verspätung gepeinigt hatte. Der Priester, der vor uns stand, wollte die Zeremonie offensichtlich so schnell wie möglich hinter sich bringen. Er fragte mich, ob ich wirklich Christ sei, obgleich er genau wußte, daß dem so war, denn wie wäre ein Ungläubiger zum Oberkommandierenden der venezianischen Armee berufen worden? Ich berichtete ihm mit ruhigen Worten, daß meine Aufnahme in den Schoß der Kirche schon viele Jahre vor meinem Eintreffen in Venedig stattgefunden habe. Nachdem diese Hürde überwunden war, ging die Zeremonie zügig voran, und bald wurden wir zu Mann und Frau erklärt.

Vor wenigen Stunden sind wir in mein Quartier zurückgekehrt, wo ich nunmehr auf meinen Einsatzbefehl warte. Ein düsterer Mond schien an diesem Abend, und unterwegs fiel leichter Schnee auf unser Boot. Nur das ungelenke Klatschen eines Ruders unter einer Brücke oder der Hall schwerer Schritte in einer versteckten Gasse störte die Stille. Sobald wir angekommen waren, entließ ich meinen Burschen für den Abend und führte mein Weib in meine Schlafkammer. Während unserer ruhigen Fahrt vom Kloster hierher hatte ich überlegt, ob es schicklich sei, noch eine Weile zu warten, ehe ich meinen rechtmäßigen Platz als Ehemann einnähme, doch ich fand, daß die Leidenschaft, die wir füreinander empfanden, nicht länger aufgespart werden sollte. Meine Frau erwies sich, wie ich gehofft hatte, als begierige, wenn auch noch unschuldige Partnerin, doch was ihr an Erfahrung mangelte, machte sie durch ihre Sanftheit und Zärtlichkeit wett.

Da liegt sie nun, allein, im Schein des schwachen Lichts, das durch die Läden des hohen Fensters dringt. Sie schläft tief, erschöpft von der Liebe, aber auch von der Spannung und den Heimlichkeiten der vergangenen Tage. Ich besitze einen schönen und gefährlichen Gegenstand, und ich weiß, daß mich hinfort alle Männer mit einer Mischung aus Respekt und Spott ansehen werden. Ich weiß auch, daß mein eigenes Volk mir nie wieder vertrauen wird, doch das war mir zum Teil schon vorher klar. Für sie, die sich mir hingegeben und sich vor ihrem Gott als mein bezeichnet hat, wird dies der erste Geschmack einer Bitternis sein, an den sie sich vielleicht nie gewöhnen wird. Daß sie sich mir völlig überantwortet hat, dürfte ihr noch nicht zu Bewußtsein gekommen sein. Wenn sie mir treu bleibt, wird sie mit vielen neuen und schwierigen Wahrheiten konfrontiert werden. Ich glaube aber, daß sie eine Seele besitzt, die stark genug ist, der Hitze künftiger Schlachten standzuhalten.

Es ist noch immer still in Venedig, und fortwährend gehen mir schwierige Gedanken durch den Kopf. Ich blicke zum Bett und betrachte den Leib meiner Angetrauten. Wenn ich nur wüßte, was in ihrem venezianischen Kopf vor sich geht, könnte ich ihr helfen, mit ihrer neuen Situation fertig zu werden. Und während die Nacht langsam der Morgendämmerung weicht, höre ich deutlich das Flüstern eines Boten, der meinem Burschen mitteilt, daß ich augenblicklich zum Dogenpalast zu kommen habe. Endlich: der Marschbefehl. Mein Weib rührt sich, dreht sich um, wendet mir das Gesicht zu. Wieder die Stimme, die meinen Burschen anweist, mich auf der Stelle zu wecken. Ein trauriges Lächeln huscht über ihr Gesicht, und sie fragt, ob ich gehen muß. Ich sage, daß ich fort muß, aber sie soll sich keine Sorgen machen, ich werde bald zurückkehren. Sobald ich den Einsatzbefehl habe, werde ich wieder an ihre Seite eilen. Meine Frau lächelt mir mit Mund und Augen zu.

Der Prozeß gegen die Juden von Portobuffole, der in Venedig in Anwesenheit von einhundertzweiundfünfzig Senatoren geführt wurde, begann am Dienstag, dem 27. Juni 1480, und wurde – bis auf zwei Unterbrechungen, nämlich am 29. Juni, Peter und Paul, und am Sonntag, dem 2. Juli – täglich abgehalten. Den Beschuldigten standen zwei Advokaten aus Padua zur Seite, die Talar trugen und ausgezeichnete Rhetoriker waren. Sie zitierten sämtliche Bibelstellen, aus denen hervorging, daß es für Juden nichts Unreineres gebe als Blut – nicht nur das Blut der von ihnen geschächteten Tiere, sondern sogar das Blut ihrer eigenen Frauen. Wie konnten sie da Blut getrunken haben! Die Verteidiger riefen den Anwesenden in Erinnerung, daß Juden die Zehn Gebote befolgten, zu denen das Tötungsverbot gehöre. Auch der Prophet Moses habe eindeutig den Verzehr von Blut untersagt. Und schließlich all die biblischen Beweise. So heißt es im dritten Buch Mose, Kap. 17, Vers 10: »Und wer vom Haus Israel oder von den Fremdlingen unter euch irgendwelches Blut ißt, gegen den will ich mein Antlitz kehren.« Und wenig später: »Ihr sollt keines Leibes Blut essen.« Die Anwälte wiesen die Auffassung, wonach es unter reichen Juden Tradition sei, christliches Blut an arme Juden zu verschenken, als bloßes Gerücht zurück und beendeten ihr Plädoyer mit dem Hinweis, daß die Geständnisse, die »bewiesen«, daß diese Juden das Blut eines Christenknaben getrunken hätten, durch exzessive Anwendung der *strappada*, jener grausamen Foltermethode, erpreßt worden seien.

Der Ankläger dagegen kannte die Senatoren und wußte, mit welchen Argumenten er sie gewinnen würde. Er verlas zunächst eine Liste vergleichbarer Kindesmorde, die in anderen Städten angeblich von Juden verübt worden waren, wobei er so detaillierte Schilderungen lieferte, daß einem Senator übel wurde und er den Saal verlassen mußte. Der Ankläger zog sodann ein hebräisches Buch hervor und erklärte, daß es sich um ein Gebetbuch für den täglichen Gebrauch handle. Er bat einen Arzt, der des Hebräischen mächtig war, ein jüdisches Morgengebet zu verlesen und zu übersetzen, ein Gebet, das einen kräftigen Fluch über die zum Christentum übergetretenen Juden enthielt. Servadio wurde aufgefordert zu bestätigen, daß dieses Gebet sich gegen Juden richtete, die sich in den ersten Jahrhunderten der christlichen Zeitrechnung von ihrem Glauben abgewandt hatten und daß das Gebet seit über tausend Jahren gesprochen wurde. Servadio tat, wie ihm geheißen. Der Ankläger schloß mit der Bemerkung, daß der Gedanke, unschuldige christliche Kinder zu töten, diesen Leuten gewiß vom Teufel eingegeben worden sei. Dafür müßten sie nun sterben. Die Advokaten aus Padua reagierten nicht sogleich, brachten schließlich aber den schwachen Einwand vor, daß das Gebetbuch bloß ein erzählender Text sei, der vornehmlich zum Studium der verschiedenen in ihm enthaltenen Dialekte verwendet werde.

Am 4. Juli war die Geduld der Senatoren erschöpft. Mit jedem Tag war das sommerlich schwüle Wetter drückender geworden; der Doge hatte sich bereits zurückgezogen und seinen Platz einem älteren Ratsherrn überlassen, der sich wie die anderen Senatoren von dem Gerichtsverfahren rasch ermüdet zeigte. Am Morgen des 5. Juli klopfte er auf den Stimmzettelkasten vor ihm, zum Zeichen dafür, daß die Diskussionen beendet waren. Es mußte nun abgestimmt werden. Die Juden wurden wieder in ihre Zellen geführt, und die Advokaten verließen den Saal, so daß die Senatoren unter sich waren. Ein Sekretär trat hinzu und verlas die folgenden Worte:

»Hohe Herren, seid Ihr der Ansicht, daß nach allem, was hier gesagt und verlesen wurde, Urteil ergehen soll gegen Servadio und Moses, Wucherer aus Portobuffole, und Giacobbe aus Köln? Diese niederträchtigen Juden kamen überein, im Hause des Servadio ein junges Christenkind zu töten, einen sechs oder sieben Jahre alten Bettelknaben aus Treviso, den besagter Giacobbe, wie von Servadio befohlen, dortselbst ergriff und gemeinsam mit einem anderen Giacobbe nach Portobuffole verschleppte. Am Ende nahmen sie das Blut des Knaben und taten es in das ungesäuerte Brot, das die Juden anläßlich ihres Osterfestes verzehren, wie es ihrer abscheulichen Gewohnheit entspricht, um unseren Herrn und Heiland Jesus Christus und seinen heiligen Glauben zu verhöhnen und zu entehren.«

Zunächst wurde über die drei Angeklagten abgestimmt, die ein Geständnis abgelegt hatten, Servadio, Giacobbe und Moses. Ein junger Gehilfe, der *ballotino*, reichte jedem Senator ein kleines weißes Stoffstück. Dann wurden drei Urnen herumgereicht – eine rote, eine grüne und eine weiße –, in die jeder Senator seine Stimme warf. Sodann wurden die Stimmen ausgezählt: fünfundfünfzig waren unentschieden, drei dagegen, vierundneunzig dafür. Damit war der Fall entschieden, und der Sekretär gab die folgende Erklärung ab:

»Am morgigen Tage zur üblichen Stunde werden die drei Verurteilten zu einer Barke geführt und dortselbst mit drei Eisenkugeln angekettet. In dieser Weise werden sie von San Marco auf dem Canal Grande nach Santa Croce geschafft, ihnen voran ein Ausrufer, der dem Volk ihre Namen und den Grund ihrer Verurteilung verkünden wird. Von Santa Croce werden sie zu Fuß nach San Marco zurückkehren. Dort angekommen, werden sie ein hohes Schafott besteigen, das zwischen den beiden Säulen errichtet sein wird, und sie werden mit einer langen Kette gefesselt. Daraufhin wird ein Feuer unter ihnen entzündet, und ihre Körper werden zu Asche verbrannt.«

Dann wurde über den Fall Donato abgestimmt, den Hausdiener von Servadio, der zum Christentum übergetreten war und sich inzwischen Sebastiano nannte. Das Ergebnis lautete: einunddreißig Enthaltungen, zwölf Nein- und neunzig Jastimmen. Man beschloß, ihn zu einem Jahr Gefängnis zu verurteilen und ihn anschließend für alle Zeit zu verbannen. Salomon, der Sohn von Giacobbe und Diener des Moses, der beschuldigt wurde, seinem Herrn beim Verbrennen der Kindsleiche geholfen zu haben, wurde bei zweiundachtzig

Ja-, siebenundzwanzig Neinstimmen und dreiundzwanzig Enthaltungen zu sechs Monaten Gefängnis und sechs Jahren Verbannung verurteilt. Fays, der Hauslehrer von Servadios Sohn, der beschuldigt wurde, das ungesäuerte Brot mit dem Kindesblut versetzt und auch gegessen zu haben, wurde bei fünfunddreißig Enthaltungen, zehn Nein- und siebenundachtzig Jastimmen zu einem Jahr Gefängnis und zehn Jahren Verbannung verurteilt. Sara, die Frau Servadios, und Rebekka, die Frau Moses', gedachte man straffrei ausgehen zu lassen. Sowie die Urteile verkündet waren, begab sich der Ankläger in das Gefängnis, um Servadio, Giacobe und Moses die Urteile bekanntzugeben. Dann ordnete er an, die drei sofort in die Kirche zu bringen und ihnen Gebetbücher auszuhändigen, damit sie sich auf den Tod vorbereiten konnten.

Am Tag einer Hinrichtung war es in Venedig üblich, daß der Doge den Verurteilten die gleichen Speisen schicken ließ, die er selbst aß. Die verurteilten Juden fasteten jedoch, um ihre Verbrechen zu sühnen, und ihr Anführer Servadio hatte seine Gefährten auch gebeten, nicht zu trinken, obschon sie quälenden Durst litten. Auch wenn er ihnen nichts davon sagte, war er überzeugt, daß sie schneller verbrennen, ihr Leiden sich also verringern und sie einen würdevolleren Tod sterben würden, wenn ihre Körper ausgetrocknet waren. Die Glocke von San Marco verkündete die Mittagsstunde. Unmittelbar darauf schlug eine traurig klingende Glocke, die Armesünderglocke, welche die Todeskandidaten traditionell auf ihrem letzten Weg begleitete. Ein Kammerherr erschien vor dem Dogenpalast, gefolgt von einem Wächter, der die bis zur Hüfte entblößten und aneinandergeketteten Männer begleitete. Sie trotteten durch spalierstehende Soldaten zu der Barke, die auf sie wartete. In der Mitte des Bootes lagen drei Eisenkugeln, mit denen die Fußketten der drei Verurteilten beschwert wurden. Die Barke legte ab und fuhr den Canal Grande hinauf, wobei sie immer wieder die Uferseite wechselte. Ein Herold rief dabei mit lauter und monotoner

Stimme: »Hier seht ihr die Juden Servadio, Moses und Giacobbe, die ein Christenkind gemeuchelt und unseren heiligen Glauben entehrt haben.« Beide Ufer des Kanals waren von Menschen gesäumt, die bei diesen Worten erschauderten und sich bekreuzigten. Nachdem das Boot den Canal Grande hinaufgefahren war, verließ die Gruppe bei der byzantinischen Säule von Santa Croce das Boot. Die Zuschauer, die in großer Zahl zusammengekommen waren, murrten, als sie sahen, daß die Verurteilten nicht an Ort und Stelle gefoltert, sondern, an ein Pferdegespann gebunden, zu Fuß zum Markusplatz zurückkehren würden.

Zwischen den Säulen von San Marco und San Todaro waren dicht nebeneinander drei Schafotte errichtet worden, ein jedes versehen mit einem eisernen Pfahl und einem Scheiterhaufen. Eine Abteilung Soldaten hielt die zusammenströmende Menge zurück, während zwei weitere Abteilungen eine Gasse freihielten für die Gruppe der Verurteilten, die jeden Moment eintreffen mußte. Die wartende Menge aß, trank, spielte Karten und begaffte die berühmten Leute, die sich auf den Balkonen der umliegenden Häuser zeigten. Gesandte, Herzöge, Dichter und viele elegante Damen hatten sich eingefunden, um das Schauspiel zu beobachten. Die untergehende Sonne ließ die Mosaiken der Basilika aufleuchten, und dann erklang abermals das traurige Geläut der Armesünderglocke. Am anderen Ende des Platzes erschienen Gestalten in schwarzen, sackleinenen Kutten, die bis zur Erde reichten und auf der Brust mit großen Kreuzen versehen waren. Sie trugen lange schwarze Stangen, auf denen zweiarmige Kerzenhalter befestigt waren. Diesen Angehörigen der Bruderschaft zum Guten Tod folgten gesenkten Hauptes die drei verurteilten Juden. Ehe sie auf dem Platz eintrafen, waren die drei vom unreinen Geist befreit worden, auf daß sie das Sakrament der Taufe empfangen konnten. Doch die drei Juden lehnten dieses allerletzte Bekehrungsangebot ab. Sie wollten lieber als Sünder sterben. Als sie das

Schafott vor sich sahen, begannen sie langsamer zu gehen. An ihrer Seite schritt ein Priester, der mit beiden Händen ein Kruzifix hielt und ihnen leise die üblichen Worte des Abschieds und des Trostes zusprach.

Auf halbem Wege wisperte Servadio seinen Gefährten etwas zu. Dann hob er die Augen und begann, laut zu beten.

»Mein Gott und Gott meiner Väter, die Seele, die du mir rein gegeben, war unschuldig und sauber, aber ich habe sie verunreinigt mit meinen Sünden. Nun ist die Stunde meines Todes gekommen, die Stunde, in der ich meine Seele in deine Hand lege, damit dein Name geheiligt werde. Nimm meine Seele, wenn ich dahinscheide.«

Nunmehr ermunterte er seine Gefährten in aller Öffentlichkeit, ebenfalls zu beten, doch sie brachten nur ein gemurmeltes »Amen, Amen« über die Lippen. Beim Anblick des Schafotts verließen sie die Kräfte, woraufhin sie von zwei Soldaten am Arm gepackt und vorwärts gestoßen wurden. Als die drei Juden am Fuß des Schafotts angekommen waren, verstummte die Armesünderglocke. Servadio aber betete noch immer. Seine Worte waren nicht zu verstehen, und manche Leute glaubten sogar, er wolle Buße tun. Selbst als man ihn auf das Schafott hob, betete er noch.

»Höre, Israel, der Ewige, unser Gott, der Ewige ist einzig.«

Die Verurteilten wurden mit einer langen Kette an den Eisenpfahl gebunden, dann kamen die Fackelträger und entzündeten den Scheiterhaufen. Servadios Stimme, die inzwischen nur noch »Einzig, einzig!« schrie, ging im lauten Knacken des brennenden Holzes unter. Auf den Gondeln, die im Hafenbecken vor den beiden Säulen lagen, standen scharenweise die Reichen, um die Szene vom Wasser aus zu beobachten. Das laute Schreien, das von den Scheiterhaufen herüberkam, klang immer mehr wie Hundegebell, und dann vertrieb der Wind den Rauch und fuhr in die Flammen. Für einen kurzen Moment konnte man sehen, daß sich Moses und Giacobbe zuckend hin und her bewegten, während Servadio auf dem mittleren Schafott still dastand, als fühlte er keinen Schmerz. Und dann war alles von Flammen eingehüllt, so daß man nur noch Feuer sah. Im Angesicht der lichterloh brennenden Leiber verharrten die Zuschauer, ob zu Lande oder zu Wasser, tief bewegt von der Macht des christlichen Glaubens und seiner amtlichen venezianischen Hüter. Später, als sich die Flammen gelegt hatten, kam ein Scharfrichter mit einer langstieligen Schaufel, die er in die glühenden Holzstücke schob. Als er sie herauszog, war sie voll weißer Asche. Er warf die Asche in die Luft, und der Wind wehte sie davon.

Eva sah sich um. Die Frau vor der Waggontür hielt ihr Baby in den Armen, das mit seinem kleinen Mund erst die eine Brust, dann die andere bearbeitete. Nach drei Tagen Fahrt hatte sich der Lärm schließlich gelegt, schweigend dösten die Leute vor sich hin und ließen die Köpfe hängen wie Marionettenfiguren. Sie waren eingeschlossen. Erst fuhren sie vorwärts, dann wieder rückwärts. Dann hielt der Zug an. Dann fuhren sie wieder weiter. Dann hielten sie wieder, manchmal stundenlang an einem Ort. Niemand brachte ihnen etwas zu essen oder zu trinken. Eva erschien es unmöglich, daß irgend jemand hier schlafen könne, denn aus dem Kübel drang ein unerträglicher Gestank, und ein Teil des Inhalts hatte sich über das schmutzige Stroh ergossen. Doch den meisten Leuten war schon alles gleichgültig. Abermals setzte sich der Zug mit einem Ruck in Bewegung. Eva drehte sich ein wenig nach links, so daß sie durch eine Ritze in der Bretterwand spähen konnte. Die Morgensonne hatte die kahlen Felder schon vom Frühjahrsfrost befreit. Keine Tiere, keine Feldfrüchte, nur ein leichter Dunst, der sich zusehends hob. Eva zwang sich, nicht an Rosa zu denken. Sie beugte sich vor und leckte heimlich das Kondenswasser von einem Eisenring in der Bretterwand. Dann blickte sie zu Mama und Papa, die sich hilflos aneinanderlehnten. Gedemütigt kauerten sie auf dem Boden, von den anderen kaum zu unterscheiden. Anfänglich noch bemüht, Ordnung und Disziplin aufrechtzuerhalten, hatten sie bald resigniert, und jetzt saßen sie nur noch schweigend da. Andere hatten ebenfalls versucht, zur Einhaltung von Anstandsregeln aufzufordern, waren aber allesamt niedergebrüllt worden. Mama und Papa alterten vor Evas Augen. Aber wenigstens schienen sie schlafen zu können, während Eva wach gehalten wurde von der Angst vor dem Kommenden, vor der Möglichkeit, auseinandergerissen zu werden. Auf dem Bahnhof hatte Mama sie beschworen, um ihr Leben zu kämpfen, falls sie voneinander getrennt würden, aber Eva hatte sie beruhigt. Doch nun waren Mamas Ängste auch die ihren. Und dann merkte sie, daß die beiden alten Männer in der hinteren Ecke sie noch immer anstarrten. Mit ihren Bärten sahen sie wie religiöse Männer aus, doch der lüsterne Blick auf ihren Gesichtern widersprach dieser Annahme. Der ältere der beiden trug einen weißen Schal und warf ihr ein zahnloses Lächeln zu. Eva schaute weg und rückte in Gedanken noch näher an ihre Eltern heran.

Schließlich fanden wir einen Namen für das kollektive Leiden der Überlebenden. Diese bedauernswerten Menschen haben eine Fülle von Symptomen zu ertragen, wie etwa Schlaflosigkeit, Scham, chronische Angst, Kommunikationsstörungen, und sie sind suizidgefährdet. Sie können oft nicht richtig trauern, weil sie befürchten, mit diesem Akt der Selbstäußerung die Toten – meist geliebte Menschen – aufzugeben, sie letztlich der Vergessenheit zu überantworten. Ihr Zustand ist Ausdruck ihrer Loyalität gegenüber den Verstorbenen, ihr Leiden ist eng mit der Erinnerung verknüpft. Weitergehen heißt vergessen. Vergessen ist ein Verbrechen. Wie kann man sich erinnern und gleichzeitig weitergehen? Das ist schwierig. Personen, die in extremer Weise von diesem Zustand betroffen sind, ist im Grunde kaum noch zu helfen. Am Ende legen sie sich einfach hin, um zu schlafen, und weigern sich, aufzustehen. Nach all den Erfahrungen, die ich sammeln konnte, brauche ich einem Patienten nur in die Augen zu sehen, um zu erkennen, wie kritisch sein Zustand ist. Doch damals, als uns das ganze Ausmaß des Schreckens noch nicht klar war, als wir noch keinen Namen dafür hatten, wußte niemand von uns, womit wir es eigentlich zu tun hatten.

Ich starre über das Meer, während unser Schiff im Angesicht des heraufziehenden Unwetters zu schlingern beginnt. Ich verstehe nicht viel von Navigation, bin aber überzeugt, daß wir schon ein ganzes Stück von unserem Kurs abgekommen sind, und der heftige Sturm dürfte uns nur noch weiter von unserem Ziel abbringen. Doch diese militärischen Gedanken, so unangenehm sie sind, beherrschen mich nicht. Mein Weib. Immer nur mein Weib. Ich entsinne mich meines kurzen Werbens und der Freude, mit der sie meinen Antrag annahm. Ich erinnere mich an unseren heimlich geschlossenen Bund und die Fahrt im Mondschein zurück zu meinem Quartier. Als der Morgen über dieser zauberhaften Stadt dämmerte, kam der Bote des Dogen und bestellte mich in den Palast, wo ich meine letzten Anweisungen in Empfang nehmen sollte. Da versprach ich meinem Weib, bald wieder an ihrer Seite zu sein, wie es dann auch geschah. Doch wir wurden verraten von dem, der uns getraut hatte, und ihr Vater erfuhr von unserer heimlichen Vermählung und erhob bittere Klage. Derselbe Mann, der mich an seine Tafel gebeten hatte und auf dessen Betreiben hin ich zum General ernannt worden war, erklärte nun, daß ich seiner Tochter nicht würdig sei. Mit ihr wurde ich in den Palast bestellt, und dieser kleine und unverschämte Mann beschuldigte mich vor dem Dogen und seinen Senatoren des Treubruchs und seine Tochter noch schlimmerer Dinge. Doch es war Krieg, und ich hoffte, daß der Doge die ungewöhnliche Form unserer raschen Vereinigung tolerieren würde, weil er auf meine

Dienste nicht verzichten mochte. Und tatsächlich, er wandte sich an meinen Schwiegervater und erklärte, daß nichts Unschickliches passiert und, wie er finde, seinem General kein Vorwurf zu machen sei. Zum erstenmal hatte er mich als seinen General bezeichnet, worauf ich nicht wenig stolz war.

Mein Schwiegervater erschrak bei diesen Worten des Dogen und zitterte sogar ein wenig. Meine Frau machte einen Schritt nach vorn, als wollte sie mich verlassen, doch irgend etwas erinnerte sie an ihre Pflicht, und sie blieb. Der Senator, der sichtlich nach Luft rang, wankte am Arm eines Kammerdieners zur Tür, blieb noch kurz stehen, um erst mich zu verfluchen und dann seine Tochter mit der Bemerkung zu verstoßen, daß eine Frau, die ihren eigenen Vater derart hintergehen könne, falsch sein müsse. Er erinnerte die Anwesenden daran, daß seine schöne Tochter manch gute Partie ausgeschlagen und viele junge Herzen gebrochen habe – wozu? Um ihren Vater, ihre Familie und die Republik zu verraten und eine Person wie mich zu heiraten? Er lachte bitter bei diesem Gedanken, so daß ich versucht war, die versammelten Würdenträger darauf hinzuweisen, daß ich, anders als mein Schwiegervater, von königlichem Geblüt bin und eine Abkunft vorweisen kann, die so edel ist, daß sie nicht einmal durch Sklaverei befleckt werden kann. Doch ich zog es vor zu schweigen. Bevor mein Schwiegervater den Saal verließ, erinnerte er die Anwesenden noch einmal daran, daß diese Frau hinfort nicht mehr als seine Tochter anzusehen sei.

Die Bösartigkeit, mit der mein Schwiegervater seine abschließende Bemerkung in den Saal warf, versetzte den Anwesenden einen Stich. Doch mein neues Weib hielt mir standhaft die Treue und ging auf die Verleumdungen des Vaters nicht ein. Ich ersuchte den Dogen, ihr die Mitfahrt nach Zypern zu gestatten, und sie schloß sich flehentlich meiner Bitte an. Der Doge, der unsere Liebe erkannte, willigte ein und schlug vor, daß meine Frau, begleitet von einem Offizier meines Vertrauens, in ein, zwei Tagen nach

Zypern reisen solle. Wir dankten ihm auf das herzlichste und verabschiedeten uns, um die wenige noch verbleibende Zeit miteinander verbringen zu können. Um die Mittagsstunde mußte ich aufbrechen, doch zuvor gedachte ich meine Frau einem Offizier anzuvertrauen, dessen Schiff etwas später auf Zypern eintreffen würde als das meine. Bevor ich mich aber auf die Suche nach einem geeigneten Offizier machte, blieben uns noch ein, zwei Stunden, um der Liebe zu pflegen.

Nach Überprüfung der Takelage meldet sich der Bootsmann bei mir und teilt mit, daß Zypern nach seiner Kenntnis noch ein gutes Stück hinter dem Horizont liege. Er bestätigt, daß unsere Reise wegen des Sturms sowohl länger dauern als auch gefährlicher sein wird als angenommen, und rät mir, mich unter Deck in Sicherheit zu bringen. Ich danke ihm für seine Anteilnahme und versichere, daß ich ihm bald folgen werde, doch die Nacht bricht herein, und ich muß an meine Heimat denken. Ich bin allein auf dem Meer, niemand meinesgleichen ist bei mir, niemand, mit dem ich Erinnerungen austauschen, niemand auch, mit dem ich mich in der Sprache unterhalten könnte, die mir am leichtesten von der Zunge geht. Heerführer zu sein ist immer eine einsame und beschwerliche Sache, vor allem in Kriegszeiten, aber dies ist eine Einsamkeit, wie ich sie noch nie zuvor erlebt habe. Die Anwesenheit meiner Frau würde mein Elend gewiß ein wenig lindern, inwieweit sie freilich das tief in mir schlummernde Herzensleid lindern könnte, vermag ich nicht zu sagen. Ein junger Offizier tritt vor mich hin, ein Mann mit tadellosen Manieren, aber noch nicht gehärtet in der Hitze der Schlacht. Er schlägt vor umzukehren, bevor die Dunkelheit uns völlig umfangen hat, denn ein Teil der Besatzung fürchtet, daß es zu einem wütenden und lang anhaltenden Sturm kommen wird. Ich mustere den Mann und bemühe mich, meinem Blick etwas Freundliches zu geben, denn er begreift nicht. Wir können nicht umkehren. Es gibt kein Zurück. Das hieße, Schande über sich zu bringen. Ich rufe:

»Soll der Sturm sein Werk vollbringen!« Und dann erinnere ich ihn daran, daß wir Soldaten sind. Wir haben einen Auftrag. Wir können nicht umkehren.

VENEDIG: Eine Stadt am nördlichen Ende des Adriatischen Meeres, verteilt über rund einhundertzwanzig Inseln. Im fünfzehnten und sechzehnten Jahrhundert errichtete der unabhängige Stadtstaat ein Kolonialreich, das sich über den größten Teil des östlichen Mittelmeers erstreckte. In dieser Zeit war Venedig berühmt für die Schönheit seiner Kunstwerke, die Pracht seiner Kanäle und die wirtschaftliche und politische Macht seines Regierungssystems. Der Niedergang der Stadt begann gegen Ende des siebzehnten Jahrhunderts, wenngleich Venedig dank seiner Kunstschätze seinen Ruf als berühmtes Kulturzentrum behielt. Heute überlebt die Stadt vor allem durch den Tourismus. Besonders zu schaffen machen Venedig die Verschmutzung von Luft und Wasser sowie die regelmäßig auftretenden Überschwemmungen.

GHETTO: Mit dem Wort Ghetto soll erstmals jenes im Norden von Venedig gelegene Viertel (ein »sumpfiger und ungesunder Ort«) bezeichnet worden sein, das den Juden im sechzehnten Jahrhundert zugewiesen wurde. Ghetto (ital.) heißt wörtlich »Gießerei«. Unweit des Judenviertels befand sich nämlich eine stillgelegte Gießerei. Ghettos sind im allgemeinen übervölkert, sie beeinträchtigen das Selbstwertgefühl ihrer Bewohner.

In der Nacht erhängte sich der ältere der beiden Männer, indem er sich mit seinem weißen Schal an einem Eisenhaken im Viehwaggon aufknüpfte. Ein paar Leute versuchten, ihn davon abzubringen, doch er trat so kräftig um sich, daß sie von ihm abließen. Eva wandte das Gesicht zur Seite und hielt sich die Ohren zu. Sein Gefährte, der andere Bärtige, nahm ihn vom Haken ab. Und dann war wieder Schweigen. Eva sah eine Frau mit offenem Mund schlafen und überlegte, wie sie es schaffte, nicht zu ersticken, denn der Gestank war unerträglich. Schlief sie wirklich? Träumte sie vielleicht? Und dann hielt der Zug wieder an. Der Viehwaggon war ganz vorn, so daß Eva hörte, wie das Geräusch der Lokomotive erstarb. Stille. Ringsum Stille. Einige Stunden später lautes Zischen und Rütteln, und dann zerrte die Lokomotive abermals am Gewicht des Zuges. Eva fragte sich angstvoll, ob sie stark genug sei für das, was auf sie zukam, ob sie es überleben werde. Sie blickte zu ihren Eltern, die sich jetzt aneinanderklammerten, wie sie es noch nie gesehen hatte. In ihren Gesichtern lag eine angespannte Müdigkeit, die wohl kein Schlaf würde vertreiben können. Und dann bemerkte sie ein Mädchen, so alt wie sie, vielleicht auch etwas älter. Sie hatte ihre Tage, konnte das Blut aber nicht länger verbergen. Eva fühlte mit ihr in diesem Moment der Erniedrigung, mehr als sonst jemand. Sie lagen auf Stroh, das von Kot und Erbrochenem getränkt war, es gab keine Klassen, keine sozialen Unterschiede mehr. Eva sah einen Jungen, der fast wahnsinnig vor Durst den Schweiß vom fiebrigen Arm seiner Mutter leckte. Unablässig suchten sie alle nach Erklärungen für ihre gegenwärtige Situation. Doch hungrig und müde, wie sie waren, breitete sich schließlich eine dumpfe Gefühllosigkeit in ihnen aus, während der Zug immer weiter dahinratterte.

Ein lang anhaltender Pfeifton. Dann Krachen, Rütteln. Gebrüllte Kommandos schallen durch das Dunkel. Die Türen der Viehwaggons werden aufgerissen. Rauchfahnen steigen in die nächtliche Luft. Irgendwo in der Ferne brennt es. Kaum jemand kann stehen, ohne sich irgendwo abzustützen. Für Fragen ist keine Zeit. Männer klettern in den Waggon, merkwürdig aussehende Figuren in gestreiften Hemden und schwarzen Hosen, und fangen an, die Leute hinauszuschieben, hinaus auf den Bahnsteig. Wie ist es möglich, einen solchen Haß auf Menschen zu empfinden, die einem nichts getan haben? Süßlicher Geruch schlägt ihnen in die erschöpften Gesichter. Sie stehen da und sehen sich um. Scheinwerfer tauchen den Nachthimmel in helles Licht. Die Leute trotten weiter, ohne ihr Gepäck, das zurückzulassen man sie aufgefordert hat. Nein, ich muß das mitnehmen. Habt ihr kein Mitleid? Eine Kugel beantwortet die Frage. Leute steigen über die Leiche hinweg. Kinder starren ungerührt auf das Blut, das über den Bahnsteig fließt. Eine unaufhörlich blühende Blume. Schlurfen. Schlurfen. Nervöse Hunde an kurzen Leinen springen senkrecht in die Luft. Hungrig. Wütend. Jämmerliche Gestalten klammern sich schwach an ihr bißchen Leben und überlegen, ob sie sich das Recht weiterzuleben vielleicht durch harte Arbeit verdienen können. Und nun das offizielle Empfangskomitee, Menschen aus Haut und Knochen. Hohle Gesichter, grotesk deutliche Schädel, eingefallene Schläfen, abstehende Ohren. Männer, die sich schon akklimatisiert haben. Sie werfen uns verstohlene Blicke zu, sie wollen sprechen, sie wissen zuviel, man hat ihnen die Zunge herausgerissen, sie haben es gewagt, so lange am Leben zu bleiben. Sie sprechen niemanden persönlich an. Du bist achtzehn, hast einen Beruf. Gib das Kind seiner Großmutter. Gib das Baby weg. Und dann, am Ende des langen Bahnsteigs, ein Mann in Uniform, der die Gabe höchster Selbstsicherheit besitzt. Er zeigt zuerst hierhin, dann dorthin, erst in diese Richtung, dann in die andere, ohne Rücksicht auf zusammengehörende Familien. Schicksal ist eine Bewegung seiner Hand. Vielleicht eine rasche Frage, sicherheitshalber. Äußeres kann täuschen. Wie alt? Gesund oder krank? Die Alten, Schwangeren, Jungen, Kleinen, Schwachen. Dorthin. Schnell, schnell. Beeilung. Schon dröhnt aus einem Lautsprecher der Befehl, sich vollständig auszuziehen. Prothesen und Brillen ablegen. Die

Schuhe zusammenbinden. Alle Wertsachen gegen Empfangsbestätigung abgeben. Kinder gehen mit den Frauen. Wo sind wir? Die Dünnen und Gebrechlichen dort entlang. Alle Goldringe, Füllfederhalter und Ketten. Schnell, schnell. Wo ist Gott? Wo ist dein Gott? Eine alte Frau spricht leise mit sich selbst, als ginge sie in einem friedlichen Krankenhauspark spazieren. Ein Gewehrkolben trifft ihre Stirn. Vor dieser Brutalität schmilzt sie dahin wie Schnee in der Sonne. Schnell, schnell. Ein uniformierter Halbwüchsiger tritt einen alten Mann. Dann lacht er. Der alte Mann bleibt stehen und sieht ihn an. Ich bin dein Vater. Er lädt seine Waffe wieder. Ich bin dein Vater. Bei jedem Schuß lacht der junge Mann lauter. Ich bin dein Vater. Und dann nimmt der junge Mann die Pistole aus seinem Halfter und schießt dem alten Mann in den Kopf, wie einem kranken Hund. Ich bin Buchhalter. Ich bin Zimmermann. Ich bin Zahnarzt. Nach links. Im Totenregister werden sie erst später erscheinen. Ich bin schwanger. Ihr Name wird nirgends erscheinen. Nicht einmal gezählt. Sie schließt sich der rechten Kolonne an, die sich (in Fünferreihen) zum Duschen voranbewegt. Ein Hüftgürtel aus fleischfarbenem Gummi. Nach rechts, bitte. Hängt eure Sachen ordentlich auf die Haken. Merkt euch die Nummer. Hängt sie auf die Haken. Hier ist das Handtuch. Hier ist die Seife. Hier ist das Handtuch. Hier die Seife. Ausziehen, bitte. Ihr geht in den Himmel. Bindengürtel werden heruntergerissen. Überall Blut. Scham. Scham. Da! Diese Männer, die nicht den Anstand haben, wegzusehen. Dusche. Für die Glücklichen kein Gas. Danke, lieber Gott. Uniformen. Überall Stacheldraht. Elektrisch geladen. Überall Stacheldraht. Oben der Himmel. Wo ist Gott? Wo ist euer Gott? Mama und Papa sind in die eine Richtung gegangen. Mama drückt meine Hand und flüstert. Es wird alles gut. Papa sieht mich an, und seine Augen sagen dasselbe. Und dann denke ich. Er hat es die ganze Zeit gewußt. Seit jenem Tag im Café, das Paar gegenüber, heimliche Verliebte, und die Serviererin, die Wein und Kaffee für Vater und Tochter bringt. Und dann

Lena. Papa wußte damals, an dem Tag, als sein Freund begraben wurde, daß er seiner jüngsten Tochter diese vier Wörter würde sagen müssen. Es wird alles gut. Doch nun ist die Zeit gekommen, und Papa hat keine Worte mehr. Er dreht sich um und geht nach rechts. In Mamas Augen stehen Tränen. Eine Frau schiebt mich von hinten weiter, so daß ich stolpere, in eine andere Richtung. Und dann höre ich überall um mich herum Stimmen, erst ruhig und nervös, dann lauter. Wir starren nach rechts, zu denen, die weitergehen zu den Duschen. Sein erhabener Name werde groß und geheiligt *Amen* in der Welt, die Er nach seinem Willen erschaffen hat. Sein Reich erstehe in eurem Leben und in euren Tagen und im Leben des ganzen Hauses Israel, bald und in naher Zeit. *Amen. Sein großer Name sei gepriesen in Ewigkeit.* Sein großer Name sei gepriesen in Ewigkeit. Stimmen erheben sich. Alle starren nach rechts. Die Schornsteine spucken Rauch. Ein süßlicher Geruch. Wir atmen tief ein, um weiterzuleben. Wir füllen unsere Lungen und starren hin. Rauchsäulen steigen in den nächtlichen Himmel. Ein rotglühender Schein. Der Rauch flüstert die Wahrheit, doch in diesem Moment will niemand zuhören.

Eine Frau schneidet mir mit einer großen stumpfen Schere die Haare ab. Die Vorstellung, Schmerzen zuzufügen, scheint der Frau zu gefallen. Sie spricht: Während du noch ins Theater gegangen bist, waren wir schon hier. Jetzt lächelt sie mich an. Die Haare auf meinem Kopf, die Haare unter meinen Armen, die weichen Haare zwischen meinen Beinen. Bete ruhig. Du weißt, wo deine Mutter ist, nein? Ich sehe mich um. Unsere Köpfe sind kahl. Sonderbar. Wir sehen alle gleich aus. Groteske Gestalten, nackt und ohne Haare. Dort in dem Schornstein, dort ist sie. Und dann desinfizieren wir unsere Füße in lila Wasser, dann duschen wir. Und dann werden wir mit weißem Zeug eingesprüht, und wir raufen uns um Kleider. Ich versuche, meinen Namen zu vergessen.

Ich sage mir, daß ich Eva wegschließen werde, an einen sicheren Aufbewahrungsort, bis alles vorbei ist. Eva weigert sich aber schon, versteckt zu werden. In meinem Hals ist kein neuer Name. Eva will nicht verschwinden.

Drei ganze Tage hindurch hielten wir dem tobenden Ansturm des Meeres stand, ehe unser übel zugerichtetes Schiff schließlich Zypern erreichte. Es dämmerte schon, und ein großes Kontingent meiner Armee hatte sich zu meinem Empfang am Ufer versammelt. Die Erleichterung stand den Männern ins Gesicht geschrieben. Der Sturm hatte sie in eine günstigere Richtung getrieben, so daß sie Zeit wettmachen und sicher an Land gehen konnten. Nachdem ich meine Soldaten begrüßt und die erfreuliche Kunde erhalten hatte, daß die türkische Flotte dem Wüten des Meeres zum Opfer gefallen sei, bat ich darum, unverzüglich zu meinem Weib gebracht zu werden. Mein Leutnant, Michael Cassio, Mathematiker und Philosoph aus Florenz, versicherte mir, daß sie sich in der Gesellschaft meines Fähnrichs befinde, dem ich sie anvertraut hatte. Bis wir Nachricht aus Venedig erhielten, würden uns gewiß noch ein paar Tage bleiben. Ich beschloß sofort, diese wertvolle Zeit zur Hälfte mit meiner Frau, zur Hälfte mit meinen Offizieren zu verbringen, aber zunächst mußte ich unbedingt ruhen, denn ich gestand mir offen ein, daß ich nicht mehr der junge Titan früherer Zeiten war, den keine Schlacht ermüden konnte. Nach einer Nacht süßen Schlummers würde ich meine freie Zeit damit zubringen, noch mehr über diese Leute zu erfahren, die nun meine Landsleute waren. Hier auf Zypern, wohin mich das Schicksal verschlagen hatte, würde ich unversehrt an Leib und Seele die Gebräuche der Venezianer weiter studieren können, ehe ich schließlich in die Stadt zurückkehren würde, um dort ein neues Leben zu beginnen. Als General und Statthalter erließ ich jedoch zuallererst den Befehl, daß binnen einer Stunde ein großes Festgelage beginnen solle, nicht nur anläßlich der

Vernichtung der gottlosen Türken, sondern auch zur Feier meiner glücklichen Vermählung mit der schönen Desdemona. Vor Beginn des Festmahls nahm Michael Cassio mich beiseite und teilte mir mit, daß mein Schwiegervater kurz nach meiner Abreise verstorben sei. Ob aus Kummer oder Zorn oder aus irgendeinem anderen Grund, wollte er mir nicht sagen, aber ich dankte ihm für die Überbringung der Nachricht. Meinem guten Cassio zufolge hatte meine Frau nach außen hin keine Trauer gezeigt, also wiederholte ich meinen Befehl, daß binnen einer Stunde die Festlichkeiten beginnen sollten, und ich ermahnte meine Leute, sich auf eine Nacht des Feierns einzustellen, die sie nicht so schnell vergessen würden.

OTHELLO: Drama von William Shakespeare. Entstanden vermutlich zwischen 1602 und 1604 und uraufgeführt im Jahre 1604. Angeregt wurde das Stück durch Giraldi Cinthios *Hecatommithi*, eine Sammlung italienischer Novellen, die 1566 in Venedig erschien und von etlichen elisabethanischen und jakobinischen Dramatikern als Vorlage verwendet wurde. Die ersten Szenen des Shakespeareschen Stückes gehen auf den folgenden Satz bei Cinthio zurück:

»Es begab sich aber, daß ein tugendhaftes und wunderschönes Fräulein namens Disdemona sich in den Mohren verliebte, nicht aus weiblicher Begierde, sondern um seiner Fähigkeiten willen, worauf jener, hingerissen von der Schönheit und edlen Art des Fräuleins, sich seinerseits in sie verliebte.«

Morgens wartete sie seufzend auf die Sonne (Der schlimmste Moment eines jeden Tages. Ich öffne die Augen und fühle Schmerz) und dachte über ihre Situation nach. (Wie lange, Winter? Wie lange?) *Ich erblickte sie unter diesen verlorenen Seelen, als sie sich gerade den Strick um den*

Hals legen wollte. Mama! rief ich. Mama, nein! Sie sah mich an und sprach leise, ohne ihre Vorbereitungen zu unterbrechen. Sie sagte: Ich bin nicht deine Mama. Ich wußte, daß sie mich erkannt hatte, dieses zerlumpte Etwas aber nicht zur Tochter haben wollte. Ich lachte, wie über einen Witz, wollte sie beschämen. Da hielt sie inne und nahm den Strick von ihrem Hals. Du bist also zurückgekommen zu mir, mein Kind? Sie berührte meinen Arm. Ja, Mama, ich bin zurückgekommen. Da lächelte sie traurig. Nun betrat Papa die Traumwelt. Er war elegant gekleidet und ging auf einer breiten Straße in der Nähe des Rathauses. Sie bat darum, in Ruhe gelassen zu werden, denn alle wußten, daß man Menschen nicht aus einem Alptraum reißen soll. Die Realität war viel schrecklicher. Alpträume waren erträglich. *Er näherte sich dem Mann und fragte liebenswürdig: »Verzeihung, können Sie mir bitte sagen, wo die amerikanische Botschaft ist?« Der Mann musterte ihn von oben bis unten, als könnte er eine solche Unverschämtheit nicht verstehen. (Er war etwas jünger als Papa.) Dann trat er einen Schritt zurück und versetzte Papa mit seinem Spazierstock einen solchen Schlag, daß Papa hinfiel. Ich sah zu, sagte aber nichts. Ich beobachtete, wie der jüngere Mann sich in der Nachmittagssonne entfernte, und dann blickte Papa zu mir hoch, das Gesicht rot und gezeichnet, und er versicherte mir, daß es nicht weh tue.* Sechs Leute auf einer Holzpritsche, über ihnen sechs Leute, unter ihnen sechs Leute, wenn einer sich umdreht, drehen alle anderen sich mit ihm um, aneinandergedrängt wie Vieh, eiskalte Nächte, greif zum Kübel oder mach auf die Pritsche. Halte durch. Halte durch. Schlaflose Nächte. Neuankömmlinge, die in einer neuen Sprache fluchen und sich streiten. Unangenehme Leute. Hartnäckig scheint das Mondlicht durch Fensterscheiben, die mit Eisblumen überzogen sind. Und dann ist Morgen. Geh auf und scheine. Von einer Nachbarin hat sie soviel Körperwärme abbekommen, daß sie einen Moment schlafen und träumen kann. Ein Menschenleben ist billig. (Manchmal glaube ich, daß ich sogar jemanden küssen würde, wenn das ein Weg zum Überleben wäre.) Junge Körper, verrostet wie alte Wasserhähne. (Drück fest, dreh auf, tropf, tropf, Rost auf meinen Fingern, wenn das ein Weg zum Überleben wäre.) Wertlos. (Soll meine Geschichte vielleicht keine Fortsetzung haben?) Wenn sie ihre Haltung sich selbst und anderen gegenüber nicht änderte, würde sie unter Scharen wütender Fliegen sterben. (Am Morgen bergeweise Leichen. Bei ihrem Anblick frage ich mich: Wenn ich überlebe und wenn ich ihren Männern oder Kindern oder Eltern begegne und falls sie mich nach ihren Lieben fragen, was soll ich sagen? Soll ich von dem Schrekken in ihren Augen berichten? Soll ich sagen, daß wir alle in diesen entsetzlichen Jahren irgendwann den Wunsch hatten, auf unseren geschwollenen Füßen vorwärts zu wanken und einfach in den Graben zu fallen? Leicht. Aber der Versuch, am Leben zu bleiben, war furchtbar. Soll ich ihnen davon erzählen? Daß der Körper beginnt, sich selber aufzuessen. Fett. Fleisch. Muskeln. In dieser Reihenfolge. Wenn man nicht entschlossen dagegen ankämpft, ist bald nur noch die Kraft übrig, das Licht auszuschalten.) Aber dieser Tod ist eine banale Angelegenheit. Er ist zu etwas Alltäglichem geworden, wie die Läuse, die sich in die Achseln vorarbeiten. Nur vor Typhus hat man Angst, denn dann platzt einem der Kopf, der Körper zittert, die Gedärme und der Bauch tun so höllisch weh, daß man sich in seinen Exkrementen windet. Der Rest ist Routine. Jeden Tag gibt es Untersuchungen. Männer und Frauen nur dem Namen nach, ein unästhetischer Tropfen Menstruationsblut signalisiert den Tod, eine weißbelegte Zunge signalisiert den Tod. An den Handgelenken über den Hof gezerrt, der Kopf hämmert seinen letzten Widerstand hinaus. Aber sie dürfen nicht vergessen, sich mit dem Kaffee zu waschen, sie dürfen nicht vergessen, sich sauberzuhalten. Einander nach Läusen abzusuchen wie die Affen. Abgemagert inzwischen bis auf das Skelett, bedeckt von Haut, die straff ist und übersät mit Flecken und Stichen. Kahle Schädel und glühende Augen. Dies waren Frauen, die einmal geliebt haben, jetzt verfaulen sie wie weggeworfene und übelriechende Früchte. Begraben in ihrem eigenen Dreck. (Begraben im eigenen Dreck.) So hungrig, daß sie an einem Schuh kauen, unablässig sich erleichternd, stinkende Skelette. Ekelhaft. Es liegt in der Natur der Sache, daß die Älteren vor den Jüngeren sterben, die Erwachsenen vor den Kindern. Und noch immer treffen sie ein. Neuankömmlinge. Verstehen die Sprache der gebellten Befehle nicht. Und an manchen Tagen ist der Rauch, der aus den Schornsteinen quillt, so dicht, daß er die Sonne verdunkelt. (Einmal ging ich nah an einem Schornstein vorbei. Ringsum lag aschgrauer Schnee auf der Erde. Das freundliche Kleid der Jahreszeit verunstaltet.) Sie sehen zu den Wärtern. Diese Neuen kennen den Text zu diesem Lied nicht. Der geschichtliche Zufall schenkte dir dein kostbares goldenes Gesicht, doch die dir zugemessene Zeit wird dich zu einem blutleeren Ort tragen. Aber vielleicht werden sie den Text lernen. Einige von ihnen. (Schaut uns an! bitte ich die Neuankömmlinge. Versteht ihr nicht?) Beim Anblick dieser Affenmenschen mit ihren rasierten Schädeln empfinden die Neuankömmlinge Mitleid. Die Affenmenschen haben aber nicht mehr zu verschenken als Blicke und geflüsterte Warnungen. Die Affenmenschen hören das Schweigen nicht mehr. Sie fragen nicht mehr: Wohin werden sie uns bringen? Einmal hat sie einer Schwangeren geholfen, sich ihres Kindes zu entledigen. (Ich habe zu ihr gesagt: Wir waren wie ihr. Gesund, mit schönen Körpern. Mit langen Haaren. [Mama und Papa sind noch immer in meinen Gedanken.] Und Brüsten.) Ihre vollen Brüste, bald werden sie verschwinden. Etwas wie ein Kieselstein in der Nähe der Brustwarze, der sie in die Länge zieht. Dann schrumpft der Sack. Wird kürzer. Und dann wird sie zu einem Mann. Keine Brüste. Rauchsäulen. (Ich sollte für Margot leben. Nur Margot jetzt.) Die Neuen dürfen ihre Namen nicht vergessen. Ohne Namen wird niemand wissen, wer sie sind. Niemand wird wissen, wer sie war. Morgen. Guter Morgen. Auf dem Fußboden liegen erfrorene Mäuse neben Brotkrümeln, die zu zerbeißen sie zu schwach waren. Sie muß zur Latrine. Schnell. Es gibt aber keine Latrinen in den Baracken. (Ich versuche zu vergessen, daß eine Verunreinigung des Körpers auch eine Verunreinigung des Geistes ist.) Schnell. Die Kübel hier dürfen nur nachts benutzt werden. Kübel, die bald voll sind. Und am Morgen halb ausgeleert, denn ein Kübel, der nur zu drei Vierteln voll ist, läßt sich leichter tragen. Dann der Morgen. Schnell. Öffentliche Demütigung. Keine Privatsphäre. Ein winziges Kabuff, menschliche Exkremente bis zu den Knöcheln, ein Gestank, der einem den Atem nimmt wie eine Wolke, sie sitzen nebeneinander wie die Hühner, bespritzen einander, explodieren, schnell, rasch, dies ist kein Ort zum Grübeln, kein Papier, nichts zum Abwischen, geprügelt mit einem Stock, das Zeug klebt an den Sachen, rinnt die Beine hinunter, nichts zum Waschen, eine erkältete Blase bedeutet, daß man sich mit Urin waschen kann, Träume vom Kübel, der sich, sobald er voll ist, über nackte Beine ergießt, widerlich warm, aber zumindest etwas Wärme. Schnell. Nach draußen. (Ich fühle mich schuldig, denn Papa hat immer gesagt, ich soll mich nie auf eine fremde Toilette setzen.) Am Himmel ziehen Wolken. (Bevor ich arbeite, muß ich etwas essen.) Ein Stück Brot ist ein Rettungsring. Vor lauter Hunger führen sie sich manchmal wie wilde Tiere auf und würden ohne weiteres für ein Stück Brot töten. (Die schmutzigen, unkultivierten Leute aus dem Osten waren mir unsympathisch.) Ein hungriger Körper ist eine Beleidigung für die Menschenwürde, aber weshalb Zeit verschwenden? Warum einen absterbenden Baum gießen? (Warum Zeit für diese Menschen vergeuden?) Blechnäpfe mit Suppe. Warmes Wasser, in dem ein paar Graupen schwimmen. Ein Stück Brot. Kaffee? Wasser, versetzt mit bitterer schwarzer Farbe. Sie nimmt die warme Flüssigkeit, um sich damit die Haare zu waschen. Nichts wird vergeudet, nichts aufgehoben. Der einzig sichere Aufbewahrungsort ist der Bauch. Eine Ernährung, die binnen weniger Wochen zum Tod führte, wenn man nicht stahl. (Jeder gehorcht den Spielregeln eines anderen. Soviel habe ich begriffen.) Leck deinen Löffel ab. Leck deinen Löffel ab. Keine Uhr. Keine Zeit. Jetzt nur die Arbeit. Ab zur Arbeit. Die Erde schmerzt unter dem schweren Tritt der Füße. Vage Gedanken dringen langsam in verwirrte Köpfe. Heute verbrennen sie weiter Leichen. (Ich verbrenne Leichen.) Brennende Leichen. Zuerst macht sie Feuer. Ein wenig Benzin ausgießen, einen Fidibus machen, dann den Scheiterhaufen anzünden. Warten, bis die Flammen gegriffen haben, warten, bis Rauch aufsteigt. Angezogene Leichen brennen langsam. Verwesende Leichen brennen langsam. In Gedanken schreit sie: Frische und Nackte, bitte. Frauen und Kinder brennen schneller als Männer. Am schnellsten brennen frische nackte Kinder. Schau nicht zu jenen, die zusehen. (Ich weiß immer, wo die nächsten Wächter sind. Ich weiß immer, was sie machen. Ich melde mich nie freiwillig.) Heute nacht werden sie sich mit König Alkohol betäuben, und dann werden sie wie die Reiher kotzen. (Ich sehe nicht zu ihnen hin. Fünfzig Peitschenhiebe. Oder ein schneller Schuß und eine rasche Himmelfahrt.) Eine Frau wickelt eine schriftliche Nachricht um einen Stein und wirft ihn hoffnunglos in Richtung Zaun. Ihre Zehen sind schon abgefroren. Sie kann nicht tanzen. Sie muß ihr eigenes Grab ausheben, die Schaufel kratzt auf der widerspenstigen Erde. Das dumpfe Geräusch der Lehmbrocken, die zur Seite fliegen. Die anderen Frauen schauen zu und wagen es zu weinen. Sie steigt hinein und legt sich in die Grube, die Arme über der Brust gefaltet, die Schaufel neben sich. Sie halten ihr den Gewehrlauf fast an die Schläfe. Dann schießen sie. Ihr Kopf fällt nach hinten, man sieht ihre Zähne. Ein Auge starrt leer nach oben. Liebe, gute Mutter Erde, wir reißen tiefe Wunden in deinen heiligen Leib. Wenn es regnet, verwandelt sich die Erde in Schlamm. (Ich stehe bis zu den Knöcheln in Schlamm.) Ein furchtbarer Durst, verursacht von Gestank und Rauch. Doch nun zur Schlucht. Bevor sie gehen, noch schnell einen Schuß und noch einen in die Luft. Wieder hat der Tod eine Seele umgerissen. Der Tod, der musikalisch über die Erde tänzelt, wirbelt, die Arme weit auseinander, den Kopf zurückgeworfen, ist so glücklich, so leichtfüßig, so frei. Eine reizvolle Einladung. Der Boden in der Schlucht ist feucht, die Gräber acht Wochen alt, sie zieht Teile heraus – Schädel, die sich leicht vom Rumpf lösen – und legt sie in Körbe und trägt sie dann zurück zum Verbrennen. Und dann geht sie wieder in die Schlucht, steht bis zu den Knien in verwestem Fleisch, das sich von den Knochen löst, freu dich, tu so, als würdest du arbeiten oder graben, und jeder, der Zeit zum Beten findet, wird an geistiger Mobilität sterben. Schau in die toten Gesichter. Die Augen eingesunken und trüb, Augen, die einmal glücklich funkelten. Münder, die einmal klugen Rat gaben und ermutigten, stehen jetzt offen. (Ich sehne mich nach frischen Körpern.) Schau, dort drüben. (Bitte, mach, daß ich keinen Bekannten entdecke.) Die Nacht bricht herein wie ein Vorschlaghammer. Wir kehren zurück. Mit unseren Werkzeugen und Kesseln, der schweren Last. Aber den Schmerz kann man besiegen, Hunger nicht. Sie schlurft auf ihren dünnen Beinen weiter, ihre trockenen, geschrumpften Lungen keuchen. Versehrte Körper. Ein Stacheldrahtwald, erleuchtet von starken Scheinwerfern. So hell, es sieht wie ein Foto aus. Und wieder der Mond. (Ich sehe den Mond. Noch immer schwanger. Jeden Monat schwanger.) Stehe in einer Schlange von Menschen mit großen Köpfen, und in ihren großen Köpfen sind nur die Augen lebendig. Immer die Augen. Ein Stück Schwarzbrot, zehn Zentimeter dick. Flüstern. Brot? Noch ein Brot? Fünfundzwanzig Peitschenhiebe für das Brot eines anderen. Ein gutes Geschäft. Ein gutes Geschäft. Will jemand Brot gegen Zigaretten tauschen? Oder Kaffee? Oder etwas anderes? Flüstern. Brot? Noch ein Brot? (Ich traue niemandem.) Mißtraue deinem besten Freund. (Ich verlasse mich auf mich selber.) Sieh zu, daß dir nicht schlecht wird. Es ist Abend. Abgezählt treten sie in die Baracke. Münder bewegen sich, die Gesichter glühend vor Wut. Sie rufen Befehle. (Wörter erreichen mich nicht. Innerlich bleibe ich ruhig. Ich starre nur vor mich hin. Abwesend. Der Fötus einer jungen

Frau. Langsam sich drehend.) Ratten machen sich an Menschen heran. Ob Tote oder Lebende. Spielt keine Rolle. Die ganze Nacht wischt sie sich Mäuse von den Augen und Lippen. Es gibt einen kleinen Ofen auf drei Füßen. Aber kein Heizmaterial. *Ich kann meine Füße nicht stillhalten. Ich kann weder essen noch trinken. Es ist früh. Ich schleppe mich aus der Baracke, falle bewegungslos zu Boden. Die anderen marschieren zur Arbeit. Mit allerletzter Kraft stehe ich wieder auf. Ich kann nicht mehr. Ich sehe einfach zu, wie sie verschwinden.* Unser Hebräisch reicht für die wichtigsten Segenssprüche und Gebete. (Meine Eltern waren gerade so gläubig, daß niemand ihnen Respektlosigkeit oder Ignoranz vorwerfen konnte.) *Vor meinen Augen schwimmt der Tod. Allein jetzt im Hof. Mein Kopf fällt zur Seite. Ein Stoß im Rücken läßt mich wieder zu mir kommen. Der Mann steht über mir, ein erfrorenes Lächeln auf seinen Lippen. Ich merke, wie gesund er ist. Er hält den Revolver mit leichter Hand und spielt mit den Fingern daran herum. Und dann richtet er die Pistole auf meinen Kopf.* Ein früher Traum. Zu früh für Träume. Sechs Leute auf einer Holzpritsche, über ihnen sechs Leute, unter ihnen sechs Leute, wenn einer sich zur Seite dreht, drehen sich alle anderen zur Seite. Zusammengepfercht wie Vieh, eisige Nächte, nimm den Kübel oder mach auf die Pritsche. Halte durch. Halte durch. Und jemand flüstert, habt ihr am Freitagabend Schabbatkerzen angezündet? (Ich lache.) Und jemand spuckt und fragt dann, habt ihr heute Leichen gewaschen? (Ich lache.) Alle lachen. Sie lacht ruhig. Dumme Fragen. Und jemand lacht und fragt, habt ihr heute irgendwelche Männer gesehen, die das Kaddisch gesprochen haben? Zu viele. (Ich kann nicht lachen.) Sechs Leute auf einer Pritsche. Heute nacht. (Ich erinnere mich. Manchmal hat Mama die Schabbatkerzen angezündet. Ein schönes, zartes Licht. Kein Rauch.) Kein Rauch.

Was ich heute über diesen Zustand weiß, verdanke ich hauptsächlich Eva Stern. Nicht daß ich mit ihrem Fall besonders gut vertraut bin. Ich kannte sie kaum. Ich habe nur dieses eine Mal mit ihr gesprochen. Aber sie war es, die bei mir ein grundsätzliches Nachdenken über das Problem ausgelöst hat. Inzwischen gelte ich als Experte, besser gesagt als Spezialist, doch anfangs konnte ich nur wenige verstreute Untersuchungen dazu finden. Ich muß gestehen, daß ich bei meinem Vorgehen oft unsicher war. Nicht besonders befriedigend, aber ich konnte es mir nicht leisten, allzu wählerisch zu sein. Diese Menschen litten an überwiegend chronischen Störungen. Sie brauchten einerseits Zeit zum Vergessen, andererseits Zeit, um zu lernen, anderen Menschen wieder zu vertrauen. Leider kann man beide Prozesse nicht künstlich beschleunigen. Alles braucht eben seine Zeit. Für mich stellte sich jedoch die Frage, wie es dort drüben eigentlich ausgesehen hatte. Ich wußte, es mußte Tausende von Überlebenden gegeben haben, und folglich würde es zahllose Kollegen geben, die auf diesem Gebiet forschen. Nach dem Gespräch mit Eva dachte ich daran, selber eine Untersuchung durchzuführen. Über die deutlich erkennbare Empfindungslosigkeit beziehungsweise psychische Lähmung der Überlebenden. Nicht nur Eva, alle waren sie so distanziert. Aber zumindest am Anfang wußte ich noch nicht genug darüber.

Meine Frau lächelt. Ich strecke die Hand aus und drücke das treue Juwel an meine Brust. Das Licht der Lampe schimmert auf ihrer Haut, so daß ich fast vergehe vor Entzücken. Ihr Leib ist glatt und makellos, und unter ihrer Brust fühle ich das sanfte Pochen ihres Herzens. Ihre Beine liegen anmutig unter dem verrutschten Leintuch, doch mit einer Hand streife ich den hinderlichen Stoff herunter. Heute müssen wir nicht befürchten, von Boten des Dogen in unserem Schlafgemach gestört zu werden, und auch die Heimlichkeit unserer Zusammenkunft braucht uns nicht zu kümmern. Wir sind Mann und Frau, unser Bund ist allseits bekannt und vom Dogen höchstpersönlich gebilligt. Wir haben Zeit, uns zu lieben, später werden wir am Gelage teilnehmen, dann wieder der Liebe frönen. Und wenn meine Pflichten hier auf Zypern zu einem glücklichen Abschluß gebracht sind, werden wir nach Venedig heimkehren und in der bemerkenswerten Stadt unser neues Leben in Frieden beginnen. Sie flüstert meinen Namen. Und wieder meinen Namen.

Margot starb an einem kalten, grauen Morgen in einem fremden Land. Nachdem sie von den Eltern und ihrer Schwester Eva fortgegangen war, verbrachte sie anderthalb Jahre in einem Versteck, in einer winzigen Mansardenkammer, in der nur ein schmales Bett, ein Stuhl und ein Kleiderschrank standen. Sie durfte das Zimmer nicht verlassen, sie durfte das Badezimmer nicht benutzen, zu ihrem früheren Leben gab es keinerlei Verbindung. Ihre Eltern hatten gesagt, daß sie sich, je nachdem, wie sich alles entwickelte, im Haus ihrer Gasteltern später frei würde bewegen können. Eventuell würde man sie aber auch einsperren, zu ihrer eigenen Sicherheit. Man sperrte sie ein. Am letzten Tag hatte Eva auf dem Bett ihrer Schwester gesessen und zum Fenster hinausgestarrt, während Margot einen Koffer packte und dabei von den Dingen erzählte, über die sie mit ihren neuen Freunden gesprochen hatte. Die wichtigste Neuigkeit war die, daß Peter von Onkel Stefan gehört hatte, der offenbar ein richtiger Held war. Und dann kam der Mann, steckte das Geld ein und nahm die siebzehnjährige Margot mit, und von dem Moment an, da sie das vierstöckige Haus ihrer Eltern verließ, war sie kein Kind mehr. Die beiden, ein nettes Paar, kamen die Treppe hoch, brachten ihr zu essen und erlaubten ihr, ihre jüdischen Gebete zu flüstern, doch ansonsten mußte sie immer still sein. (Sie erzählten einer erschrockenen Margot von den Hausdurchsuchungen. Viele Leute waren entdeckt worden, über deren Schicksal furchtbare Gerüchte kursierten.) Über ihr Bett hängten sie ein Kruzifix, von dem Margot keine Notiz nahm. Sie mußte sich angewöhnen, mit zugehaltener Nase zu niesen, leise, wie eine Katze. Schließlich erfand Margot einen imaginären stummen Freund namens Siggi. Und hinter verschlossenen Türen hörte sie, wie sich ihr Land veränderte, während sie sich, in ihrem Innern, ebenfalls veränderte. Einsamkeit ist in jedem Lebensalter eine schmerzhafte Erfahrung, aber wenn man so jung und ohne freundliche Erinnerungen ist, die die bedrückende Isolation und die sorgenvollen Gedanken wettmachen könnten ... Das zeichnet einen Menschen. Margot spürte es. Ein Jahr verging, und sie gewöhnte sich daran, das Morgenlicht am Rand der Vorhänge zu beobachten, und dann die Sonne, die auf die Blümchentapete fiel. Die ganze Zeit dachte sie dabei an Mama und Papa und bemühte sich, ihnen zu verzeihen, daß sie sie diesen Leuten überantwortet hatten. Besonders dachte sie an ihre jüngere Schwester Eva und daran, daß sie sie einmal, als sie jünger gewesen waren, beim Spielen getreten hatte. Margot dachte ständig an ihre Grausamkeit und hoffte, ihre liebste Schwester möge ihr verziehen haben. Offenbar gab es keine Möglichkeit, Kontakt mit Eva aufzunehmen. Der Mann erklärte ihr, daß die Lage sehr ernst sei, und dann, eines Abends, als seine Frau nicht im Haus war, kam er zu ihr. Er sah sie an und berührte sie, aber Margot wagte es nicht zu schreien, denn damit hätte sie ihr Versteck preisgegeben. *(Jetzt bist du ein sehr hübsches Mädchen, aber noch ein paar Jahre, und man wird deine Rasse erkennen.)* Und dann küßte er sie und versuchte, mit seinem großen Mund ihre Lippen zu öffnen, und Margot fühlte das Gewicht seiner schweren Hände auf ihrem Körper. Wie stark dieser Mann sich beim Stoßen konzentrierte, Schweißperlen traten auf seine Stirn, einzeln, gleichmäßig verteilt. Margot begann zu zählen. Siggi sagte nichts. Und dann löste er sich von ihrem Körper und ging. Sie blutete innen, und ihre Gedanken purzelten eine Treppe hinunter und stießen sich unten den Kopf. In der Nacht fiel Regen wie Applaus, und Margot entsann sich, daß Papa oft gesagt hatte, daß ein Unwetter nichts anderes sei als der liebe Gott beim Möbelrücken. Als sie anderntags aufwachte, sah sie, daß ihr Morgenmantel bis zur Hüfte hochgerutscht war und ihr Gesicht in dem zarten Licht badete, das um die Gardine spielte. Beschämt lag sie zusammengerollt da und fühlte, daß ihre geschwollene Zunge zu groß war für ihren trockenen Mund. Sie traf eine Entscheidung. Sie schwang die Beine aus dem Bett und spürte die feuchte Kühle des Linoleums. Sie würde sich das Haar abschneiden, ihr dichtes, fließendes Haar, das Peter so gern berührte. Weg damit. Als der Mann sie eine Woche später wieder besuchte, ließ sie sich zu Boden sinken, um nicht zu fallen, und schrie. Sie und ihre Gasteltern wurden nach unten gebracht und auf die Straße geführt. Sie hob einen Arm, um die Augen vor dem blendenden Licht zu schützen. Die Gasteltern gingen in die eine Richtung und Margot in die andere, zu einem Zug, und beim Gehen verschränkte sie die Hände und löste sie wieder. Ein Jahr später starb sie in einem Land im Osten, das nicht ihr Land war, an einem kalten, grauen Morgen, nackt unter nackten Fremden. Sie bezahlte einen hohen Preis für die Sünde des Geborenseins. *(Hast du an jenem Morgen an mich gedacht, als ich nackt und frierend meinem Tod entgegenwankte? Hast du an mich gedacht?)*

Das Vergasen geschieht folgendermaßen: Die hilflosen Opfer werden in einen Raum geführt, wo sie sich ausziehen müssen. Die meisten behalten die Unterwäsche an, aber sie werden rasch aufgefordert, auch die letzten Kleidungsstücke, mit der sie ihre Scham bedecken, abzulegen. Um die Illusion aufrechtzuerhalten, daß es tatsächlich ans Duschen geht, verteilen Männer in weißen Kitteln kleine Seifenstücke und Handtücher. Die Opfer werden nun in so unglaublicher Menge in die Gaskammer gedrängt, daß die Illusion sofort verfliegt. In der engen Kammer kann man sich kaum umdrehen, nicht einmal die Arme heben. Um noch mehr Menschen in den Raum zu packen werden oft Schüsse abgegeben, damit die Leute ins Innere drängen. Diejenigen, die sich im hinteren Teil der Gaskammer befinden, werden manchmal schon vorher zu Tode getrampelt, bevor das eigentliche Vergasen beginnt. Wenn alle in der Kammer sind, werden die schweren Türen zugeworfen und von außen verriegelt und abgeschlossen. Es gibt kein Entkommen. Nach einem kurzen Moment, in dem die Raumtemperatur ein bestimmtes Niveau erreicht, klettern Männer mit Gasmasken und Giftkanistern auf das Dach der Kammer, wo sie den Inhalt der Kanister (*Zyklon B – zur Schädlingsbekämpfung* steht darauf) durch Schächte einwerfen und sich dann zurückziehen. Bei dem Gift handelt es sich um Blausäure, die sich bei einer bestimmten Temperatur in einen hochgiftigen Stoff verwandelt. Nach nur drei Minuten sind alle Personen in der Gaskammer tot. Es ist nicht bekannt, daß irgend jemand diese Tortur überlebt hätte. Der Raum wird nun geöffnet und von Männern, die Gasmasken tragen, entlüftet. Fünf Minuten später erscheinen andere Männer – Häftlinge –, welche die Toten auf flachen Karren zu den Verbrennungskammern transportieren. Diese Öfen werden mit Koks beheizt. Sobald sie richtig glühen (bei ca. 800 Grad Celsius), werden die Leichen hineingeschoben. Sie verbrennen schnell. Was von ihnen übrigbleibt, fällt durch Roste in eine Auffanggrube, wird dann zusammengeschaufelt und bleibt noch etwa zwanzig Minuten liegen, um vollständig zu zerfallen. Dann wird die Asche in große Behälter gefüllt. In der Zwischenzeit können neue Leichen in die Öfen gebracht werden. Bis auf kleine Partikel verbrennen die Knochen vollständig. Die Asche ist weiß und leicht zu zerstreuen.

Kaum war Gerry nach England zurückgekehrt, schrieb er ihr in Gedanken viele Briefe. *Liebe Eva, ich glaube, ich muß Dir erklären ...* Doch keinen einzigen schickte er ab. Er stellte sich lieber vor, daß das sonderbare Mädchen ihn bald vergessen haben würde. Aber sein Gewissen plagte ihn. Er war ganz sicher, daß er alles Notwendige veranlaßt hätte, wenn sie seine Frage damals mit Ja beantwortet hätte. Er hätte ihr alles erzählt und wäre das Risiko eingegangen, sie mit nach England zu nehmen. Vielleicht hätten sie ein paar Jahre warten müssen, ehe sie hätten heiraten können, aber er hätte es versucht. Das wollten sie doch alle nach dem Krieg. Einen Neuanfang. Eine Chance, die Vergangenheit hinter sich zu lassen. Wieder von vorn anfangen. Doch als er heimkehrte und Noreen und das Kind sah, begann er, in Gedanken diese Briefe zu schreiben. Ich meine, Noreen war keine Schönheit oder so, aber er war mit ihr verlobt. *Liebe Eva, ich glaube, ich muß Dir erklären ...* Es war dumm, wirklich. Er hätte es sich doch gar nicht leisten können. Es war verdammt schwer, wieder Arbeit zu finden. Wer interessierte sich schon dafür, daß man König und Vaterland gedient hatte. Ja, und? Hast dich dort drüben mit deiner Mieze amüsiert, während wir hier ausgebombt wurden. Das siegreiche England enttäuschte ihn. Es war für alle eine schwierige Situation. Also hörte er schließlich auf, imaginäre Briefe zu schreiben. Und bald darauf sah er Iris, die, während sie die Tassen auf ihr Tablett stellte, gedankenverloren zu dem statischen Gekrächz eines Radios tanzte. Sie arbeitete als Kellnerin in dem Lokal, in dem Gerry vorbeischaute, wenn er von der Fabrik heimkehrte. Es war das Schild über der Tür, der Hinweis auf das »erstklassige Angebot an Kuchen und Pasteten«, der seine Aufmerksamkeit erregte. Gerry gefiel das Glockengeläut beim Eintreten und der Schwall warmer Luft, der ihm entgegenwehte, wenn er sich zu seinem Stammplatz am hohen Fenster in der Ecke durchzwängte. Von dort aus konnte er die Passanten beobachten, die in beiden Richtungen vorbeikamen, aber natürlich wurde er irgendwann von der etwas älteren Frau mit Notizblock und beängstigend streng zurückgekämmtem Haar aus seinen Tagträumen gerissen. Sie nahm seine Bestellung auf und stellte ihm wenig später unter lautem Geklapper seinen Tee hin. Und eines Tages sah er dann das tanzende Mädchen, das die Tassen auf seinem Tablett ordnete, eine Neue, die sich die Augenbrauen zu dunklen Bögen gezupft hatte. Mit einem Blick auf seine Uhr stellte er fest, daß das Lokal in zehn Minuten schließen würde, also wartete er absichtlich, bis sie an seinen Tisch trat, um seine Tasse wegzuräumen. »Du bist neu hier, nicht wahr?« Sie lächelte, und Gerry sah jetzt, wie jung sie tatsächlich war. Höchstens sechzehn. Aber sie antwortete nicht. Und so ging es immer weiter, Tag für Tag, Woche für Woche, ohne daß Gerry imstande gewesen wäre, diesem widerspenstigen Wesen ein einziges Wort zu entlocken. Er wußte von ihr nur, daß sie Iris hieß. Das hatte er mitbekommen, als er hörte, wie die ältere Frau sie wegen irgendeiner Nachlässigkeit anbrüllte. Schließlich fand er sich damit ab, daß er mit diesem Mädchen nicht weiterkommen würde, aber seine Schwärmerei hatte immerhin eines bewirkt: Er dachte nicht mehr soviel an Eva. Er sah nicht mehr besorgt in den Flur, ob ein ausländisch aussehender Brief an der Tür lag, und er überlegte auch nicht mehr, ob er Noreen von dieser jungen Jüdin erzählen sollte. Er hatte kein schlechtes Gewissen mehr. Er saß noch immer in dem Lokal, am hohen Fenster in der Ecke, und beobachtete seine Iris, obschon er die Hoffnung aufgegeben hatte, sie für sich zu gewinnen. Besonders gern sah er ihr zu, wenn sie die Arme hob, um sich die Haare zusammenzubinden. Er fand, daß junge Mädchen schutzbedürftig sind. Aber Iris würde es schon schaffen. Sie würde auf sich aufpassen.

Ich habe eine neue Freundin. Bella. Bella mit dem dunklen Teint. Die Krähenfüße rings um ihre Augen verraten, daß sie unter südlicher Sonne gearbeitet hat. (Meine

Haut ist weiß wie Papier.) Sie haben Bella eine leichte Arbeit gegeben, sie muß die oberste Schicht der Gruben abtragen. Ich teile meine Suppe mit ihr. Trage mich, Bella, und ich werde dich tragen. Bella erzählt von Gerüchten, daß wir nicht gewinnen werden. Sie spricht, als wäre jedes Wort eine Beichte. Ich sage, nein, Bella. Nein. Du mußt deine Eltern wiedersehen. Du bist erst siebzehn. Wir liegen zusammen in der Baracke. Ich sehe meine Bella an. Ihre braunen Augen getrübt vom grauen Star. Ich bin zwanzig. Bella, ich möchte leben, um zu lieben. An etwas glauben. An jemanden glauben. Bella zuliebe hoffe ich mit unbändiger Entschlossenheit. Männer kennen die Landschaft von Frauen nicht. Dein Haar wächst wieder. Ich bin noch Jungfrau. Sag mir, hattest du einen Freund? Ein Kuß? Ja? An den verborgenen Stellen deines Körpers? Ich brauche ein Stück Brot. Wir brauchen ein Stück Brot. Jemand muß überleben, um all das zu erzählen, Bella. Es ist sinnlos, jetzt zu sterben. Ich muß Margot wiedersehen. Und dann, eines Morgens, sehe ich hinüber zu meiner Bella mit ihrem vom Schlaf zerzausten Haar, und ich weiß, daß ich bald wieder allein sein werde. Das Leben fließt aus ihr heraus. Sie ist zu schwach, um sich etwas Wärme bei mir zu stehlen. Ich drücke mich an sie, als könnte mein Leben wie ein Fieber in ihren Körper dringen. Aber sie läuft einfach aus. Das Blut fließt unaufhörlich. Die schmachvollste aller Krankheiten. Es dringt durch die Holzritzen, tropft den Frauen, die auf der unteren Pritsche liegen, ins Gesicht. Besprenkelt sie. Jetzt ist Winter. Unser zweiter Winter. Es ist bitter kalt. Der Appell. Ich werde zu spät zum Appell kommen. Liebe Bella, Bella mit den dünnen Strohhalmen in den Ohrlöchern, um sie für die Ohrringe vorzubereiten, auf die sie noch immer hofft. Liebe Bella, selektiert zu werden ist ganz einfach. Geschwollene Beine? Ein vergessenes Kopftuch? Eine verdreckte Uniform? Vortreten. Auf Wiedersehen. Ein zerkratztes Bein? Aufgedunsen vor Hunger? Vortreten. Auf Wiedersehen. Die Reitgerte zeigt nach rechts. Auf Wiedersehen. Die anderen Frauen, sie weinen jetzt, bitte, Eva. Eva, bitte. Bella ist gestorben. Meine Bella ist gestorben. Sie lebt nicht mehr. Eva, sie lebt nicht mehr. Färbe dir das Haar mit diesem Stückchen Holzkohle. Zwanzig, und ich werde schon grau! Sieh stark aus. Steh auf. Frische Luft. Frische Luft. Die anderen Frauen. Die Füße mit Stroh umwickelt, festgebunden mit Lappen und Bindfaden. Schmutzige Löffel baumeln an Schnüren von der Hüfte. Ich frage, seid ihr noch Frauen? Seht her, meine geschwollenen Füße. Die anderen Frauen zerren mich von Bella weg. Ich brülle. Seht doch! In den verkrallten Händen meiner Bella ist noch Leben. Ich kann sie nicht allein lassen. Ein Gerippe. Als ich draußen auf dem Hof stehe, weiß ich, daß ich Mama wiederfinden muß. Der Wind ist ein Kollaborateur. Er macht, daß wir bibbernd vor diesen ungebildeten Leuten stehen. Ich werde Mama wiederfinden müssen. Bis dahin, liebe Bella. Bella mit dem dunklen Teint. Trockne mir mit deinem Atem das Gesicht. Daß du dich dieser Welt verweigerst, ist nicht unbemerkt geblieben. Der Tod wird auch nach mir verlangen. Der Tod ist hungrig. Immer hungrig.

So wachst du nun über alle ihre Schritte, erfüllst ihr jeden Wunsch, wie der schwarze Onkel Tom, der du bist. Führst den Krieg des weißen Mannes / Außenstürmer in der venezianischen Armee / Der Republik grinsender Satchmo, der sein Schwert wie eine Trompete erhebt / Versteckst deine schwarze Haut unter der epaulettenbesetzten Uniform, eignest dir ihre Worte an *(Rauh ist meine Rede)*, ihre Umgangsformen, zerbrichst dir deinen kraushaarigen Kopf, wie du wohl ihre Lebensart erlernst, aber du vergißt deine Familie und packst Frau und Sohn in die hintersten Winkel deiner edlen Gedanken. O starker Mann, o starker Arm, o tapferer Soldat, o schwacher Mann. Du bist verloren, ein trauriger schwarzer Mann, der erste in einer langen Reihe von Aufsteigern, die zu schwach sind, ihre Vergangenheit mit der Gegenwart zu verknüpfen, zu naiv, um auf beidem zu bestehen, zu töricht, um zu erkennen, daß jeder Versuch, das eine durch das andere zu ersetzen, ein katastrophales Ende finden muß. Nur zu, betrachte ihren Alabasterleib. Nur zu, genieße die Freuden ihres Lotterbettes, aber an wen wirst du dich wenden, wenn auch sie verloren ist und ein wahrer Sturm um deinen turbangekrönten Kopf ausbricht? Mein Freund, die Yoruba haben ein Sprichwort: Der Fluß, der seine Quelle nicht kennt, trocknet aus. Du tätest gut daran, das zu beherzigen.

Wir stehen mit der Sonne auf. Ich wende mich von Giacobbe zu Moses, dann wieder zu Giacobbe. Meine Brüder, sie dürfen euch nicht weinen sehen. Heute müssen wir diese Zelle verlassen und uns auf den letzten Weg machen, also tun wir es in Würde. Es wird keine Tränen geben und kein Flehen. Wir werden unser Fasten nicht brechen und nichts trinken. Wir kehren heim. Ich sehe meine Gefährten wieder an, doch sie weinen unaufhörlich. Ich strenge mich um so mehr an. Die Fahrt auf dem Kanal nach Norden und dann der Fußmarsch zurück nach San Marco, damit wollen sie uns demütigen. Aber sie sind nicht unsere Herren. Wir haben nur Gott zu gehorchen. Sollen sie uns die Söhne wegnehmen und sie taufen. Sollen sie unsere Frauen verhöhnen. Wenn wir nach göttlichem Gebot gelebt haben, werden sie nur die Hülle unseres Volkes bekommen, nicht unsere Seelen. Weint nicht. Bitte weint nicht. *(Ich war angesehen in Portobuffole. Meine Familie hat niemanden betrogen. Wir führten ein bescheidenes Leben und begingen friedlich unsere Feiertage. Wir haben unsere Traditionen geehrt, wir haben euren wohltätigen Einrichtungen Spenden zukommen lassen. Dennoch zieht ihr an meinem Bart, steinigt ihr meine Kinder, betrügt ihr mich, verspottet ihr meine Kleidung und meine Religion. Ich sage euch, von diesem Jungen, Sebastiano Novello, habe ich nie gehört. Ich habe einen solchen Jungen nie gesehen. Ich weiß nicht, wovon ihr redet. Meine Frau leidet, meine Angehörigen ertrinken in Tränen. Wes-*

halb? Wer ist dieser Sebastiano Novello? Wovon redet ihr?) Meine Brüder, sollen sie unsere Körper verbrennen. Wenn es ihnen Vergnügen bereitet, dann sollen sie uns verbrennen. Aber unsere Seelen werden ihnen nicht gehören. Habt ihr den Glauben verloren? *(An wen werden Sara und die Kinder sich wenden? Ihr habt unsere kleine Gemeinde vernichtet.)* Sucht nicht nach Gott in diesem schmerzlichen Moment. Eure Bewegungen sind zu schnell, als daß ihr seine wahre Tiefe finden könntet. Vertraut ihm. Heute, da wir diese Zelle verlassen und unter schwankenden Schritten den Boden fühlen, müssen wir unserem Schicksal mit Zuversicht entgegengehen. Diese Venezianer mögen uns aus diesem irdischen Leben herausreißen, aber wir sind unterwegs zu einem größeren Ort. *(Wer ist dieser Sebastiano Novello?)* Meine Worte klingen schal in den Ohren dieser Männer. Giacobbe und Moses weinen noch immer. Die ersten Sonnenstrahlen dringen in unsere Zelle, gleiten die Wand hinab und sammeln sich auf dem Steinboden. Ich habe Durst, aber ich werde kein Wasser trinken. Wir müssen uns weigern, Wasser zu trinken.

Mein Freund, ein afrikanischer Strom hat keine Ähnlichkeit mit einem venezianischen Kanal. Nur der stärkste Geist kann beides zusammenhalten. Nur das kräftigste Herz kann den Puls zweier so unterschiedlicher Lebensadern ertragen. Nach langem Kampf werden die meisten Männer schließlich das eine zugunsten des anderen aufgeben. Du aber wirfst dich ihnen in die Arme. Hast du je an den sanften Kuß deiner Frau gedacht? An die Augen deines Sohnes? Bruder, du bist schwach. Ein Produkt venezianischer Phantasie. Solange noch Zeit ist, spring aus ihrem Bett und flieh nach Hause. Löse deinen rostigen Körper aus ihren Armen und komm heim. Aus deinem Abenteuer in der Fremde kann nichts werden. Mit einem hölzernen Schöpflöffel, leicht eingetaucht, werden sie dich bald herausfischen und in die Gosse werfen. Bruder, flieh aus ihrem Bett und komm heim.

Eva rutschte aus und fiel in den Schnee. Gleich darauf stand sie wieder auf den Füßen, aber sie spürte das warme Blutrinnsal am linken Bein, wo sie sich an etwas Hartem gestoßen hatte – einem Stein wahrscheinlich. Sie wußte, es würde später schmerzen, doch das Später war jetzt nicht wichtig. Sie lief weiter. Die Stimmen der Soldaten hinter ihr wurden lauter und erregter, aber es war das Hundegebell, das ihr angst machte, denn sie war sicher, daß die Tiere jeden Moment von der Leine gelassen würden. Es war töricht von ihr zu glauben, daß sie in ihrer Verfassung ausgewachsenen, kräftigen Männern würde davonlaufen können. Für Hunde würde sie ein leichtes Opfer sein. Wenn sich nur eine himmlische Hand ausstrecken und sie sanft auf der anderen Seite eines Flusses, in einer anderen Welt absetzte. Die Soldaten würden atemlos stehenbleiben und die Suche abbrechen. Sie würden eine Zigarette rauchen und sich einig sein, daß dieses Mädchen den ganzen Aufwand nicht wert sei. Daß sie die Nacht nicht überstehen werde. Daß die Wölfe sie erwischen würden. Aber Eva rannte wild entschlossen weiter durch den Wald, unter Zweigen hinweg und über Wurzelstümpfe stolpernd, bis sie das kleine Haus auf der Lichtung sah.

Sie warf sich gegen die Holztür, die unter ihrem ängstlichen Gewicht sofort nachgab. Sie zog die Tür hinter sich zu. Sie sah auf ihr Bein und bemerkte das Blut. Erst jetzt registrierte sie den Schmerz. Vor Schreck wimmerte sie. Und dann hörte sie die Hunde wieder. Einen Moment hatte sie geglaubt, die Soldaten abgeschüttelt zu haben, doch nun gab es nur noch eine letzte Hoffnung. Sie humpelte durch die dunkle, leere Stube und trat durch eine andere Tür in den hinteren Lagerraum. Dort rief sie nach ihrer Mutter, die aber so schwach war, daß sie nur mit einem geflüsterten »Eva« antworten konnte. Zumindest Mama war in Sicherheit. Draußen hörte Eva die Soldaten, die nun das Haus umstellt hatten. Warum war sie so töricht gewesen? Warum hatte sie sie hierhergeführt? Sie hätte weiterlaufen sollen, vorbei an dem Haus, tiefer in den Wald hinein, bis die Hunde sie erwischt und in Stücke gerissen hätten. Wenigstens Mama hätte überleben können. Aber so? Es war Wahnsinn.

Sie kletterte die schmale Holzleiter hoch, wobei sie sich mit dem gesunden rechten Bein kräftig abstieß und das lahme linke Bein nachzog. Hunde riechen Blut. Der Scheunenboden, normalerweise voll Heu, war jetzt leer, bis auf ihre Mama, dieses zitternde Bündel. Eva stieß sich von der obersten Sprosse ab, kroch unter Zuhilfenahme der Ellbogen über den Boden und legte sich wie eine schützende Decke um ihre Mama. Sie hörte, wie die Tür mit solcher Wucht aufgestoßen wurde, daß sie bestimmt nicht mehr in den Angeln hing. Männer und Hunde brüllten erregt, während Mama zitternd »Eva« murmelte, nur dieses eine Wort. Eva hielt ihrer Mama den Daumen zum Lutschen hin und wartete und überlegte, ob die Soldaten sie beide, die dort oben auf dem geräumigen Boden lagen, für einen Haufen alter Lumpen halten würden. Und dann krachte die innere Tür aus den Angeln. Und Eva hörte das Gebell. (Die Hunde konnten natürlich die Leiter nicht hochklettern.) Und dann das Knarren der wackligen Leiter, als die Soldaten hochstiegen, und das triumphierende Rufen und Lachen, und dann fühlte sie, wie die Gewehrkugeln mit einem warmen Plopp in ihr mageres Fleisch schlugen.

Ich habe versucht, nicht mehr zu träumen, doch es fällt mir schwer, meine Gedanken zu kontrollieren. Ich schlafe im Gehen. Es gibt viel zu sehen, während wir durch die schmalen Gassen schleichen. Es ist eine neue Welt. Bäume und Hecken und kleine Felder. Der Wind weht wieder heftig, so daß der Schnee aufstiebt. Unter der Last des Schnees beugen sich die Bäume wie alte Männer. Ich falle hin, arbeite mich wieder hoch. Der Wind nimmt mir den Atem. Ich will leben. Auf der verschneiten Straße kommt man nur mühsam voran. Ich gehe, als wäre jeder Schritt mein letzter. Eva. Ich erinnere mich. Ich heiße Eva. Ich bin einundzwanzig Jahre alt. Ich bin eine runzelige Frau geworden. Mama geht neben mir. Unsere Gesichter sind leer, unsere Rücken gebeugt, wir lassen die Köpfe hängen, sind müde, eine Karawane des Elends. Sie bringen uns an einen anderen Ort. Auf Wiedersehen, Lager. An einen anderen Ort. Ich werde dich nie mehr wiedersehen, Lager. An einen anderen Ort. Ich werde dich immer sehen, Lager. Nach zwei Jahren ein anderer Ort, aber wir wissen nicht, wo. Ich sehe Mama an und bitte sie um Vergebung. Ihre Augen sind matt, sie sieht mich an und sagt: »Aber du hast doch nichts getan, wofür du um Vergebung bitten mußt.« Ich wische ihr den Schnee von den Lippen. Der Tod auf dieser Straße ist etwas anderes. Lippen verfärben sich blau, dann hört das Herz auf zu schlagen. Das Leben wird abrupt beendet. Ein verharschter Schneehügel. Ich kann Mama nicht finden. Ich habe dieses Leben vergossen, aber ich werde achtsamer sein, wenn ihr mir ein neues gebt. *Nackt kam ich aus dem Mutterleib, und nackt werde ich zurückgeholt. Der Herr gibt, der Herr nimmt, gelobt sei der Name des Herrn.* Ich schlafe im Gehen. Jeder Schritt ist eine Qual. Meine nassen Füße, meine Holzpantinen, die Blasen, die wie winzige Ballons platzen. Ich esse den Schnee von der Schulter des Menschen vor mir. Ich habe keinen Körper. Es ist meine Seele, die jetzt bestraft wird. Der Himmel, der Horizont, die Felder – alles trägt Weiß. Meine Gefährten wanken in den Graben. Wir kommen an Menschen vorbei, die den Blick von uns abwenden. Ist es ein Traum? Ich finde es schwer, meine Gedanken zu kontrollieren. Wie wollen sie die Erde nach alldem reinigen?

SELBSTMORD: Die mit bewußter Absicht vollbrachte gewaltsame Zerstörung des eigenen Lebens. Nach Thomas von Aquin (1225–1274) eine Todsünde, da sich der Selbstmörder die allein Gott zustehende Entscheidung über

Leben und Tod anmaßt. Jedoch findet sich weder im Alten noch im Neuen Testament ein direktes Verbot des Selbstmords.

Hier an diesem neuen Ort gibt es keine Arbeit. Bewacher sehen wir nur selten. Es gibt keine Appelle, nur Typhus und Tod. (Wir bewegen uns zittrig wie hilflose, zappelnde Hühner.) Ohne festen Tagesablauf gibt man leicht auf und stirbt. Ganz leicht. Vier Monate schon, und keine Arbeit. Es ist Frühling, aber der Winter klebt noch immer an uns, will nicht weichen. Wir sitzen einfach in den Baracken und warten. Mit uns wartet der Tod, wir sehen ihn, er starrt uns ins Gesicht. Wir warten einfach. Das grinsende Gebiß des Todes. Wieder habe ich Mama verloren. Irgendwo unterwegs. Ich wollte mich schon hinlegen und aufgeben, zwang mich aber zum Weitermachen. Tagsüber gehe ich nach draußen und setze mich mit dem Rücken an eine Wand. Ich habe eine Stelle entdeckt, wo ich ein bißchen Sonne abbekomme. Wintersonne. Von hier aus kann ich den größten Teil des Lagers überblicken. Männer und Frauen stehen an, um ein paar Tropfen Wasser aus einem undichten Rohr aufzufangen. Eine Herde Vieh. Neben ihnen kranke Tiere, die in ihren eigenen Exkrementen liegen. Leere Blicke. Verrückte Gedärme, ständig in Bewegung, laut protestierend. Das Leben verabschiedet sich kampflos, bricht taumelnd in sich zusammen. Kein Töten. Keine letzten Worte. Keine Grausamkeiten. Einfach der Tod. Im Gegensatz zu dem letzten Ort ist hier nicht so viel Lärm. Ich höre aber die Vögel. Ich beneide sie, denn sie können fliegen, wohin sie wollen. Doch sie wahren Distanz.

Zuerst war mir völlig unklar, woher sie das Messer hatte, aber es konnte nicht allzu schwierig für sie gewesen sein, sich eins zu besorgen. Immerhin galt sie nicht als suizidgefährdet. Dann kam mir der Gedanke, daß Schwester Marjorie das Messer wahrscheinlich Mr. Alston mitgegeben hatte, der sie besuchte. Eva sollte mit dem Messer den Kuchen anschneiden, den ihr Bekannter, Mr. Gerald Alston, mitgebracht hatte. (Nein. Ich sage Ihnen, Herr Doktor, ich habe es mit eigenen Augen gesehen. Anfangs sind sie täglich zu Hunderten gestorben. Wir mußten sie mit Bulldozern wegräumen. Sie waren schon so geschwächt, daß man sie einfach nicht mehr hätte retten können. Sie krochen einfach hinaus in die Sonne, um zu sterben. Unvorstellbar. Wirklich unvorstellbar. Ich habe eine Frau gesehen, die an einem Schluck Wasser erstickte. Ich habe es mit eigenen Augen gesehen. Das werde ich nie vergessen. Niemals. Bis an mein Lebensende wird mich das verfolgen.) *Es bestand kein Grund zu der Annahme, daß sie etwas Irrationales tun würde. Heute weiß ich, daß diese Menschen sich mit der Frage peinigen, warum sie nicht mit ihren Angehörigen gestorben sind. Damals hatte ich mich aber noch nicht damit beschäftigt. Ich wußte ganz einfach nicht, wie gefährdet sie war. Sie war nicht sehr gesprächig. Eigentlich hat sie mit niemandem geredet. Auch nicht mit mir. Dabei hätten wir jede Menge Zeit gehabt. Sie galt ja nicht als ernsthaft gefährdet. Es gab keine Anfälle oder Attacken. Aber leider haben wir uns geirrt. Es gab ein Problem. Und sie hat stark geblutet. Sie hat sich die rechte Arterie aufgeschnitten, als wüßte sie, was sie tat. Sie hat stark geblutet.*

Es ist Nacht. Ich finde es schöner, wenn es ruhiger ist. Ich habe den Tag überstanden. Ich habe nicht gesprochen. Der Doktor war bei mir. Ich habe ein Privatzimmer. Gerry war da. Etwas an diesem Krankenhaus erinnert mich an das letzte Lager. (Tagsüber gehe ich nach draußen und setze mich mit dem Rücken an eine Wand. Ich habe eine Stelle gefunden, wo ich ein bißchen Sonne abbekomme. Wintersonne. Ich kann den größten Teil des Lagers sehen.)

Seit Gerrys plötzlichem Abschied liege ich im Bett. Das neue Kissen im Rücken. Ich denke immer, daß etwas passieren wird. Aber es passiert nichts. Es wird auch nichts passieren. Und so geht das Leben weiter. Und so wird die Hoffnung schließlich ausgelöscht. (Männer und Frauen, die sich anstellen, um aus einer undichten Leitung ein paar Tropfen Wasser aufzufangen.) Ich bin zum erstenmal in einem Krankenhaus. Es erinnert mich an Papa. Ich sehe die Silhouetten der Bäume vor dem Fenster. Englische Bäume. Gerrys Bäume. Gerry hat mir einen Schokoladenkuchen mitgebracht. Ein besonderes Geschenk. Aber es gibt niemanden, mit dem ich es teilen kann. Keine Margot, keine Bella. Nur das Mädchen, das auf dem Schiff immer in meiner Nähe war. Ich höre Stimmen auf dem Flur, und dann sehe ich einen Lichtstrahl unter der Tür. In der Matratze ist eine tiefe Kuhle. Ich liege etwas unbequem. Außerdem bin ich unglücklich. Das Flurlicht wird jetzt ausgemacht. Gegenstände verschwimmen im Dunkeln, aber ich kann sie noch immer sehen. Das Mädchen, das mir auf das Schiff folgte. Vielleicht will sie den Kuchen haben. Gerrys Schokoladenkuchen. Es ist Nacht. In einem anderen Zimmer hustet jemand. Das andere Mädchen, mit dem rotverschmierten Mund. Sie ist noch hier. Sie wartet.

Ich sitze in der Eisenbahn und sehe zum Fenster hinaus. Die Seeluft trägt leichten Regen heran. Wir lassen die Küste hinter uns. In der Ferne steigen weiße Rauchfahnen aus Kaminen. Ich versuche, den Blicken derjenigen auszuweichen, die mich anstarren, denn ihre Augen vergiften mein Selbstvertrauen. Zwei Personen sitzen mit mir im Abteil: ein Mann, der in seine Zeitung vertieft ist, und eine junge Frau, etwa Mitte Zwanzig, die, wie mir scheint, gern eine Unterhaltung angefangen hätte. Offenbar hat sie inzwischen aber beschlossen, lieber zu schweigen. Ich bin nicht böse darüber. Meine ausländische Stimme würde sie nur erschrecken. Ich stelle mir vor, daß bei ihr zu Hause am Kamin ein Mann sitzt, der ihr einen Daseinsgrund gibt. Jetzt regnet es heftig. Die Tropfen prasseln ans Fenster. Ich habe einen Koffer. Wir fahren durch eine grüne Landschaft, deren quadratische Felder wie Taschentücher aussehen. Gepflegt. Nach allen Seiten hin eingezäunt. In einer Ecke haben sich Kühe schutzsuchend zusammengedrängt. Und dann sehe ich einen ungepflegten Friedhof. Wild wucherndes Unkraut. Das also ist England. Und später fährt der Zug in einen Bahnhof ein. Eine große schwarze Halle voller Rauch. Und voller Leute. Der Mann legt seine Zeitung ordentlich zusammen und steht auf. Er öffnet die Tür und tritt ohne ein einziges Wort hinaus auf den Korridor. Die Frau erhebt sich ebenfalls und holt ihren Koffer aus dem Gepäcknetz. Ehrfürchtig flüstert sie: »Das ist London.« Einer ihrer Zähne ist verfärbt von Lippenstift. Auch ich habe einen kleinen Koffer. Ich stehe auf und lächle der Frau zu, hoffe inständig, sie möge mich mit weiteren Worten verschonen. Ich hole meinen Koffer und vermeide jeden Blickkontakt. Aber da spricht sie wieder. »Also dann, auf Wiedersehen.« Mir bleibt keine andere Wahl, als die Frau anzusehen. Ihr Lächeln ist das Lächeln einer Frau, die zutiefst enttäuscht darüber ist, daß niemand sich mit ihr unterhalten hat.

Ich stehe inmitten einer hektischen Menschenmenge. Ich weiß nicht, in welche Richtung ich meine Schritte lenken soll. Zielstrebig, konzentriert, mit entschlossenem Gesicht hasten die Leute an mir vorbei. Sie lassen ihr Gepäck schwingen, als wollten sie sich einen Weg damit bahnen. Ich stehe mit meinem Koffer da. In Gerrys Brief hieß es, komm nach England. Er schrieb, daß er mich noch immer heiraten wolle. Er könne Margot nicht finden, aber wir könnten zusammen ein neues Leben anfangen. Und so bin ich in einen Zug gestiegen, der sich mühsam in Richtung Ärmelkanal durch Europa pflügte. Und nun bin ich in London mit Gerrys Adresse, ohne zu wissen, wie ich dorthin komme. (Margot hat er nicht finden können, aber ich werde sie finden. Er hat mich eingeladen, bei Gelegenheit zu kommen, also bin ich bei Gelegenheit gekommen.) Ich nehme meinen Koffer und schiebe mich in Richtung Ausgang vor. Es ist Abend, und der Himmel ist von schmutziggrauer Farbe. Der Wind wirft mich fast um, ich muß mich dagegenstemmen. Rechts an einem Taxistand eine Schlange wartender Menschen. Ich stelle mich an und starre auf den Zettel in meiner Hand. Gerrys Adresse. Ich weiß, daß alles in Ordnung sein wird, wenn ich Gerry erst einmal gesehen habe.

Der Taxifahrer sagt kein Wort zu mir. Wir sind ziemlich lange unterwegs, vielleicht zu lange, aber wie soll ich das beurteilen? Die Straßen fließen sorglos ineinander. London sollte anders aussehen. Fröhlicher, heller. Ich habe Hunger. Der Fahrer hält vor einem Reihenhaus. Kinder spielen auf der Straße. Verwahrloste Kinder in Lumpen. Ich greife in meine Tasche und reiche dem Fahrer einen Geldschein. »Schönen Dank.« Er gibt mir nicht heraus, vielleicht betrügt er mich, aber ich kann nichts sagen. Sein Blick sagt, daß ich aussteigen soll. Seine Stadt verlassen soll. Sein Land verlassen soll. Das werde ich tun. Ich steige aus und schließe die Tür. Die Kinder hören auf zu spielen. Sie starren mich und meinen Koffer an. Nummer einunddreißig. Ich sehe die Tür. Eine Frau geht vorbei, ihr Kopftuch flattert im Wind. Es ist ein kleines Haus. Gerry hat mir keine Villa versprochen. Er hat mir nichts Großartiges versprochen. Eigentlich hat er mir überhaupt nichts versprochen. Trotzdem bin ich nicht ohne Erwartungen hierhergekommen. Ich gehe die drei Schritte bis zur Tür und klopfe leicht. Gerry? Es gibt keinen Zaun, keinen Garten, nichts. Das Haus liegt direkt an der Straße. Das gefällt mir nicht. Es ist nicht sicher. Und dann geht die Tür auf. Eine Frau mit kurzem blondem Haar. Ein Kind hängt an ihrem Rocksaum und schaut zu mir hoch. Sie hält einen hölzernen Kochlöffel in der Hand. Hinter ihr sehe ich zwei Äpfel auf einem Tisch. Ich habe einen ungünstigen Moment erwischt. Ich muß etwas sagen. Es ist das falsche Haus.

»Gerry?« frage ich. Sie läßt sich Zeit. Ihr Blick wandert zu meinen Füßen und dann wieder hoch. »Gerry ist nicht da.« Und nach einer Pause: »Was wollen Sie?«

Ich glaube, der Grund für ihre kühle Art mir gegenüber war der Koffer. Es ist eine Sache, eine unbekannte Frau vor der Haustür stehen zu sehen. Eine unbekannte Frau mit Koffer ist etwas ganz anderes. So jemand will bleiben. Ich glaube, die Krankenhausleute nehmen an, daß ich bleiben will. In ihrem Krankenhaus. Ich bin umgekippt. Ich kann mich an nichts erinnern. Und jetzt erklären sie mir, daß ich nicht richtig funktioniere. (Heute nachmittag wird der Doktor mit Ihnen sprechen. Dann bekommen Sie ein Einzelzimmer.) Sie schneiden mir das Essen klein. (Kartoffelauflauf und Gemüse, grüne Bohnen, Sauce. Brot und Butter.) In lächerlich kleine Häppchen. Messer und Gabel legen sie nebeneinander hin. Ich ziehe es vor, nichts zu essen. Essen, das sie wie für ein Kind kleingeschnitten haben. Ich bin einundzwanzig. Ich sehe die Bäume vor dem Fenster. Ich sehe das Gras. Ich liebe die Natur. England sieht grün und glücklich aus durch dieses Fenster. Soll ich ihnen erklären, daß ich nur deshalb gekommen bin, weil Gerry mich darum gebeten hat? (Gestern abend, in der Kneipe, versagten mir am Ende die Worte.) Den Brief habe ich noch. Ich kann ihn vorzeigen. Gerry bat mich, nach England zu kommen und seine Frau zu werden, also bin ich gekommen. Aber er machte mir Hoffnung, wo keine Hoffnung war. (Heute nachmittag wird der Doktor mit Ihnen sprechen. Dann bekommen Sie ein Einzelzimmer.) Ich wollte nichts anderes, als einen Menschen glücklich machen. Ist das zuviel verlangt? Ein plötzlicher Regenschauer wirbelt meine Gedanken durcheinander. Ich träume noch immer.

Margot und ich saßen im Park und beobachteten die kleinen Kinder, die mit ihren Eltern auf dem Rasen spielten. Es war früher Abend, das Licht wurde schon schwächer. Hinter den

Kindern, verborgen hinter hohen Baumen, lag der See, dessen Oberfläche der Wind leicht kräuselte. Langsam, aber zielstrebig glitten zwei Ruderboote über das Wasser, um sich von der heranrückenden Dunkelheit verschlucken zu lassen. Ich sah wieder zu meiner Schwester, die es offenbar eilig gehabt hatte, zur Frau heranzureifen, und mich dabei zurückgelassen hatte. Ihre Ausdrucksweise, ihre Bewegungen, ja selbst die Art, wie sie neben mir saß (sie schlug jetzt die Beine übereinander), all das machte, daß ich mir plump vorkam. Wir hatten immer alles geteilt – Spielsachen, Bücher, Geheimnisse –, doch nun war sie anders. Sie sprach über Dinge, von denen ich nichts wußte, was mir das Gefühl vermittelte, daß es noch mehr Dinge gab, von denen sie wußte und ich nicht. Sie hatte Geheimnisse. In diesem Moment fiel eines der Kinder, ein kleines Mädchen mit einer gelben, fledermausgroßen Haarschleife, hin und brach in Tränen aus. Seine Mutter kam herbeigelaufen, hob es hoch und nahm es in die Arme, woraufhin es sofort zu weinen aufhörte. Margot lächelte. Wie viele Kinder möchtest du haben, Eva? Sie fragte mich das, ohne mich anzusehen. Ich folgte ihrem Blick zu dem Schauspiel auf dem Rasen, und ließ ihn weiterschweifen, über die Bäume zum See. Jetzt war dort nur noch ein Ruderboot zu sehen, das Mühe hatte, die kleine Anlegestelle zu erreichen. Zwei Kinder, sagte ich. Ein Junge und ein Mädchen. Margot stieß mich an und lachte. Du bist so altmodisch. Ich will drei Kinder haben. Drei Jungen. Oder drei Mädchen. Oder vielleicht vier. Und ohne es zu wollen, hatte Margot es wieder geschafft, daß ich mich wie ein dummes Lieschen fühlte. Ich mußte all meine Kraft zusammennehmen, um nicht loszuheulen. Ich wollte sagen, daß ich übers Kinderkriegen nachgedacht hatte. Daß ich wußte, daß sich ein Kind seinen Namen und seine Eltern nicht aussucht. Daß es, wenn es auf die Welt kommt, entweder geliebt oder nicht geliebt wird. Ich wußte, daß Kinder das Ergebnis eines Herzenswunsches oder eines Irrtums sind. Daß sie Platz brauchen. Margot, ich habe über all diese Dinge nachgedacht.

Aber ich schwieg. Wir saßen nebeneinander und sahen zu, wie die Mütter ihre Kinder wegführten. Und dann, in der Ferne, als das letzte Boot langsam anlegte und sich Dunkelheit über den Park senkte, sah ich den Mann, der die älteren Kinder nahm und mit ihnen zu einer großen Grube ging und sie eines nach dem anderen ins Feuer warf. Durch das Lodern der Flammen hörte ich ihr Klagegeschrei. Nachdem er das letzte Kind beseitigt hatte, ging er dorthin, wo die Kleinkinder sich an ihre Mütter schmiegten. Er packte sie an den Beinen und schleuderte sie, eins nach dem anderen, an eine Mauer. Die zerschmetterten Leichen legte er den Müttern dann wieder in die Arme, um den Ort nicht unnötig zu verunreinigen. Ich sah Margot mit drei toten Babys im Arm, deren Köpfe blutig geschlagen waren. Es waren kleine Jungen. Tote Jungen. Margot! rief ich. Margot! Aber sie hörte mich nicht. Sie stand da mit ihren drei toten Kindern und gab mir keine Antwort.

Der Pfleger beugt sich über mich. Soll ich den Arzt rufen? Alles in Ordnung, Mädel? Er stützt sich auf seinen Besen und sieht mich sorgenvoll an. Beruhige dich, Kindchen. Mach dich nicht so fertig, es bringt nichts. Es ist noch immer Nachmittag. Der Tee ist kalt. Sie haben die Wahrheit gesagt. Ich war beim Doktor. Ich liege in einem Einzelzimmer. Ich habe keine Vorstellung, wie lange ich geschlafen habe. Wenn ich im Schlaf spreche, in welcher Sprache rede ich dann? Der Stuhl ist leer. Ich drehe den Kopf etwas zur Seite, damit ich das Gesicht des Pflegers sehen kann. Das Kopfkissen ist feucht, mein Haar verschwitzt. Mädel, du brauchst ein frisches Kissen. Der Mann zögert einen Moment. Erst als er seinen Besen wegstellt, erinnere ich mich, daß ich nicht spreche. (Gestern abend, in der Kneipe, versagten mir am Ende die Worte.) Er fragt nicht, sondern stellt fest. Ich bin gleich wieder da mit einem frischen Kissen.

Gerry war natürlich zu Hause. Versteckte sich hinter der Tür. Im Lager hatte er mich beeindruckt, als jemand, der seine Essensration sogar mit einer Frau teilte. Eines Morgens kam er zu mir, als ich mit dem Rücken an der Wand saß und auf etwas Sonne hoffte. Er brachte mir seine Feldration: eine Schachtel mit Keksen, Trockenfrüchten, Kaugummi und Zigaretten. Er fragte nie, hast du überlebt, weil du mit einem Mann geschlafen hast? (Andere haben mich das gefragt, nicht Gerry.) Aber Gerry war natürlich zu Hause. Er kam hinter der Tür hervor und sagte etwas zu seiner Frau, was ich allerdings nicht hören konnte. Ich sah ihn an und bemerkte, daß er eine feste Stoffhose mit Umschlägen trug. Dann trat Gerry aus seinem Haus und führte mich ruhig durch die Straßen von London. Weder half er mir, den Koffer zu tragen, noch sagte er mehr als: »Wir werden etwas trinken gehen, Eva.« Er lächelte verkrampft. »Gegenüber vom U-Bahnhof ist ein netter Pub.« Und so gingen wir schweigend durch die Straßen von London. Ich bewegte mich mit der wilden Schönheit eines verspäteten Schmetterlings, doch er bemerkte nichts. Und dann kamen wir an einem Mann vorbei, der mich ansah und dann seine Zigarette in die Luft schnipste, so daß sie eine rotglühende Flugbahn beschrieb und schließlich auf der Erde landete. Dieser unerwartete Vorfall machte mir angst, und ein Frösteln erfaßte mich. Doch Gerry bemerkte nichts. Wir gingen weiter, und ich sah mich um. Mir gefielen diese Straßen, die, von dem Mann mit der Zigarette einmal abgesehen, meine Anwesenheit zu tolerieren schienen. Gerrys London gefiel mir.

»Setz dich dort in die Ecke. Es ist ganz gemütlich. Ich hole uns etwas zu trinken.« Er suchte in seinen Taschen nach Geld. Ich folgte seiner Anweisung und setzte mich auf einen Hocker mit abgewetztem Samtbezug. Gerry ging zur Bar, wo ein großer Mann mit ihm sprach. Der Barmann war vorzeitig ergraut, das Haar war in der Mitte gescheitelt, und er trug Jackett und Krawatte. Er hatte ein Gesicht, zu dem eine

Zigarre gehört. Dieser Mann schien sehr viel Wert auf seine äußere Erscheinung zu legen, und ich stellte mir vor, daß er es war, der die Zapfhähne aus Messing polierte. Dann sah Gerry zu mir herüber und lächelte. Der Barmann warf mir einen raschen Blick zu. Sie redeten über mich. Ich starrte auf den Tisch, wartete auf Gerry. In den Aschenbechern Asche. »Ich habe dir einen Gin Tonic mitgebracht.« Ich sah auf sein Bier. Das Glas war unglaublich hoch. »Na, trink schon, es wird deinen Nerven guttun.« Eiswürfel klingelten in meinem Glas. Die anderen Leute rauchten, saßen paarweise zusammen, flüsterten miteinander. Es war schrecklich intim. »Trink!« Ich hob das Glas an die Lippen, aber der Geruch war ekelhaft. Und der Geschmack. Es brannte. »Ich kann dir etwas anderes holen.« Seine Begeisterung war gekünstelt. Und dann herrschte tiefes Schweigen, das nur unterbrochen wurde, wenn Gerry mit den Fingern auf dem Tisch trommelte. »Meine Frau. Na ja, ich habe ihr gesagt, daß du ein bißchen komisch bist. Entschuldige, aber irgendwas mußte ich ihr ja sagen.« Bitte, Gerry, tu mir das nicht an. Sei jetzt nicht jemand anders, hier bei dir zu Hause. Eine Frau setzte sich an das Klavier in der Ecke und spielte. »Ich glaube, ich brauche noch ein Glas. Alles in Ordnung mit dir?« Die Holztäfelung war braun, der Teppich war braun, die Holztische waren braun. Ich spürte den Gin Tonic in meinen Adern kribbeln. »Hör zu, ich bin gleich wieder da.« Ich sah ihm hinterher. Ich will nicht schon wieder verletzt werden. Ich werde es nicht überleben, wieder allein dazustehen. Nicht schon wieder. Durch das Fenster sah ich die Leute auf der abendlichen Straße. Ich verbarg mich hinter der Gardine, und mir wurde klar, daß Gerry mir wahrscheinlich alles gesagt hatte, was er mir sagen wollte. Ich beobachtete ihn jetzt, wie er mit seinem Freund an der Bar lachte. Nein, Gerry. Nein. So schlecht kannst du nicht sein.

Der Doktor sitzt mir gegenüber. Die Möbelstücke in diesem Zimmer sind zum Teil mit weißen Tüchern abgedeckt. Auf dem Boden liegt ein dicker Teppich, und an der Wand stehen zwei laute Heizkörper. »Es ist kalt für die Jahreszeit.« Er bemerkt, daß ich mich in seinem provisorischen Büro umsehe. Ein Schreibtisch mit einem Stuhl davor und einem dahinter, ein schmales Bett und ein stählerner Aktenschrank. Die anderen Möbelstücke sind abgedeckt. Hinter dem Tisch ist ein gardinenloses kleines Fenster, und auf dem Tisch steht eine schmale Vase mit einer Blume darin. Ich sehe dem hochgewachsenen Mann ins Gesicht. Seine Augenbrauen gehen ineinander über, und dann macht er seltsame Bewegungen mit dem Mund, als wollte er ein Gähnen unterdrücken. »Wir geben Ihnen ein Einzelzimmer.« Ich sehe an ihm vorbei zum Fenster. Es ist früher Nachmittag. Dann höre ich Schritte, die näher kommen, ein lautes Klopfen, und die Tür geht auf. Ich drehe mich um. »Hallo, meine Liebe. Wie geht es Ihnen?« Die Art der Frau ist mir nur allzu vertraut. Mit jeder Bewegung verströmt sie ein billiges Parfüm. »Eine Tasse Tee, Herr Doktor. Bevor sie ihr neues Zimmer bezieht.« Ihr Blick wandert von mir zum Doktor und dann wieder zu mir. »Oder vielleicht möchten Sie Ihren Tee lieber auf dem Zimmer trinken, wenn Sie hier fertig sind?« Der Doktor fordert sie mit einer Handbewegung auf, das Tablett abzustellen, was sie tut. Dann lächelt sie. »Kekse sind auch dabei, ein paar sind mit Schokolade.« Die Frau zögert. »Ich habe Ihnen frische Handtücher auf den Stuhl gelegt. Fürs Bad. Wir sehen uns dann oben, und sagen Sie Bescheid, wenn Sie eine zweite Tasse haben möchten.« Erst jetzt wendet sich die Frau zum Gehen.

»Sie wissen ja, wo mein Zimmer ist, wenn Sie mit mir sprechen wollen. Wir müssen Sie einfach noch ein paar Tage zur Untersuchung hierbehalten.« Der Tee ist inzwischen kalt geworden. Stumm habe ich dagesessen im nutzlosen Nachmittagslicht und mich noch einmal der letzten Jahre erinnert. Meine Wangen spannen vor getrockneten Tränen. Wenn ich bloß ein Foto hätte, damit die Leute sehen könnten, wer ich bin. Jedesmal, wenn ich umkippe, könnten sie in meine Tasche sehen und würden Eva finden. Dieses Krankenhaus beunruhigt mich. Sie haben mir Pantoffeln und einen Morgenmantel zum Anziehen gegeben. Sie haben meinen Koffer genommen. Sie haben mir Essen gebracht, das wie für ein Kind kleingeschnitten war. Dieser große Arzt, dessen lange Finger zu seinen langen Beinen passen. Jetzt lehnt er sich zurück und streckt sich. Dann steht er auf und geht ein paar Schritte. Bei einem Mann seiner Größe hätte ich weniger schwungvolle Bewegungen erwartet. Doch er strahlt einen sonderbaren Optimismus aus. Er setzt sich wieder, diesmal auf den Tischrand, so daß die Knie zwei spitze Hügel bilden, auf die er jetzt die Handflächen legt. Er beugt sich vor. »Schauen Sie, man muß Geduld haben. So etwas braucht Zeit. Die Menschen in der Kneipe gestern abend, sie haben sich erschrokken, als Sie zu schreien begannen. Erinnern Sie sich?« Ich habe nicht die geringste Ahnung, wovon er spricht. »Als man Sie hierherbrachte, haben wir Ihnen erst mal ein Schlafmittel gegeben, das ist alles. Es geht Ihnen ja schon sehr viel besser.« Jetzt spüre ich seine knochigen Hände auf den meinen. »Warum haben Sie diesen Brief geschrieben, Eva? Mr. Alston, ich meine Gerry. Er hat Frau und Kind. Sie können sich denken, daß Sie ihn in eine schwierige Lage gebracht haben.« Er nimmt seine Hand weg. »Wollten Sie mit Ihrem Brief irgend etwas beweisen?« Er scheint nicht zu begreifen, daß ich nicht spreche. Gestern abend in der Kneipe habe ich das Sprechen aufgegeben. »Nun ja, Marjorie wird Ihnen noch einen Tee machen. Dann nehmen Sie ein schönes Bad und legen sich schlafen. Ich glaube, das neue Zimmer wird Ihnen gefallen. Wir können unser Gespräch später fortsetzen.« Ich mustere sein Gesicht, doch dann wird mir klar, daß er den Schmetterling auf meiner Schulter, in den ich mich verwandelt habe, nicht sehen kann.

Sie ist mir nach England gefolgt. Tatsächlich folgt sie mir überallhin. Ich habe lernen müssen, sie zu akzeptieren. Komme ich irgendwo an, kommt sie wenig später ebenfalls an. Will ich irgendwohin aufbrechen, bricht sie wenig später ebenfalls auf. Anfangs bin ich in Panik geraten und habe geschrien, aber sie hat sich davon nicht beeindrucken lassen. Ihr Mund ist mit blutrotem Lippenstift verschmiert. Ich habe versucht, vernünftig mit ihr zu reden. Ich sage: »Bitte, ich habe dir doch nichts getan. Warum quälst du mich so? Kannst du mich nicht in Ruhe lassen?« Aber sie reagiert nicht, immer höre ich ihre Schritte hinter mir. Wohin ich auch gehe, ich sehe dieses erbärmliche Gesicht. Ich dachte, daß ich sie vielleicht auf dem Schiff überlisten könnte, daß ich mich als Freundin von ihr ausgeben könnte, um sie, sobald sie sich näherte, mit einem Schubs über Bord zu stoßen. Ich war auf dem Weg in ein neues Land, wollte neu anfangen. Ich wollte nicht, daß sie mir folgte. Das war nicht fair. Aber kaum hatten wir angelegt, stand sie schon hinter mir, in denselben Lumpen, und wartete darauf, was ich tun würde. Niemand sieht sie, nicht einmal, wenn sie die Arme nach mir ausstreckt und mich umarmen will, niemand sieht sie. Laß mich in Ruhe! schreie ich. Aber niemand sieht sie, und niemand hört ihr geflüstertes Versprechen, daß sie bei mir bleiben wird bis ans Ende meiner Tage. Ich weiß, daß sie es war, die den Schmetterling auf meiner Schulter aufgegessen hat. Laß mich in Ruhe! schreie ich. Aber niemand sieht sie.

Der Krankenpfleger bringt mir ein Kopfkissen und einen Besucher. Gerry. Einen ganzen Tag hat Gerry sich Zeit gelassen, bis er hier auftaucht. Er sitzt auf dem Stuhl neben meinem Bett. Die Gardinen hinter ihm sind zurückgezogen. Ich habe mir das neue Kissen in den Rücken gestopft, und die Arme liegen auf der weißen Bettdecke. Gerry ist kleiner ohne seine Uniform. Er hat mir einen Schokoladenkuchen mitgebracht und ein Messer zum Zerteilen. Er sieht mich kaum an, während er sagt, daß es ihm leid tut. Seine Stimme wird etwas leiser. Er sei durcheinander gewesen. Er habe sich so nach mir gesehnt. Männer tun schlimme, unverzeihliche Dinge im Krieg. Ich höre zu. Auf den Brief, den ich mit seinem Namen unterschrieben habe, kommt er nicht zu sprechen. Vielleicht ist er doch kein so schlechter Mensch. Aber das ist jetzt unwichtig. Ich möchte ihn fragen: Gerry, ist dein England ein Ort, wo man zarte Gewächse einpflanzt? Natürlich frage ich ihn das nicht. Ich sehe ihn einfach an. Hat er vergessen, was ein großherziges Wort alles vermag? Sag etwas, Gerry! Schließlich steht er auf. »Ich muß los.« Ich schweige. »Eva, ich habe mich nach deiner Schwester erkundigt. Niemand weiß etwas. Ich habe keine Ahnung, was man noch tun könnte.« Er sieht aus, als wollte er gleich weinen. Einen kurzen Moment treffen sich unsere Blicke, dann senkt er den Kopf und dreht sich um. Erschreckt ihn mein Anblick? Ich wiege inzwischen mehr als sechzig Pfund. Nicht sehr viel mehr. Aber immerhin. Ich sehe ihn hinausgehen. Der Arme. Der arme, traurige Mann. Und jetzt kommt der Doktor herein. Er nimmt sich den Stuhl, auf dem eben noch Gerry saß. Ruhig beginnt er: »Möchten Sie ihn wiedersehen?« Ich schüttele den Kopf. »Eva, sind Sie sicher?« Ich will diesen Gerry nicht wiedersehen. Ich bin allein. Ich sehe den Doktor an, doch er begreift nicht. Ich bin allein. Er wartet noch einen Moment, dann erhebt er sich. »Also dann, bis morgen.«

Es ist Nacht. Ich höre Husten aus einem anderen Zimmer. Das andere Mädchen mit dem rot angemalten Mund. Sie ist noch immer hier. Sie wartet. Ich sehe sie an und frage mich, warum dieses traurige, unglückliche Mädchen nicht lockerläßt. Das Husten hört auf. Ich weiß, daß es irgendwo, tief in meinem Innern, einen Ort gibt, wo ich mich in Ruhe hinlegen kann. Und dieses andere Mädchen wird mir dorthin nicht folgen können. Aber bis dahin? Werde ich je wieder richtig glücklich sein? Liebe Bella, ohne dich gibt es hier kein Glück. Mama. Papa. Ich weiß nicht, in welchem fremden Land ihr begraben seid. Welche stacheligen Pflanzen oder Gebäude die Erde über euren teuren Knochen verschandeln. Aber ich bin müde. Und ich will nach Hause zurück. Für uns wird sich das Scharnier der Generationen nicht bewegen. An jenem Morgen, als wir mit unseren Koffern zum Bahnhof trotteten. Ein Strom vernichteter Existenzen. Vorbei an Häusern, die für uns Gefängnisse und Gräber geworden waren, die Waggontür öffnete sich quietschend, ein Kübel, in den wir alle unsere Notdurft verrichten mußten, stundenlange Aufenthalte ohne ersichtlichen Grund, der Morgendunst, der von den Feldern aufsteigt, der Rauch. Mama. Papa. Liebe Margot. Der Rauch. Wieder höre ich Husten. Das andere Mädchen sieht mich mit traurigen Augen an, ich strecke also den Arm aus und nehme erst die eine Hand und dann die andere. Mach dir keine Sorgen, sage ich. Alles wird wieder gut. Bitte. Mach dir keine Sorgen.

Er beobachtete sie schon lange. Mit teilnahmslos maskenhaftem Gesicht saß sie allein auf der anderen Seite des Saals, während die anderen Frauen mit weit ausholenden Gesten übertriebener Freude herumwirbelten. Das harte Nachmittagslicht war schon lange verblaßt, und im Saal wurde es zunehmend dunkler. Weil sie saß, war schwer zu erkennen, ob sie groß oder klein war, aber sie war eine schöne Frau. Er konnte die Augen nicht von ihr wenden. Die anderen Frauen senkten den Blick, wenn man sie ansah, und blieben sitzen, während die Musik spielte. Einige guckten manchmal etwas enttäuscht, aber diese Frau, die niemand zum Tanzen aufforderte, saß einfach da, als interessierte sie nicht, was andere Menschen von ihr dachten. Wieder hörte die Musik auf, eilends bildeten sich neue Paare, und er sah, wie diese Frau abermals ignoriert wurde. Sie stellte die Beine nebeneinander und schlug sie dann übereinander.

(Zusammen mit meinen Eltern und meinem Bruder und meiner Schwester. [In unserem Dorf hatte noch niemand eine Glühbirne oder ein Telefon gesehen. Natürlich waren

wir nicht vorbereitet.] Wir lebten als Bauern und Weber. Draußen in der Wüste habt ihr mit euren Scheinwerfern auf euch aufmerksam gemacht. Und dann habt ihr uns zu den Bussen getrieben. Jetzt kann ich darüber lachen. Wir waren noch nie mit einem Bus gefahren. Doch, wir hatten Angst. Als der Morgen heraufdämmerte, sahen wir, daß wir durch eine Wüste fuhren, in der überall Skelette von Kamelen und Ziegen herumlagen. Die Leute sahen sich um. Nicht alle waren da. Es war unmöglich, alle mitzunehmen. Verwandte wurden zurückgelassen. Und dann auf das Botschaftsgelände, wo man uns wie mageres Vieh zusammenpferchte. Vieh, das auf Beton weidet. Und von der Botschaft zum Flughafen. Wir ließen es einfach geschehen. Ich hatte Glück, denn meine Eltern und mein Bruder und meine Schwester waren einigermaßen gesund. Aber viele Menschen waren durch Malaria geschwächt. Es stimmt, viele starben.)

Einige Männer kamen aus den nahe gelegenen Kibbuzim, aber die meisten wohnten in der Stadt. Es waren ältere Männer, hauptsächlich Junggesellen oder Witwer, aber es waren auch solche darunter, deren freudlose Ehe schon lange eintönig geworden war. Einige der jungen Frauen waren Prostituierte, zum größten Teil waren es jedoch Studentinnen oder arbeitslose Schauspielerinnen, die für eine kleine Gage jede Woche hierherkamen, um ein paar Stunden zu tanzen. Die wichtigste Einnahmequelle des Clubs waren die Männer, die einen jährlichen Mitgliedsbeitrag entrichteten, um sich allwöchentlich ihren Phantasien hingeben zu können. Andere Unternehmungen wurden regelmäßig angekündigt, wie etwa Exkursionen zu historischen Sehenswürdigkeiten, zwanglose Abendessen oder Vorträge von prominenten Personen über Themen aus Kultur und Geschichte des Landes. Aber in den zwei Jahren, die er dem Club jetzt schon angehörte, hatte er noch keine anderen Aktivitäten erlebt als die regelmäßigen Tanznachmittage am Mittwoch.

Als er zehn Jahre zuvor aus dem Berufsleben ausgeschieden war, hatte er seine Eigentumswohnung im Stadtzentrum verkauft, weil er hoffte, mit dem Erlös die restlichen Jahre seines Lebens etwas angenehmer gestalten zu können. Seine neue Wohnung, zwanzig Minuten mit dem Bus von dem zentral gelegenen Club entfernt, war bequem, wenngleich etwas laut. Anfänglich waren es die Bauarbeiter, die ihn störten, wenn sie rund um die Uhr arbeiteten. Jetzt waren es die Kinder, die ständig Krach machten und Tag und Nacht spielten. Vor etwas mehr als zwei Jahren wäre er beinahe gestorben. Nach seiner Genesung hatte er beschlossen, in den Club einzutreten, denn da er weder von Arbeit noch von Familie beansprucht wurde, hatte er sich irgendwann eingestehen müssen, daß er einsam war.

Schließlich fand er den Mut, hinüberzugehen und sie aufzufordern. Wortlos erhob sie sich und ließ sich von ihm in einer Weise führen, die der Form genügte und doch mehr beinhaltete. Die Leute sahen ihnen zu. Er wollte sie mitten unter die Tanzenden dirigieren, in der Hoffnung, daß sie dort weniger auffallen würden, doch ihre graziösen Bewegungen und die Sicherheit ihrer Schritte lenkten ihn ab, so daß er sein feiges Vorhaben bald vergessen hatte. Er bemerkte es kaum, als die Musik aufhörte, aber als sie sich umdrehen und weggehen wollte, berührte er linkisch ihren Arm. Die Musik erklang wieder, er trat auf sie zu, und abermals begannen sie zu tanzen.

Nach ihrer Ankunft hatte sie zwei Jahre lang einen Intensivsprachkurs besucht und dann eine Ausbildung als Krankenschwester begonnen. Zur Zeit hatte sie allerdings keine Arbeit. Mehr wollte sie nicht sagen. Er deutete an, daß er ihr vielleicht helfen könne, denn er sei pensionierter Arzt, doch sie starrte nur vor sich hin, als hätte er kein Wort gesagt. Sie hatte so pechschwarze Augen, daß das Weiß darum fast elfenbeinfarben wirkte. Ihre Haare waren ebenfalls schwarz, kurz und kraus. Sie schienen nicht geschnitten, sondern eher geschoren, so daß sich ihre natürliche Kopfform zeigte. Er fühlte sich allmählich gehemmt und überlegte, ob er sich im richtigen Takt bewegte. Und dann war da die Nähe ihres Körpers und der warme, fremdartige Geruch. Plötzlich wollte er mit diesem Getanze aufhören, sich hinsetzen und mit ihr reden. Dies war eine absurde Scharade. Er machte sich lächerlich mit einer Frau, die mindestens fünfzig Jahre jünger war und deren Verhalten nur das eine Ziel zu haben schien, ihn an die Gebrechen des Alters zu erinnern. Die anderen Frauen hatten ihm nie dieses Gefühl vermittelt. In den zwei Jahren, die er jetzt in diesen Club kam, hatten es die jungen Frauen stets verstanden, die furchtbare Realität dieser Schwächen zeitweilig aus seinen Gedanken zu verscheuchen.

(Im Flugzeug gab es keine Sitze. Bloß Matratzen auf dem Boden, auf denen man hocken konnte, aber die meisten Leute blieben stehen. Wir hatten Angst. Meine Eltern, meine Schwester, mein Bruder und ich, wir haben alle zusammen gebetet. Und dann starb jemand, während wir in der Luft waren. Meine Schwester und ich fragten uns, ob unsere Kinder in diesem neuen Land mit weißer Haut geboren würden. Wir, das Volk des Hauses Israel, wir kehrten heim. Kein Umherwandern mehr. Nicht mehr ohne Land. Nicht mehr arbeiten auf Boden, der uns nicht gehörte. Wie heißt du? Malka. Malka, du brauchst keine Angst zu haben. Du kehrst heim. Und als wir ankamen und aus dem Flugzeug stiegen, küßten wir alle die Erde. Wir dankten Gott dafür, daß er uns heimgeführt hatte nach Zion.)

Nach einem Tanz war es üblich, daß ein Mann höflich Platz machte, um einem anderen das Feld zu überlassen. Er wußte allerdings, daß niemand ihm das Recht streitig machen würde, über die Zeit dieser Frau zu verfügen. Er fragte sie, ob sie Lust habe, sich mit ihm an die Bar zu setzen und etwas zu trinken. Im allgemeinen wurde erwartet, daß die Frau mit gespielter Überraschung auf solche Angebote einging. Getränke kosten Geld, und so war die Geschäftsleitung mit dem Arrangement durchaus zufrieden. Doch als er diese Frau fragte, spielte sie nicht die Überraschte. Sie zuckte nur mit den Schultern und ging von der Tanzfläche zu der kleinen Bar, wo sie sofort einen Hocker fand und sich setzte. Er war nicht ganz so schnell. Einen Moment sah er sie an, und schließlich lächelte sie. Plötzlich kam ihm der Gedanke, daß sie vielleicht über ihn lachte. Er schluckte laut.

Sie tranken ein Glas Weißwein, doch ein Gespräch kam nicht zustande. Er bat sie wieder um einen Tanz, woraufhin sie ihr Glas leerte und von ihrem Hocker rutschte. Während sie sich wieder den anderen Paaren zuwandten, flüsterte er, daß er nach diesem Tanz gern aufhören und sich richtig mit ihr unterhalten würde. Bis auf den Hinweis, daß sie Krankenschwester und arbeitslos sei, hatte er nicht mehr von ihr erfahren, als daß sie knapp dreißig war und mit ihrer jüngeren Schwester bei den Eltern wohnte, in einer der Siedlungen am Stadtrand, wo man ihr Volk einquartiert hatte. Genauere Angaben über ihre Wohnsituation wollte sie nicht machen. Sie erzählte noch, daß dies ihr drittes und möglicherweise letztes Mal im Club sei. Der Manager habe ihr erklärt, daß sie das nächstemal gar nicht zu kommen brauche, wenn auch diesmal niemand mit ihr tanze. Dabei zuckte sie wieder mit den Schultern, als wäre es ihr egal, so oder so.

Der Tanz war zu Ende, und sie gingen an die Bar. Dann erklang ein neuer Song, einer seiner Lieblingstitel, aber er war froh, nicht mehr tanzen zu müssen. Hatte sie eine Ahnung, wie alt er war? Die meisten der jungen Frauen schätzten ihn auf ungefähr fünfundsechzig, tatsächlich hielten sie ihn also für fünfundsiebzig. Er war stolz darauf, daß er sich so gut gehalten hatte, aber jedesmal, wenn er daran dachte, mußte er schmunzeln, denn was erwartet man schließlich von einem

Arzt anderes? Bis zu dem Herzinfarkt hatte er nie gesundheitliche Probleme gehabt, aber er wußte besser als die meisten anderen, daß es keinen Schutz gab vor den Tücken des Alters. Und dann erinnerte er sich wieder seiner guten Manieren.

»Noch ein Glas?«

Plötzlich hatte er Angst, er könnte sie verlieren.

»Oder dürfte ich Sie heute abend vielleicht zum Essen einladen?«

Sie nickte und kletterte dann von ihrem Hocker. Einen Augenblick dachte er, daß sie vielleicht zu seinem Lieblingsschlager tanzen wollte, aber der etwas ungeduldige Blick, mit dem sie ihn ansah, zeigte deutlich, daß sie aufbrechen wollte.

Als sie aus dem Club traten, sah er, daß ihnen nur noch wenige Minuten Tageslicht blieben. Der Himmel verdunkelte sich, durch die Wolken drang kaum noch Sonne. Erschrokken fragte er sich, wohin er mit ihr gehen sollte. Wenn sie auch nicht wie eine Prostituierte aussah, so durfte man die Vorstellungen anderer Leute doch nicht unterschätzen.

»Hatten Sie an etwas Spezielles gedacht?«

Eine dumme Frage, denn es war offensichtlich, daß diese Frau kaum gesellschaftliche Erfahrungen hatte. Er stellte sich vor, daß der Club ihr die Möglichkeit bot, ihrer häuslichen Enge und der Familie zu entfliehen, die sich wahrscheinlich starrköpfig an ihre Traditionen klammerte.

»Warum gehen wir nicht in ein Hotel?«

Er sah sie an. Vermutlich sollte das ein Hinweis darauf sein, daß sie in einem Hotel essen wollte, doch bevor er Zeit hatte, sich darüber klarzuwerden, fuhr sie fort:

»Oder vielleicht doch zu Ihnen? Es tut mir leid, aber ich habe kein Geld.«

Er sah zur Seite. Er konnte nicht so tun, als hätte er sich nie vorgestellt, beim Tanzen vielleicht einmal eine junge Frau kennenzulernen, die ihm ein unkompliziertes Vergnügen verschaffte. In all den Jahren hatte es natürlich Liebschaften gegeben, darunter auch eine längere Beziehung mit einer Musikerin, einer Cellistin aus Österreich, deren bronchitiskranke Tochter er behandelt hatte. Nun, da er auf fast dreißig Jahre zurückblickte, wurde ihm klar, daß das vielleicht die große Liebe seines Lebens gewesen war. Abgesehen natürlich von seiner Frau. Seit Renate, der Cellistin, hatte es gelegentliche und meist unbefriedigende Begegnungen gegeben, welchen zumindest jener unangenehme Beigeschmack erspart geblieben war, den die ganze Sache durch das Aushändigen von Geld bekam. Diese Begegnungen hatten jedoch nichts mit Eroberung und nichts mit Leidenschaft zu tun gehabt. Es schien, daß die Frauen, oft dankbare Patientinnen oder trauernde Witwen, genau wie er eine Pantomime aufgeführt hatten, bei der die Erinnerung eine immer wichtigere Rolle spielte und das Mitleid füreinander die beherrschende Emotion gewesen war. Wie konnte er dieser Unbekannten erklären, daß er nicht an einer Prostituierten interessiert war? Er sehnte sich nach einem Menschen, mit dem er zusammensein, sich unterhalten, vielleicht sogar in Freundschaft verbunden sein konnte. Aber er wollte die Frau nicht verletzen.

Sein Blick schweifte über die Hotels, die sich an der Uferpromenade aneinanderreihten – gesichtslose Hochhäuser aus Beton, in denen Geschäftsleute oder Pauschaltouristen unter sich blieben. Nach Hause konnte er sie nicht mitnehmen, denn selbst wenn er Glück hatte und während der Busfahrt niemandem begegnete, war ihm nicht klar, wie sie unbemerkt in seine Wohnung gelangen sollten. Für seine Nachbarn war er ein ehrbarer Mann, ein unverheirateter, pensionierter Arzt, und die Frauen, die ihn besuchten, kamen meist nicht allein oder sahen doch so aus, daß sie keinen Anlaß zu Kommentaren boten.

»Hatten Sie an ein bestimmtes Hotel gedacht?«

Die Frau schüttelte den Kopf. Er suchte in ihrem Gesicht nach Anzeichen von Angst, konnte aber nichts entdecken.

Und dann zeigte er auf das nächste Hotel, das weniger als fünfzig Meter von ihnen entfernt war.

»Dieses vielleicht?«

Sie sagte nichts, und wieder prüfte er seine Motive und bezweifelte, daß er imstande wäre, den Erwartungen der Frau zu entsprechen. Ruhig sagte er: »Sind Sie ganz sicher?«

Die Frau warf ihm einen verwunderten Blick zu, woraufhin er ein wenig verlegen fortfuhr:

»Wir könnten ja zuerst etwas essen. Es gibt dort bestimmt ein Restaurant.«

Sie bekamen ein Zimmer im siebzehnten Stock, mit einem großen Bad und einer weiten Aussicht über das Meer. Er öffnete die Glastür und trat hinaus auf den Balkon.

»Es ist wunderschön hier draußen.«

Sie nahm das Zimmer in Augenschein. Zu beiden Seiten des breiten Doppelbetts standen identische Tische und Nachttischlampen. Ein kleiner Schreibtisch, ein Stuhl, eine Stehlampe und ein schweres Zweiersofa vervollständigten die Einrichtung. Die Bilder an der Wand zeigten Ansichten aus einem fremden Land; das grüne Gras und die imposante Gebirgslandschaft ließ auf ein gemäßigteres Klima schließen. Sie setzte sich auf das Sofa. Sie war zum erstenmal in einem Hotel. Als ihre Familie in diesem Land eintraf, hatte man versprochen, sie in einem Hotel unterzubringen, doch ein paar Wochen später war ihr klargeworden, daß es sich in Wahrheit um ein Wohnheim handelte. Und ein Wohnheim war ganz eindeutig kein Hotel. Die Situation war unerträglich gewesen, aber sie hatte sich damals, in den ersten Wochen im neuen Land, geschworen, daß sie eines Tages in einem richtigen Hotel wohnen werde. Sie würde sich nicht zum Narren halten lassen.

Da sie großen Wert darauf legte, sich richtig und würdig zu verhalten, stand sie auf und inspizierte das blitzsaubere Badezimmer, das mit einem Fön und einer Waage ausgestattet war. Danach kehrte sie in das Zimmer zurück und setzte sich sittsam auf den Bettrand. Dann überlegte sie es sich anders und trat auf den Balkon hinaus. Er streckte den Arm aus.

»Das Meer ist sehr ruhig.«

Sie stand so dicht hinter ihm, daß sie seinen leicht keuchenden Atem hören konnte.

»Wenn ich das Meer sehe, bekomme ich immer Fernweh.« Nach einer Pause sagte er: »Noch in meinem Alter.«

Er wandte ihr das Gesicht zu, und sie lächelte ihn an, so daß er den Blick senkte.

Sie traten aus dem Lift und sahen, daß in der Hotellobby großes Gedränge herrschte. Die Leute, die von draußen hereinkamen, klappten ihre Regenschirme zu und schüttelten ihre Mäntel aus, während diejenigen, die hinausgehen wollte, noch zögerten. Was als leichter Nieselregen begonnen hatte, war mittlerweile ein Wolkenbruch. Er sah die Frau an und sagte leichthin:

»Wir können auch hierbleiben und im Grillroom etwas essen.«

Wortlos ließ sie sich durch die überfüllte Halle zur eichengetäfelten Rezeption des Hotelrestaurants führen. Immer bedrängender wurden jetzt die sorgenvollen Gedanken, aber er schob sie beiseite. Er wollte nur mit einer jungen Frau etwas essen. Das war alles. Sie wurden zu einem Tisch am Fenster geführt, und als sie Platz genommen hatten, bestellte er Weißwein und Steak, während sie sich für einen großen Salat entschied.

»Vor zwei Jahren hatte ich einen Herzinfarkt«, sagte er. »Daraufhin bin ich in den Club gegangen. Es war wichtig für mich, daß ich wieder unter Leute kam.«

Er beobachtete, wie sie lustlos in ihren Salatblättern herumstocherte, als hätte sie keinen Appetit.

»Es ist komisch, aber selbst ich hatte Angst, als es passierte. Aber ich wußte natürlich, daß es die Herzkranzgefäße waren.«

Leise lachte er schon über sein Bonmot, das sich dann anschloß.

»Schade, daß ich mich nicht selbst behandeln konnte, dann hätte ich die Krankenhauskosten gespart.«

Sie machte keinerlei Anstalten, am Gespräch teilzunehmen. Ob sie verstand, was er sagte? Vielleicht war es ein tiefergehendes kulturelles Problem. Er beschloß, auf das Dessert zu verzichten.

(Der Bürgermeister der Stadt, in der wir zuerst einquartiert wurden, beschwerte sich. Er hatte darum gebeten, ihm nur solche Leute zu schicken, die singen und tanzen konnten, damit die Touristen ihre Folklore bekamen. Überall hörten wir das gleiche. Zuerst werdet ihr die Sprache lernen, und sobald ihr das Auffangzentrum verlassen habt, werdet ihr an der Universität studieren können. Macht euch keine Sorgen, eure Eltern werden Arbeit finden. Als meine Mutter zum erstenmal ein Fernsehgerät sah, stieß sie einen Besen in den Bildschirm. In der Sendung, die gerade lief, gab es ein Feuer, und sie versuchte, es zu löschen. Zu Hause aßen wir nicht in der Öffentlichkeit. Zu Hause hatten wir noch nie ein Schulzimmer gesehen. Diese Dinge waren schwierig. Zu Hause waren wir es nicht gewöhnt, die Hilfe Fremder in Anspruch zu nehmen. Und als wir die Sprache und euren Lebensstil lernten, hatten unsere Eltern das Gefühl, uns zu verlieren. Es war hart für sie. Sie waren für ihre Kinder nicht mehr verantwortlich. Haben Sie die häßlichen Wohnblocks am Stadtrand gesehen, in denen wir leben? Mein Bruder ist jetzt beim Militär. Aber meine Eltern sind krank. Seit dem Auffangzentrum haben sie Angst vor weißen Wänden und weißen Kitteln. Sie sitzen immer nur vor dem Fernseher. Meine Mutter ist im Gesicht, auf den Händen und am Hals tätowiert. Es strengt sie an, auf die Straße zu gehen, denn die Leute bleiben stehen und gaffen. Und mein Vater ist nicht imstande, sich diesem Uhrenland anzupassen. Ich versuche, ihn so ehrfürchtig zu behandeln, wie ich es in unserer alten Heimat

getan hätte, aber es wird alles nicht funktionieren, wenn er sich nicht ändert. Also sprechen wir nicht miteinander, und wenn ich erst einmal Arbeit bekomme, werde ich fortgehen. Drei Frauen in einer kleinen Wohnung. Zu gewissen Zeiten des Monats, sagt er, verunreinigen wir Frauen mit unserer Anwesenheit die Wohnung, dann schläft er draußen. Meine Schwester weint. Sie ist wie meine Mutter, sie will nicht in die Welt hinaus. Malka, bleib bei uns. Bitte, bleib bei uns. Bitte, Malka. Ich frage Sie, ist das hier mein Zuhause? Ja, ich bin auf Ihre Universität gegangen – ich bin Krankenschwester –, aber ich finde keine Arbeit. Wir leben zu viert in einer winzig kleinen Wohnung. Enttäuscht sind wir nicht über das Heilige Land, sondern über die Menschen hier. Der Mann im Wohnheim sagte: »Seid willkommen, meine schwarzen Brüder und Schwestern. Ihr helft uns verstehen, was wir hier tun.« Stimmt das? Helfen wir euch? Ich weiß inzwischen, was eine Briefmarke ist. Ich kann mit einem Telefon umgehen. Ich kann auch die Nacht in Tag verwandeln, indem ich einfach einen Schalter betätige. Ich trage Schuhe. Ich habe eine Autobahn gesehen. Aber bitte. Bei uns nimmt man sich nicht das Leben. Hunger, ja. Krankheiten, ja. Aber nicht dieses Problem. Zu Pessach schlachten wir ein Lamm und versprengen das frische Blut rings um die Synagoge. Aber nicht hier. Ihr verbietet das. Ihr sagt, ihr habt mich gerettet. Sanft aus einem Jahrhundert geholt, sanft über zwei weitere hinweggeführt, und dann habt ihr mich in diesem Jahrhundert abgesetzt. Hier. Jetzt. Aber weshalb? Was wollt ihr beweisen?)

Das Essen war im großen und ganzen enttäuschend. Der Kellner bot ihm an, es auf die Rechnung zu setzen, doch er beschloß, sofort zu bezahlen, denn er war nicht sicher, ob er die Nacht tatsächlich in diesem Hotel verbringen würde. Sie verließen den Speisesaal und setzten sich auf ein Glas Whisky in die kleine Hotelbar. Während der Pianist in der Ecke eher lustlos in die Tasten griff, nippte sie an ihrem

Drink und schob dann einen Eiswürfel zwischen Gaumen und Wange, bis sich der Kiefer fast betäubt anfühlte. Dann sagte sie: »Sie können ganz ehrlich zu mir sein. Ihr wollt uns hier nicht haben, oder?«

»Nicht jeder denkt so.«

Er sah sich in der Bar um, doch abgesehen von dem Barmann in weißer Jacke und den beiden amerikanischen Touristen, die CNN sahen, war es leer. Bei dem Geklimper des Pianisten konnte niemand ihr Gespräch hören.

»Ich frage Sie. Sie als Arzt. Warum werde ich zur Krankenschwester ausgebildet?«

»Warum nicht?«

Sie lachte.

»Sie begreifen nicht.«

Die beunruhigende Frage in seinem Kopf nahm jetzt immer deutlichere Konturen an. Was hatte sie vor? Wollte sie ihn demütigen?

Während sie im Badezimmer war, zog er seine Sachen aus und schlüpfte rasch unter die Bettdecke. Weil er sich seines Körpers schämte und die Narbe, die quer über seinen Oberkörper verlief, häßlich fand, beschloß er, auch das Licht der Nachttischlampen zu löschen. Der Mond schien ins Zimmer. Da die Vorhänge nicht vorgezogen waren, konnte er das Meer sehen, das sich nach dem Regen beruhigt hatte; wie gebannt starrte er auf die Brandung, die unablässig gegen das Ufer donnerte.

»Warum haben Sie das Licht ausgemacht?«

Es klang irritiert. Dann fuhr sie fort: »Ich kann Sie nicht sehen.«

»Warum wollen Sie mich denn sehen?«

Er lachte wie über einen Witz, doch sie schwieg. Dann sagte sie: »Wollen Sie mich denn nicht sehen?«

Sie war nackt. Hochgewachsen, glatt, ebenmäßig wie eine Statue. Ehe er sich fangen konnte, hörte er sich sagen: »Ich möchte Ihr Freund sein.«

Sie trat in den Schatten. Dann schlüpfte sie ins Bett, wobei sie darauf achtete, ihn nicht zu berühren.

»Aber das sind Sie doch. Ich bin schon sechs Jahre hier, und noch nie hat ein Mann mich nackt gesehen. Ich bin keine von diesen Frauen.«

Er sah sie an. Sie sprach wieder, aber diesmal fast flüsternd.

»Sie sahen nicht so aus, als würden Sie über mich herfallen.« Sie machte eine Pause. »Und ich war noch nie in einem Hotel.«

»Werden sich Ihre Angehörigen keine Sorgen machen?«

Sie ließ sich auf das Kopfkissen sinken und starrte an die Zimmerdecke.

»Die machen sich um alles Sorgen. Vielleicht werde ich zum Militär gehen, wie mein Bruder.«

Nach einer Weile sah sie ihn wieder an. Sie hob den Kopf.

»Sie können mich küssen, wenn Sie wollen. Aber bitte nur das. Tut mir leid.«

Am nächsten Morgen war sie verschwunden. Sein erster Impuls war, sich zu vergewissern, daß seine Brieftasche noch in der Jackentasche steckte, doch er widersetzte sich diesem kleinlichen Gedanken. Er drehte sich zu der Seite des Bettes, wo sie geschlafen hatte. Dort war noch immer ihr Abdruck zu sehen, aber keine Wärme. Den größten Teil der Nacht hatte er diese Frau betrachtet und zu begreifen versucht, warum sie gerade ihn genommen hatte. Besaß er eine Eigenschaft, die ihr aufgefallen war? Konnten andere Frauen das auch sehen? (Empfand sie Mitleid für ihn?) In der Nacht war ihre Decke bis zur Hüfte hinuntergerutscht, so daß er ihre Haut studieren konnte. Wenn er jünger gewesen wäre, vielleicht. Aber sie gehörte in ein anderes Land. Dort würde sie gewiß glücklicher sein. Diese Menschen aus ihrer primitiven Welt zu holen und zu einem ganz anderen Leben zu zwingen und noch dazu in einer solchen Weise – damit war er nicht einverstanden gewesen. Sie gehörten nicht hierher. Er dachte an sie, wie sie jetzt mit dem ersten Bus in ihre enge Wohnung zurückfuhr. Und dort ihre Eltern würde ertragen müssen. Und ihre Schwester. Ihre Fragen. Ihr Unglück. Aber es hatte ein privates Abenteuer gegeben. (Für sie beide.) Der Club, das Hotel, das Abendessen, die Bar, das Zimmer, das Bett. Sie hatte gelebt. Sie lebte.

Er bezahlte die Rechnung und trat hinaus in den hellen Morgen. Es war ein schöner Tag. Er schlenderte die Uferpromenade entlang, die zwischen den Hotels und dem Strand verlief, und kam an den Sitzbänken aus Beton vorbei, die leider einander gegenüberstanden statt in einer Reihe zum Meer. Er hatte überlegt, die Dizengoffstraße hinunterzugehen und irgendwo einen Kaffee zu trinken, aber er wußte, daß er nicht mehr lange allein sein würde. Zwangsläufig würde ihn irgend jemand mit plumpen Fragen stören. Was machen Sie hier in der Stadt? So früh? Ich habe Sie gestern abend gesehen. Mit einer Schwarzen. Doch, Sie waren es. Ich bin ganz sicher. Er sah eine Bank, auf der niemand saß und die, im Gegensatz zu den anderen, einen guten Blick auf das Meer bot. Er setzte sich schwerfällig und versuchte, nicht an seine Frau und an sein Kind zu denken. Doch umsonst. Tag für Tag dieser Ansturm der Einsamkeit. Tag für Tag aufgefressen von Schuldgefühlen. Sein einziger Begleiter war die Erinnerung, und wie er sich abmühte mit der großen Last dieser einen Beziehung. Nun wurde ihm klar, daß allzuviel Erinnern wirklich eine Art Wahnsinn ist. Und er begriff, daß die Menschen nicht zum Alleinsein geschaffen sind, weder in guten noch in schlechten Zeiten. Diese uneleganten Versuche, den Riß in seiner Seele zu heilen. Die Frau heute früh im Bus, der sie an den Stadtrand zurückbringen würde. Er wollte von niemandem bemitleidet werden. Er hatte doch auch gelebt. Er entsann sich des Gartens mit der breiten Sitzbank. Und der beiden Schwestern, die unter den ausladenden Ästen eines mächtigen Baums gespielt hatten. Ausgelassen tollten sie umher und spielten Fangen. Dann blieben sie stehen, und die ältere der beiden fragte: »Onkel Stefan, gehst du fort?« Er lächelte. Sie waren schön gewesen, die beiden Mädchen, mit ihren dunklen Augen und den langen, schwarzen Haaren. Sie würden einmal bildhübsche Frauen sein. Und jetzt rief die jüngere: »Erzähl schon, Onkel Stefan, erzähl.« Wieder lächelte er, und dann blickte er auf das Gras zwischen seinen Füßen. Das Gras vergilbte im Sonnenlicht. Es war ein ungewöhnlich heißer Sommer gewesen. Er würde definitiv Frau und Kind verlassen und nach Palästina zurückkehren. Sein Entschluß stand fest, doch diese beiden Mädchen machten es ihm nicht gerade leicht. Und dann sah er hoch. Unwillkürlich hob er den Arm, um Margots Wange zu berühren, und dann gab er Eva mit dem anderen Arm ein Zeichen. Aber sie sahen ihn nicht. Sie sahen bloß den sonderbaren Onkel Stefan, der auf das gelbe Gras zwischen seinen Füßen starrte. Die Schwestern sahen sich an, und dann lachte Margot. Und dann fingen sie wieder an, sich zu jagen, und je schneller sie liefen, desto lauter und erregter wurden ihre Stimmen. Und nun rief er sie zu sich, doch sie hörten ihn nicht, denn seine müde Zunge vermochte das Gewicht ihrer beider Namen nicht zu tragen. Der sonderbare Onkel Stefan, der auf das gelbe Gras zwischen seinen Füßen starrte. Es war Margot, die erklärte, daß es zum Spielen zu heiß sei und daß sie und Eva hineingehen würden. Onkel Stefan beobachtete, wie sie verschwanden und ihn allein auf der Bank sitzen ließen, mit ausgestreckten Armen, die über die Jahre hinweggriffen.

DANKSAGUNG

Während der Arbeit an diesem Roman habe ich auf zahlreiche Bücher zurückgegriffen, die aufzulisten hier kein Platz ist. Besonders hervorheben möchte ich nur zwei Werke: *Trent 1475* von R. Po-chia Hsia (Yale University Press, New Haven und London 1992, dt. *Trient 1475. Geschichte eines Ritualmordprozesses*, S. Fischer Verlag, Frankfurt am Main 1997) und *Portobuffole* von Salomone G. Radzik (Editrice La Giuntina, Florenz 1984).